水曜生まれの子

Yiyun Li
Wednesday's Child

イーユン・リー
篠森ゆりこ訳

河出書房新社

水曜生まれの子　目次

水曜生まれの子

無二の友である
ブリジッド・ヒューズに。
例によってこの本も
いっときの代用品《プレースホルダー》にすぎません。

水曜生まれの子

待つ難しさは、とロザリーは考えた。完全な静けさの中で待てることがめったにないところにある。〈完全な静けさ？〉――考えが浮かぶたびに疑ってしまう癖で、自分の中のあの部分が眉をつり上げる。〈完全な静けさの中で待てる人はいない。完全な静けさとは、死。そして死んだらもう何も待たない〉ちがう、死じゃなくて、とロザリーは言い直した。冬眠や夏眠のような静けさ。それで待っているのが……。その先をありふれた決まり文句で飾れないうちに、近くのスクリーンで運行予定の変更が告知された。十一時三十五分発ブリュッセル南駅行きの列車は、運休。

ロザリーは朝からずっとアムステルダム中央駅のプラットフォームを渡り歩いていた。四番線から十番線へ移動し、さらに七番線、十一番線へ移動してから、四番線に戻った。ブリュッセル行きの列車は急行も鈍行も次々に運休になった、ある家族は――見た感じからしてロザリーのような観光客で――毎度ロザリーと同じプラットフォームに現れたが、いまついにあきらめてスーツケースを引きずりながら去っていった。スクリーンの前で若者のグループが、詰めこみすぎでのっぽになったバックパックを偉そうな相棒のように脇に立てかけ、どうするか対策を練っていた。ロザリーは会話を一言か二言聴き取ってみようとした――ドイツ語？　オランダ語？　これは二〇二一年の話であり、その六月のアムステルダムには二十年前に来たときほど英語圏からの観光客はいなかった。

ロザリーはこれからどうしようかと考えた。プラットフォームをあちこち移動していても、ブリュッセルのホテルに行けるわけではない。列車の運休にさらなる運休が続くだけなのか、それとも雨季の降りやまない雨や終えられそうにない小説が、五月下旬の日曜の午後や一月の雪降る朝に突然終わりを迎えるように、この立ち往生もふいに終わるのか。何年も前、友達になった年上の作家が、執筆中の本のことを手紙で尋ねてきた。「小説はいかがでしょうか。人は病人のことを訊くようにそう訊きますが、まだ書き終えていない小説とはそんなものです。終わったら、それは死んでいるか、ずっと具合がよくなっているかのどちらか。死者をわずらわせてはいけません」

登場人物の全員がプラットフォームを渡り歩いて時間を費やしていては、いい小説にはならない。ロザリーに必要なのは筋の急展開や山場ではなく、あてになる情報だった。彼女は制服姿の鉄道職員を見つけて、運休した列車のことを尋ねた。

その男はほぼ完ぺきな英語を話し、困った事態を謝罪した。「今朝ロッテルダムで、あるできごとが起こったんです」と彼は言った。

「できごと」とロザリーはくりかえした。でもそういうあいまいな言葉が実は何を指しているか知っていた。「事故ですか」

「ああ、はい。ときどき起こる悲しい種類の事故でして。男性が列車の前に歩み出てきたんです」

ロザリーは彼が使った動詞が気になった。「飛ぶ」でも「駆ける」でも「跳ねる」でもなく、「歩む」。まるで死がゆったりしていて、目標を持った行為だとでも言わんばかりだ。彼女は――二十一世紀の夏という――現状をよそに、精神病院にいた頃のローベルト・ヴァルザー（スイスの作家）の写真のような、きちんとアイロンがけされたスーツと帽子で身をかためた男性を想像した。ヴァルザーの帽子は一九五六年のクリスマスの日、スイスの雪の上で倒れた彼の遺体のそばにあった。でもロッテルダムの男が帽子をかぶっていたとしても、傍らにそっと落ちていたとは考えられない。

鉄道職員は携帯電話のアプリを開き、赤や黄や緑のマス目をロザリーに指さしてみせ、まもなく列車は通常運行に戻ると言って不安を取り除いた。

〈母親には二タイプいる。母親に優しくするよう子どもに教えたことがない母親。そして子どもに優しくするよう教わったことのない母親〉

本当に？　ロザリーは思った。その二つのタイプしかいないのは確か？　子育てが上手で、どちらにも入らない母親もきっといるはずじゃない？　そんな文をノートに書いた憶えはなかったが、これと同じページにあった二つのメモは、書いた記憶がぼんやりと残っていた。その一つには〈早すぎる死を片づけてしまうことはできない〉と書かれていた。もう一つには、わらべ歌の歌詞が二行書かれていた。〈水曜生まれは悲しみにくれ、木曜生まれは旅に出る〉この文は水曜日に書いたにちがいない。マーシーは水曜日に生まれ、十五年十一か月後の木曜日に亡くなった。彼女が死んでからしばらくは木曜日が道標《みちしるべ》のように思われたので、ロザリーとダンは毎週木曜になると鉄道のトンネルの入り口に花を供えた。マーシーは死ぬためにそこに体を横たえたのだ。一週間が過ぎ、二週間が過ぎ、それから三週間、四週間、五週間と過ぎていった。そしてロザリーはふと、ほかに日や週を親がかぞえるのは、子どもが新生児のうちだけだと気づいた。

ところがしばらくたつと、かぞえなくなった。七十九週目や百三週目の子どもなどという言い方をする親はいない。きっと死者に対する計算も似ているのだろう。空気は酸化するし、水は濁る。時間も空気や水のように腐る。そして人生には時間の腐食に耐えられるものなどほとんどない。木曜日はふたたび、ただの平日になった。

ロザリーは三冊のノートをハンドバッグに入れて持ち歩いていたが、それぞれ何に使うつもりだったのかわからなくなっていた。それらは走り書きした言葉を入れておく三つの保管庫として、「自分への短信」という同じ部類に属するようになった。一方通行の文通だ。その自分というのが誰であれ、返事をよこさないいい加減な文通相手だった。短信をマーシーに宛てて書いていたら、空想の余地ができただろう。死者たちが私たちの心や手紙を読んでいないと断言できる人はいない。でもロザリーはマーシーに向けて書いたことはなかった。自分に向かって書いていて、その六月の水曜日、運休したオランダ鉄道の復旧を待つ間まで読んだことがなかった。

三冊のノートは慢性の病気のカルテみたいだった——癌ではなく、とてもゆっくり進むので加齢の自然な進行と区別がつかないような何かの疾患の。ロザリーは以前読んだ小説の中で、夫を毒殺するにはどうするのがいちばんか助言してくれと登場人物が老女に頼んでいたのを思い出した。絶対にばれない最高に効き目のある毒は一日一個の甘くてみずみずしい洋梨、と女は聞かされる。一日一個の洋梨？　どういう毒なの、と女は尋ねる。どんな夫でも一生のうちに食べられる洋梨の数にはかぎりがある、と老女は言う。特に決まった日に死ななくてもかまわないでしょ。最後の一つになる洋梨が、ある日彼の命を終わらせるの。

小説の題名は何だったっけ。ロザリーは首をひねり、思い出したら笑ってしまった。これはいずれ機会があれば小説に使えると思って、おおまかに書き留めておいた会話だった。〈本当にあなたが作った？〉疑い深い自分がすぐに問いただした。確かに自信はなかった。長く生きれば生きるほど、頭がざるみたいに穴だらけになって信用できなくなる。アリス・マンローが洋梨と毒の短編を書いたのかも？　いやアイリス・マードックのほうでは？

それとね、あなた――老女がロザリーの想像の中で夫殺しを切望する女に言う――あなたも洋梨を一日一個お食べなさいよ。健康にいい強壮剤なんだから、おかげで夫よりも長く生きられる。あのゆっくり効く甘い毒に、しっかり仕事をさせなさいね。

まったくだ。なぜ走る列車の前へ急ぐのか。なぜ国鉄の時刻表を混乱させず潮時になってから死を迎えないのか。ロザリーはノートにこうした疑問を書き留めようかと考えたが、それではまるでマーシーや今朝死んだ知らない人物と口論している感じになる。「決して口論しない」というのをロザリーはモットーにしていた。特に死者とは。


マーシーとロザリーが論じ合った最後の本――本といっても実際には一巻の中の小説三作品――それはアゴタ・クリストフの「三部作」だった。マーシーが読んだ最後の本ではない――それが何だったかは永遠にわからない。亡くなったときにマーシーのデスクに置かれていた本の山には、ケリー・リンクの短編集、エリザベス・ビショップの詩集、フランソワ・モーリヤックの小説、ラ・フォンテーヌの寓話集などがあった。ロザリーの薦めがあろうとなかろうと、いつもどおり彼女の書棚から抜き取られたものだ。

ロザリーはモスクワへ文化交流の出張をしたとき、クリストフの三部作を読んだ。小説の語りが作り出す迷宮にとまどった。比喩的な鏡の回廊、真実だったり偽りだったりする双子、投影の投影

――このすべての技巧に読者は魅せられたり不満を覚えたりするのかもしれないが、ロザリーは魅力も不満も感じなかった。彼女が求めていたのは小説について誰かと語り合うことだったので、マーシーに読むように頼んだ。

「この作品を読めなんて言うのが信じられない」マーシーは読み終えると、そう言った。

「混乱する？　私も混乱したの」

「混乱？　ちがう。そうじゃなくて、あれだよあれ。どぎつい」

「ポルノ小説じゃないんだけど」

「ポルノよりひどい」中学生になったときには料理や菓子作りがロザリーより上手になっていたマーシーは、アイスクリーム・スクープでマスクメロンの玉をすくっていた。「食欲を永遠に失った気がするよ」

　三部作にはたくさんの暴力が出てきた。レイプ、手足の切断、処刑。マーシーの感想を聞くまで、ロザリーはこの本が娘の年齢にふさわしくないかもしれないとは気づかなかった。八年生（中学二年に相当）のときマーシーは、難易度が高いプレップ・スクールへの願書の中でC・S・ルイスの文章を引用した――「本当にものを考える人の大半は、人生の最初の十四年間で多くの考えをすませてしまうと思う」――続けて彼女が考えたことのすべてを列挙した。これはちょっと……尊大な印象を与えるんじゃないかな？　ロザリーが訊くと、そんなふうに評価を下す大人がいたら、その人たちが尊大、とマーシーは答えた。ロザリーがほっとしたのは、マーシーが「あなたたち」ではなく「その人たち」という言い方で、親を除外して非難したことだ。その大人たちが批評するなら、つまりは若いときにちゃんと考えなかったということ。その人たちはいま年をとって、子どもたちを何でも言いなりにできるミニチュア・プードルみたいに扱う権利があると思ってる。「ミニチュアだからね！」マーシーは激しく身震いしながら言った。「スタンダード・プードルですらなくて！」

マーシーがマスクメロンとハネデューメロンとスイカの玉をガラスの器に盛り、半分に切ったライムを搾りかけてから、上にフレーク塩を散らすところをロザリーは見つめた。器に盛ったメロンとスイカはマーシーの午後のおやつだった。マーシーがこうも労を要するような生活水準をどこから日常に持ちこんできたのか、ロザリーにはわからなかった。自分ならメロンを薄切りにしてキッチンのシンクの前で食べてしまうだろう。

「あなたの食欲は問題なさそうね」とロザリーは言った。

マーシーは二股フォークをロザリーに向けた。「〈問題ない〉状況が、〈問題だらけ〉になることもあるの」

「そのフォーク、どこから持ってきたの」ロザリーは言った。ピンク色を帯びた金属的な色合いのその細長いフォークは、見かけたことのないものだった。

「私が買ったんだ。ローズ・ゴールドっていう色。ローズ・ゴールドっていう響きが気に入って」

この会話をしたのは、マーシーが若気の至りの無茶をして出願したプレップ・スクールの生活が始まる前の週のことだった。三週間後、彼女は二時限目に学校を出て、近くの鉄道線路へ歩いていった。その後しばらく、三色の果物の玉を食べながらしたその会話を、ロザリーは頭の中で何度も再生した。マーシーが言おうとしていたことを、何かつかみそこねていたのではないか。「三部作」を読み直すと手がかりになるだろうか。少なくとも思い至ったのは、まだ十六歳にも少し足りないマーシーが、アゴタ・クリストフが書いたものほどに世界が暴力的で荒涼となる可能性があるのを知っていたことだ。長い髪の女の子が表紙の小説（女子中高生向けの恋愛小説などを指す）ほど、世界は穏やかでも無害でもない。中学のとき、マーシーの同級生たちが熱心にそういう小説を読んでいた。「**げーっ、耐えられない。あほくさ。あほくさ。あほくさ**」とマーシーは何度か言っていた。かなり感情的だったので、ロザリーには一語一語が太字に見えたほどだ。でもそういう小説を読むような女の子は、いっさいの希望をこうも決然と捨てたりはしないかもしれない。そしてクリストフが書いた本よりも、長い髪の女の子が表紙に描かれた本のほうがたくさんあるのだ。

「いつか自分がした過ちをよく考えてみたほうがいい。もちろんいい、いまとは言ってないよ。いまは早すぎるだろうから」マーシーが死んだ数か月後、ロザリーは母親からそう言われた。

「どういう意味」とロザリーは訊いた。多くの人と同様に彼女も、相手の言いたいことがわかりきっているときしかその質問をしなかった。要するに質問はどちらかというと時間稼ぎであって、テニス選手がサーブを打ち返すために脚を曲げたり跳ねたり構えたりするようなものだ。

「子どもがそんな解決の仕方を選ぶときは、必ず親は何をしてたんだって考えなきゃいけないものなんだよ」とロザリーの母親は言った。「死んだ」とか「自殺」とかいった言葉を使おうとはしなかったが、「逝った」や「命を絶った」などの練られた言葉ならよしとしていた。

母親が言ったことは残酷ではあったが、彼女が口にしたことのあるもっとも残酷な発言はこんなものではなかった。それに、誰もが口にすまいと努めながらもうっかり漏らしてしまう人もいるようなことを、母親はただ口に出しただけだとロザリーは知っていた。マーシーが死んだ翌週、中学時代の友人の母親がロザリーの携帯電話にメッセージを送ってきた。お悔みを述べてから、やりとりの最後にこう書いていた。「思春期のうつ病の治療法はあると読んだことがあります。あなたがたはご存じなかった?」

子育てとは裁きだ。運のいい者は慎重な、あるいはやみくもな楽観主義のまま、自らの正しさを主張し続けている。ロザリーとダンは、評決を下されてしまった。

ロザリーは一人旅をすることにした。ちょうど新型コロナウイルスのデルタ株が悪名を馳せてきた頃だ。彼女はよく一人で出張に行くけれども、休暇の旅といえばこれまでは家族と一緒だった。彼女の決断にダンは異論をはさまなかった。彼は数年ほど荒れ果てた状態だったサンルームを取り壊すつもりでいた。休暇の間に新しいサンルームを作る——というか、作れるところまで作る計画だ。後は週末を使って仕上げをすればいい。ノースカロライナの暑さの中で重労働をやるとは——ロザリーは考えただけでぐったり疲れた気分になった。でもマーシーが死んでからロザリーとダンは、ともに耐えている苦しみは要するにこれだと学んだ。つまり、どちらの人生にも永遠の不在が永遠に存在することだと。ともに立ち直れないのはもちろん、ともに苦しみをやわらげることすらできなかった。いまだに感染症が猛威を振るっているときに旅をする危険性と、暑い日差しのもとで力仕事をして腰を痛める危険性を比べても意味がなかった。

観光客にとって、絵に描いたような美しさはオランダの名物の一つだ。アリスは兎の穴に下りていく前に「絵や会話のない本なんて何の役に立つの」と気の利いたことを言うけれど、こんな問いかけでもよかっただろう。絵や会話のない人生なんて何の役に立つの。一週間、ロザリーは運河や風車、店のウィンドーのチーズ・ホイールやずらり並んだ白と青の陶器人形、美術館の庭園や市場の屋台などの写真を撮った。アムステルダム、デルフト、ユトレヒト、ハールレム——どこも絵のようにさまになった。これから向かうブリュッセルとヘントとブルージュもそのはずだ。マーシーならロザリーのいかにも観光客らしいふるまいをあざけっただろう。むさぼるように撮影した地域について、ロザリーが何も知らないことを証明するため、ベネルクス三国にまつわる問いを出してきただろう。こうやって生活の上っ面だけ見て何の役に立つの。それが功を奏するみたいに。

功を奏さないとどうしてわかるの。ロザリーはそう答えるだろう。あなたがよくクッキーを焼いてジャムでぬかりなく飾るのと同じじゃない？　そのとき、またしても言い合いをくり返していることに気づいた。マーシーがすでに決定的に勝った口論。この先口論が続く見こみはないのに、口論をして何の役に立つのか。

ロザリーはよく撮れている旅の写真を選んでダンに送った。お返しに彼は作業の進み具合を写真付きの文書にして送ってきた。大量の腐った木材。最初は積み重ねられていて、釘でそれぞれの場所に打ち付けられた真新しい木の板。四隅が厚紙で覆われた新品の窓ガラス。ペンキの色見本と缶。ガレージに、ボウリングのピンのように十本ずつ並べられたビールの空き瓶。底なしの苦しみをほじくり返すより、うわべを切り取るほうがましだ。子どもを失った親は誰もが、たえず襲ってくるその苦悩でいつか死ぬ。甘い洋梨に仕事をさせてなぜいけない。

ブリュッセル行きの列車が到着した。待てば必ず終わりが来る、とロザリーは考えたが、すぐにもう一人の自分が言った。〈待てば必ず？　ずっとそのまま、つまり待つままになる場合もきっとある〉

たとえば？　ロザリーは問わねばならない気がした。

〈たとえば地球外生物から接触があるまで待つとか、ノーベル物理学賞をとれるまで待つとか、死後の世界はあると信じられるまで待つとか〉

　ああ、この強情っぱり。人生はあいまいな言葉や不正確な考えで縫い合わされているもの。いちいちしつこく主張のあら捜しをして何の意味があるの。そのうち縫い目がほころびてしまう。

　かつては自分とこれほど屁理屈を言い合ったりしなかった。マーシーが死んだからこんなやっかいな癖がついたのだろうか。マーシーなら間髪《かんはつ》をいれずに、私のせいにしないでよ、と言っただろう。マーシーが生きているときには一度もその台詞《せりふ》を言わせずにすんだ――それはお互いにとって慰めなのだろうか。ロザリーは自分の母親に別の言い方でその台詞を投げかけたかった。でも、もう手遅れだ。母親は二か月前に亡くなった。もし死後の世界があったら、母親はいま頃ロザリーにメッセージを送ってきただろう。そして、死んだことも死後の生活も気に食わないが、それはロザリーの落ち度だと告げただろう。死ぬ前の人生も同じように、ロザリーの母親でいなければならないせいで失望の連続だった。ロザリーのために建築学の教育課程を投げうったというのに。母親は名声と賞賛が自分を待っていたと信じるのをやめなかった。すべてロザリーのために犠牲にしたのだ。

　この母親なら、ロザリーがだめな母親だったことを娘の立場から報告するよう、マーシーに求めただろうか。

　前の列車がいくつも運休したのに、ロザリーが座った客車は空《す》いていた。三人家族、若いカップル、一人旅の乗客数人だけだった。マスクをしっかりと二重にした一人の女が、何度も前後を見て乗客一人一人を目で確認していた。まるで彼らの危険性を見定めているみたいだった。そしてロザリーから通路を挟んで隣の席に座り、両手を腰にあてた。妊娠三十七か三十八週目？　四十週目までいっていているかもしれない。ロザリーは白の薄手のマタニティ・ブラウスを臆せず突き上げているへその形を見て、そう見積もった。

妊娠している女は統計的に妊娠中の女が増えたように考えがちだが、それは意識が生み出す錯覚にすぎない、と大学の心理学の講座で学んだのを思い出した。では感染症の流行がなければ、この旅でマーシーと同じ年頃の若者に目が行っただろうか。ロザリーとダンは彼女の死後、遺族カウンセラーから説明を受けた。あらゆる日常的な物事のせいで、前触れもなく打ちひしがれるかもしれません。ヘアピンやボールペンを見たり、同じ髪型や似たワンピースで歩いているマーシーぐらいの年頃の少女を見かけたりしたら。しかし、そういうことはいっさいロザリーには起こらなかった。この広い世界全体こそマーシーがいない場所なのであって、その事実を思い出させるものなど何一つ必要なかった。

マーシーは次の誕生日には十九歳になるはずだった。亡くなってすぐロザリーはノートに、娘はこれで永遠に十五歳のままだし、彼女は――ロザリーは――マーシーが十六歳、十七歳、二十六歳、四十二歳でどんな人になるのか決して知ることはない、と書いた。ところが驚いたことに――そして子どもに死なれた後の親を驚かせるものなどほぼないので、この気づきには鈍器で殴られたような感じがしたし、宗教を信じる人間か悟りを信じるタイプの作家だったら、悟りと呼んだだろう――想定に反して、マーシーは十五歳のままではいなかった。マーシーの友人たちは歩みを進め、高校を終えて大学へ行こうとしていた。マーシーも、ロザリーの頭の中で年を重ねた。物理的に目に見える形では年をとらない――ロザリーは、最後の宿命の朝に校門前で車から降ろした女の子と、少しでも異なる姿は決して思い浮かべないことにしていた。「生前のマーシーを憶えていてほしいのです」と葬儀管理士は電話口の向こうで穏やかに言い、火葬前にマーシーの遺体をロザリーとダンに見せないと決めたことについて説明してくれた。「お二人には最後の瞬間についてえんえんと考えてほしくありません。彼女の人生はそんなものではなかったのですから」

　そう、マーシーは肉体的には変化していない。でも、ロザリーにとってどんな感じの人なのかは変わったのだ。マーシーは成長していて、さほど極端な感情に振り回されなくなっているが、いまだに辛らつで批評力があり、愚かに見えるそこらの人々を否定する。ローズ・ゴールドはいまのマーシーに似合う色だろう。

　通路の向こうの女がロザリーに視線を向けた。敵意に満ちているとまでは言えなくても、けげんそうな目つきだ。きっとこの女の体をじろじろ見てしまったのだろう。妊娠後期のつらさはわかっているとでも言わんばかりに、ロザリーは愛想よく会釈した。それから、窓のほうに顔をそむけた。女に不安を抱かせるつもりはなかった。女は全力でしんどさと向き合う必要がある。

　私の目はあんたの細胞の一つだって傷つけやしないよ。母親はロザリーの体を調べ上げ、ごく小さな変化でもすべて見定めるときに、そう言った。それでロザリーは激怒したものだが、腹を立てれば立てるほど母親が落ち着き払ってしつこく調べることをすぐに悟った。マニアみたいな好奇心をもって娘の体を吟味するとは、どういう母親なのか。マリアン・ムーアの母親がそうだった――というより、少なくともムーアの伝記を読んだら、その印象を消せなくなった。気の毒なマリアンはどうやら、ロザリーのように問題を解決できなかったらしい。ロザリーはバスローブで体をくるむのではなく、着ているものすべてをバスルームに持ちこんで、母親の視線にさらされる前にボタンを留め、ファスナーを閉め、できるだけ隙を見せないようにしたのだ。すると母親はあてこするような冷たい笑みを浮かべながら、子どもがどれほどうまく体を隠そうとも母親の目はいつも裸にできる、と思い知らせるようなことを二、三言った。「あんたは私の産道から出てきて、私のお乳を吸ったんだよ――あんたの体に私の知らないところがあるなんて、よく思えるもんだね」ロザリーの母親がこのとおり口にしたかどうかは問題ではない。言いたいことを伝えるのに、言葉のすべてが声に出される必要はない。

　列車がトンネルに入った。客車の力ない蛍光灯がまたたきながらついた。窓が鏡のように車内を映し出し、ロザリーは映った自分と女のうち、女のほうに目をやった。彼女は保つのが難しそうな体勢で座っていた。赤ん坊が生まれる前の日々ときたら！　どう見ても安らげるような――座る、横になる、ソファの背にもたれる――姿勢でも、楽にはならなかった。とはいえ、そんな試練はすぐに終わりを迎える。それから次の段階に進み、新たな苦痛の種に悩まされる。出産による会陰《えいん》裂傷、授乳による乳頭亀裂や乳腺炎。おむつかぶれや乳児脂漏性《しろうせい》湿疹の心配に加え、乳児疝痛《せんつう》を防ぐ適切な種類の哺乳瓶や、未熟な消化器系に負担をかけずに離乳食を始める頃合いについての心配、身体発育曲線、トイレのしつけ、保育園への入園申し込みについての心配。そしてある日、これらすべてが終わりを迎える。少しずつであれ、いきなりであれ。

　救いは、とロザリーは思った。すべての苦しみも心配も、永遠には続かないことだ。時間の制約があるつらさというのは、時間によって感じにくくなっていく。でなければ親にかぎらずどの人も、どうやってひるまず生きていくことができるだろう。レベッカ・ウェストの小説に出てくるある登場人物は、母親にこう言ってから第一次世界大戦でフランスに行き、すぐ殺される。「誰だってこれからやらなければならないことを子どものときに全部知らされたら、すぐに死んだほうがましだときっと思うよ。やり遂げる力を持てるようになるなんて信じられないだろうね」これをロザリーは通路の向こうの女に言える。それどころか、二十年前の自分自身に。

ずっと忘れていた記憶がよみがえってきた。ロザリーと生まれたてのマーシーが退院するとき、キャリー・バスケットでマーシーを運んでいたダンが、エレベーターのドアが開くのを待っていたら急に不安げになった。彼はバスケットをそっと床に置き、脇にひざまずいて耳を赤ん坊の顔に近づけ、息を殺して耳を澄ました。「ボランティア」と書かれた青いリボンをブラウスの胸につけた二人の老女が立ち止まり、その光景を眺めた。「あれを新米パパっていうのよ」と一人が評し、「まあ、毎日でも見たいくらいね」ともう一人が言った。彼女はかごから大きな白黒クッキーをつまんでロザリーの手のひらにのせた。「いいえ、お代はいらないの」ロザリーが現金の持ち合わせがないことを伝えると、女は言った。「さあ、あなたにもう一枚。そっちは旦那さんのよ」

列車は村をいくつもとおりすぎた。尖塔のそびえる教会、花の農園、川や運河。その脇を映画のように自転車で走る人。ときおり乗客が一人か二人、列車から降りてプラットフォームでポーズをとった。彼らは窓枠の中にいると、映画の撮影セットのエキストラ俳優みたいに見えた。装備品を入れた背嚢《はいのう》を背負って、列車で早すぎる死へ向かったたくさんの兵士たち――彼らは百年後、本や映画の登場人物ぐらいの存在でしかなくなっている。ロザリーは列車の乗客の誰かが彼女とダンの人生を切り裂いて大きく変化させてくれる想像をしてみることもあったが、決してそううまくいかなかった。「想像力」という言葉は高く評価されすぎているのかもしれない――少なくとも濫用《らんよう》されているのかも。想像した筋書きというのは、想像した人間の人生のリトマス試験紙にすぎない。

通路の向こうの女が二重マスクの奥でくぐもった声を出した。席に座っている姿勢は、つらそうだったのが苦悶の様子に変わったように見えた。「大丈夫？」ロザリーは尋ねた。「大丈夫？《トゥ・ヴァ・ビアン》」

女は首を振ってまた前後に顔を向け、客車にいる乗客たちをいっそう苦心して見回した。ロザリーは何が起きたかを察し、通路に踏み出して女に近づいた。くすんだベージュの薄い生地のズボンが、一部だけ暗く変色している。マスクの上からロザリーに向けられた女の目が、びっくりするほど大きく見えた。

ほかの乗客の誰もこの緊急事態に気づいていなかった。三人家族の――せいぜい三、四歳の子どもの――母親以外は、始まろうとしている分娩に対処する力がなさそうだった。

〈どうしてわかるの。そこに座っている男性は医者かもしれないでしょ〉

ああ、黙ってて。ロザリーは頭の中の声に命じた。

〈それに、すぐ始まるってどうしてわかるの。破水はしてるけれど、赤ちゃんが生まれるまであと一、二時間、それどころか半日かかるかもしれない〉

マーシーは水曜日の朝に生まれた。十一時十五分だった。でもロザリーが破水したのはその八時間近く前だった。だからまだ時間はある。わけもなくあわてふためかなくてもいい。彼女は女に心配いらないと言い、それから客車の貫通路近くまで行って警報装置のひもを引いた。

だらけていた乗客たちがきびきびと動き出し、配役になりきる俳優みたいになった。小さな子の母親がロザリーに加勢しに来て、父親は男の子から大声で文句を言われながらも、離れているほうの貫通路のあたりへその子を抱きかかえていった。ロザリーはスーツケースを開けて防水ジャケットを引っぱり出し、それを通路の床に広げた。別の乗客が――どういう人かわからなかったが――太った子豚の形の旅行用ピローをロザリーに渡した。若い母親とロザリーは女に手を貸して席からジャケットの上へ移動させた。二人の若い男がロザリーの肩の上から身を乗り出し、一人が携帯電話で通報していた。話しているのはオランダ語なのがわかったけれど、その声の深刻さに彼女はいらだちを感じた。こういう緊急事態の何を知っているの。次の瞬間、鉄道職員が一人勢いよく入ってきて、そこへ客車の反対側から来た別の職員が加わった。もうじゅうぶん刺激的な一日になりそうだった。ディナー・パーティーの席や友達や家族への電話で語られることになるだろう。

　後でロザリーはベルギーから、その国の絵のような美しさをダンに伝え、写真も送った。でも、ベルギーまで行ったいちばんの動機はイーペルを訪れることだった。そこは第一次世界大戦で何十万もの人々が死んだ場所となった。彼らの死について考えているときですら、口論する自分が――いや今回はマーシーだろうか――自分の不合理な考えを笑っている声が聞こえた。〈歴史を振り返ったら、世界のどこだって何十万もの死があった場所。何百万でないとしてもね。ちがう？〉

　何十万もの早すぎる死、とロザリーは頭の中で訂正した。

〈戦場で死んでないならその人たちの死は早すぎではない、と思うほど愚かにならないでよ〉

　そうね。でも、戦場の死のすべてが早すぎることはわかってる。

〈だから？〉

　だからどうってことじゃないの。口論にいつもだからを入れる必要はないでしょ。私はただ、たくさんの人が埋葬されている場所に行きたいだけ。

〈どうしてノルマンディーじゃないの〉

ちがうの。私が行きたいのはイーペル。

〈私がイーペルを「ワイパー」って言ってたの、憶えてる？〉

ロザリーは会話を中断した。いまはっきりわかった。この質問はマーシーがしているのだ。マーシーは中学のとき、二度の世界大戦について歴史書を数冊読み、それからある日イーペル（Ypres）を「ワイパー」と発音すると思っていたと明かした。二人で笑ったが、ロザリーは英語話者の兵士たちがイーペルをそのとおり「ワイパー」と呼んでいたことを後に知った。

あのね、兵士たちはイーペルをそう呼んでいたんだよ――「ワイパー」って。短編小説で読んだの。長編小説だったかもしれないけど。

〈誰の作品〉

エリザベス・ジェーン・ハワード？　レベッカ・ウェスト？　メイヴィス・ギャラント？　パット・バーカー？　ロザリーは特定できなかった。でも、どうでもいいことだ。本の中の若者たちは戦争に行った。無傷のまま、あるいは負傷して戻ってくる者もいれば、戦闘中に殺された者、行方不明で終わった者もいた。彼らはマーシーがいまいるところにいるだろう。でもマーシーは彼らの身に何があったかをまるで知らない。ときどき望むのは……とロザリーは、一語一語を書き留めるようにゆっくりと考えた。

〈わかってる。望まないで〉

そうだよね、とロザリーは応じた。でもマーシーへの、というより、こういう会話にここ何年も現れ続けている幽霊か何かへの、この望みだけは説明しないではいられなかった。その望みとは、人間が自分の血筋を選べるような別のシステムを、自然が作ってくれていたらよかったということだった——親や祖父母や曾祖父母ではなく、読んだ本によって決まる血筋だ。故意に、意図的に、とりかえしがつくように作られ、維持される血筋。

〈とりかえしがつかないように、じゃなくて？〉

うん、とりかえしがつくように。

〈でも、とりかえしはつかないよ。本を読まなかったことにはできないから〉

うん、でも修正してその本を消せるの。遺伝学でＤＮＡの断片を削除できるみたいに。

〈どういうこと〉

要するに、ロザリーはマーシーに「三部作」を読ませなければよかったと思っているのだった。あんな陰鬱なものにはもっと長い回り道をしてからたどり着いて——いや、できれば決してたどり着かないでほしかった。マーシーが人生の上っ面をざっと見てみる時間がもっとあればよかった。表面的で何がいけない。深みは痛みをともなうものだ。


列車が小さな駅に着いた。灰色の線が入った黄色いファサードの平屋の駅舎は、昔の絵本からそのまま出てきたような感じだった。プラットフォームに車輪付き担架が待機しており、救急車が無音で青いランプを点滅させながら、線路と平行に走る道路に停まっていた。三人の救急救命士が客車の中に入ってきて、女を担架に乗せ、運んでいった。いま車輪付き担架の上に固定しているところだ。女はあおむけになって完全に身をゆだねていた。プラットフォームに面したどの車窓にも、それをじっと見守る目があった。乗客たちはこの事態を、善意や無関心な思いで見つめていた。若い母親がロザリーの防水ジャケットを拾って手渡してくれた。走り去る救急車に向かって、二人とも手を振った。女のためというより自分たちのために振っていた。女はこれから自らの戦場へ向かい、水曜生まれの子を生むのだ。女の体をあれほどじっと見なければよかったと考えるなんて、愚かしいだろうか。ひょっとしたら、ロザリーの体を調べても細胞を一つも傷つけないと主張した母親はまちがっていたかもしれない。ロザリーがこっそり女の体を観察したせいで何かしら変化を生じさせ、なりゆきを変えてしまったのではないか——木曜日に生まれるはずの子どもが、水曜日に生まれるのではないか。

〈ばかなこと言わないで〉

ただ思っただけ。

〈忘れなよ〉

どうやって。

〈あの童謡（「Wheels on the Bus」）みたいに。どんなのだっけ。バスのワイパーがしゅっしゅっしゅっしゅっ、しゅっしゅっしゅっ、しゅっしゅっしゅ……〉

何でもしゅっと拭き消せるわけじゃない、とロザリーは思った。母親はわが子を殺すことはめったになく、むしろ破損するほうが多い。目に見えるインクと目に見えないインクの両方で、メッセージを書きこむのだ。それは完全には消すことができない。ロザリーの母親はそろそろ末期《まつご》を迎えようとする頃、マーシーの死の件で評決を告げた。「因果応報だよ」とロザリーに言った。彼女が言いたいのは、ロザリーは自分の母親を心から愛そうとしなかったので、それに見合った罰を受けているということだった。子どもに死なれ、より確実に捨てられて、いっそう大きな苦しみを味わう罰を。ロザリーは返事をしなかった。マーシーが死んでから、こういうことを言われるのは見越していた。母親は評決を墓まで持っていって驚かせることもできたのに、ご多分に漏れず苦しみを与えられるところがあれば与え、壊せるものがあれば壊す衝動にあらがえなかった。

でもこの水曜日のいま、母親の評決を思い出しても激しい感情は湧いてこなかった。ロザリーはこれからブリュッセルに行き、さらにイーペルに向かう。自分を愛していた母親が冷酷にしか愛せなかったのは悲しいことだ。でも少なくともロザリーは、マーシーへの自分の愛はもっと優しかったし、愛や優しさの見返りをマーシーには求めなかったという事実に、慰めを見出していた。

かくまわれた女

新米の母親は仮眠から覚めたばかりでふらつきながら、何のために呼ばれたかわかっていない様子でテーブルの前に座った。この人には一生わからないかもね、とメイおばさんは考えた。ランチョンマットの上にのった豚足と大豆のスープは、メイおばさんがこしらえたもの。これまでたくさんの新米の母親たちに作ってきた。でも「たくさん」ではあいまいだ。メイおばさんは雇い主の面接を受けるたび、手がけた家の件数を正確に教える。いまの雇い主と面接したときは百二十六件で、赤ん坊は計百三十一名だった。その家の連絡先、仕事をした日付、赤ん坊の名前と誕生日——こういうものを記録してきたのは、手のひらサイズのメモ帳だ。二度ばらばらになって、テープでくっつけた。

メイおばさんは昔、それをイリノイ州モリーンのガレージ・セールで買った。表紙の花の絵がよかった。紫と黄色で描かれ、つつましい花びらの周りには雪が溶け残っている。値段もよかった。五セント。金庫を膝の上にのせた子どもに硬貨を手渡すとき、もう一冊買えたらおつりがいらないんだけど、と訊いてみた。すると男の子は困った顔をして、ないよ、と答えた。尋ねたのは欲が張っていたせいだけれど、記憶がよみがえると——面接のためにスーツケースからメモ帳を取り出すとき、よくよみがえってくる——メイおばさんは自分を笑ってしまう。なんだってまた二つ欲しがったりしたんだろう。メモ帳一ついっぱいになるほど人生は長くないのに。

新米の母親はスプーンに手も触れずじっとしていたが、そのうち湯気の立つスープに涙を落とした。

「よしよし」とメイおばさんが言った。彼女は赤ん坊を抱いて新品の揺り椅子を揺らしていた——ゆらりゆらりと、行ったり来たり。昨日ほどきしむ音が気にならない。揺れるのを楽しんでいるのはどっちのほうだろうね、と自分に向かってつぶやいた。壊れるまで揺れるのが務めの椅子のほうか、それとも人生が揺さぶられて消えつつあるあんたか。それで、どっちが先にお陀仏《だぶつ》になるのやら。メイおばさんは心ならずも、世間の耳に届かないとき独り言を言うような人間になったことに、ずっと前から甘んじていた。せめて人前でうっかり口を滑らせないよう気をつけていた。

「このスープ、好きになれない」と母親は言った。中国の名前があるはずなのに、彼女はメイおばさんにシャネルと呼ぶように言っていた。でもメイおばさんはどんな母親だろうと赤ちゃんのママと呼び、どんな乳児だろうと赤ちゃんと呼んでいた。そのほうが簡単だ。一組の客をなんなく次の組に取り替えられて。

「あなたが好きじゃなくてもいいの」スープは午前中ずっと煮こまれ、濃縮して乳白色になっていた。自分なら口をつけないけれど、授乳中の母親にはいちばん効くレシピだ。「赤ちゃんのために食べてちょうだい」

「なんであたしがその子のために食べなきゃいけないの」シャネルは産後五日目にもかかわらず、やせ細っていた。

「はてさて」メイおばさんは笑いながら言った。「ほかにどこからお乳が出てくるっていうの」

「あたしは牝牛《めうし》じゃない」

牝牛のほうがまだましだよ、とメイおばさんは思った。でも、いつでも粉ミルクに換えられる、とやんわり脅すにとどめた。メイおばさんは粉ミルクでもいっこうにかまわないのだが、たいていの人が彼女を雇うのは、新生児と授乳中の母親の面倒をしっかり見られるからこそなのだ。若い女は泣き出した。まったく、とメイおばさんは思った。この小娘ほど不向きな母親は見たことがないよ。

「産後うつだと思う」シャネルは泣きやむとそう言った。

何やら小難しい用語を憶えたもんだ。

「あたしのひいおばあさんは、おじいさんを産んだ三日後に首を吊ったの。通り魔みたいな霊に取り憑かれたって噂だけど、あたしはそれじゃないかな」シャネルは鏡の代わりにスマホで顔をチェックし、腫れたまぶたを指で押さえた。「ひいおばあさんは産後うつだったわけ」

メイおばさんは揺れるのをやめて赤ん坊を抱きしめた。すると赤ん坊はすぐに頭を胸にぶつけてきた。「ばかなこと言わないで」彼女は手厳しく言い放った。

「産後うつがどういうものか説明してるだけでしょ」

「あなたが食べないのがいけないの。誰だってそんな状態でいたら気分が悪くなるよ」

「誰だって」シャネルはふてくされたように言った。「あたしみたいな状態になるわけない。ゆうべ、あたしがどんな夢を見たか知ってる？」

「さあ」

「当ててみて」

「うちの村じゃ、誰かの夢を当てるのは縁起が悪いって言われててね」とメイおばさんは言った。「人の頭を自由に出入りするのは幽霊だけ。

「赤ちゃんをトイレに流す夢を見たの」

「あらら、それを当てようったって無理だった」

「そこが問題なんだ。あたしの気持ちなんか誰もわかってくれない」シャネルはまた涙を見せた。

メイおばさんはおくるみの内側の臭いを嗅いで、新たな涙を気にも留めなかった。「おむつを替えなきゃ」しばらくすればシャネルも受け入れるようになるのを彼女は知っていた。どんな母親だって母親にはちがいない。いくらわが子を下水管に流す話をしていたって。

メイおばさんは十一年の間、新生児とその母親のために住みこみのベビーシッターをしてきた。原則として生後一か月たった日にその家から出ることにしていた。暇な——めったにない——時期は別だが、それでも長くいて数日だった。たいていの家は喜んで一週間分や一か月分の報酬を余分に払うだろうし、もっと長くいてもらいたいと申し出る家もあるのだが、メイおばさんはいつも断った。彼女は生後一か月までのベビーシッターとして働いているのであり、母子ともに面倒をみるその務めは普通のベビーシッターとはちがうのだ。ときどき以前の雇用主から、二人目の子の面倒をみるよう持ちかけられる。でも赤ん坊のとき一度は腕に抱いた子と会うことになると思うと、眠れなくなった。それで、承諾するのはほかに選択肢がないときだけにし、上の子たちのことは空気のように扱った。

シャネルは泣きじゃくる合間を縫って、どうして夫が数日の休みをとれないのかわからないと言った。夫は昨日、出張で深圳《シンセン》に出かけた。「何の権利があって私一人に息子を押しつけていくわけ」一人だって？　メイおばさんは横目で赤ちゃんの眉を見やった。ぎゅっと眉を寄せているので、眉間の皮膚がうっすら黄色くなっていた。パパがせっせと働いてるからママは家にいられるし、私のことをいてもいなくても同じみたいに言えるのにね。巳《み》年は出産に吉ではないとされているので、メイおばさんの商売はふるわなかった。でなければもっといい客がいただろう。この夫婦のことは、会ったとき気に入らなかった。出産を控えたたいていの夫婦とちがい、二人とも心ここにあらずという感じで、ほとんど質問もせずに仕事を頼んできた。

あなたがたはね、見知らぬ他人にわが子を託そうとしてるんですよ、と念押ししたくなったが、どちらも心配していないようだった。ひょっとすると調べをじゅうぶんつけていたのだろうか。メイおばさんはトップレベルのベビーシッターという評判を得ていた。雇い主たちはいい教育を中国で、後にアメリカで受けてから、ベイ・エリア（サンフランシスコ周辺の湾岸地域）で知的専門職についた運のいい人たちだ。たとえば弁護士、医師、ベンチャー・キャピタルのエンジニアだが——どんな職であれ、やはりアメリカ生まれの赤ん坊のために経験豊富な中国人ベビーシッターが必要だった。赤ん坊が生まれる何か月も前に彼女の予約をとる家がたくさんあった。

赤ちゃんがきれいに拭いてもらっておくるみに包まれ、満足そうにしていたので、メイおばさんはおむつ替え用のテーブルに寝かせてから窓の外に目をやり、いつものように自分のものではない眺めを楽しんだ。ツツジの茂みと石の小道の間に人工池があって、中に金魚や睡蓮の葉があしらわれている。家の主人は出かける前、金魚に餌をやって池の水を補充するようメイおばさんに頼んでいった。彼は年間六・八キロリットルの水がいると言って、費用を計算していた。彼が快く一日二十ドル余分に払わなければ、追加の仕事は断っていたところだ。

白鷺の像が一本足で池の中に立っていた。首がはてなの形に曲げられている。メイおばさんはその彫刻を作った男のことを考えた。もちろん女でもありうるけれど、メイおばさんはその可能性を認めようとしなかった。白鷺みたいに美しくて無用なものを作るのは男だと思うのが好きだった。その人は孤独な男ってことにしよう。いけずな女にはとても手が届かないような。

赤ちゃんがもぞもぞし始めた。起きるのはママがスープを飲んでからね、と小さな声でさとしたが無駄だった。白鷺が驚き、悠然と飛び立った。ひと声鳴くのを耳にして、メイおばさんはあっけにとられ、それから笑い出した。やっぱり年をとって忘れっぽくなったんだね。昨日はあんな彫像なんかなかったよ。メイおばさんは赤ちゃんを抱き上げ、庭に出た。金魚の数は減っていたものの、少なくとも何匹かは白鷺の襲撃を免れていた。それでも、減ったことをシャネルに話さなければ。産後うつに悩んでるって？　金魚のことを考えてごらんよ。ある日極楽みたいな池に棲んでると思ったら、翌日にはたまたま来た白鷺のお腹の天国行きだからね。


習慣をきっちり守ることが、手がけるすべての母子のためになるとメイおばさんは信じていた。一週目は母親に一日六回の食事と三回の間食を与えた。二週目からは四回の食事と二回の間食だ。赤ん坊には昼間は二時間おき、夜間は三、四時間おきに授乳することにしていた。ベビーベッドを親の寝室に置くか子ども部屋に置くかは両親に決めさせたが、自分の寝室には入れさせなかった。いいえ、自分の都合のためじゃないんですよ、と彼女は説明した。一か月しかいない人間に赤ちゃんがなついてもしようがないってだけです。

「だって、こんなにたくさん食べるの無理。人によってちがうんだよ」翌日、シャネルが言った。このときはさほどめそめそせずにソファで丸くなり、胸に温湿布を二枚あてていた。メイおばさんが、この若い女の母乳の出は思わしくないと考えたからだ。

私がいなくなったら好きなようにやっていい、とメイおばさんは赤ちゃんを沐浴《もくよく》させながら思った。あんたの息子はいびつなカボチャに育つかもしれないけど、私はちっともかまわない。でも、いまはまだ母子ともにはめをはずしたらだめ。なんで皆が生後一か月までのベビーシッターを雇うかっていうとね、とメイおばさんはシャネルに言った。まちがいのないようにするためなんだ。ちがうことをするためじゃない。

「でも自分の子どものときはこんなスケジュールでやった？　やってないでしょ」

「実はやってないの。ただし、それは子どもがいないからだよ」

「一人もいないの？」

「子どもがいるベビーシッターを指定したわけじゃないでしょ」

「でも、だったらなんで……どうしてこういう仕事を選んだの」

まったくだ。「仕事が人を選ぶこともある」とメイおばさんは言った。おっと、まさか私がこんなに奥が深いとは誰ぞ知る。

「でも、だったら子ども好きなんだよね？」

いえいえ。別にこの子もあの子も、どの子のことも好きじゃないよ。「レンガ職人はレンガが大好きなの？　皿洗い機の修理人は皿洗い機が好き？」その日の午前中、シャネルの調子の悪い食洗機を見に男がやってきた。二十分ほどいじっただけなのに請求額は百ドルだった。メイおばさんの丸一日分の賃金と同じだ。

「おばさん、その反論いまいち」

「私の仕事では反論がうまくなくてもいいの。うまくできるなら弁護士になってたよ。旦那さんみたいに。でしょ？」

シャネルは陰気な笑い声を漏らした。自己診断ではうつ病だというけれど、たいていの母親よりもメイおばさんとしゃべるのを楽しんでいるようだった。ほかの母親たちは赤ん坊や授乳の話はするものの、それ以外は彼女にほとんど関心を示さない。

メイおばさんはソファのシャネルの隣に赤ちゃんを寝かせた。シャネルはしぶしぶ場所を空けた。

「さあ、母乳がどうしてこうなのか見てみましょ」メイおばさんはそう言って、両手を温まるまでこすり合わせ、それから温湿布を剝がした。シャネルは痛みに悲鳴を上げた。

「触ってもいないのに」

なんて目をしてるの、とメイおばさんは言いたかった。腕のいい配管工だって、こういう水漏れは直せないだろうよ。

「もうこいつにお乳をあげたくない」とシャネルは言った。

こいつだって？　「あなたの息子なんだよ」

「父親の息子でもあるでしょ。なんで父親が手を貸せないわけ」

「男からお乳は出ないもの」

シャネルは笑ったが、涙を流していた。「そう。男が出せるのはお金だけ」

「稼ぎのある男を見つけられて幸運なんだよ。男が皆そうってわけじゃないでしょ」

シャネルはパジャマの袖の内側で、目元をそっと拭った。「おばさん、結婚は？」

「一度ね」とメイおばさんは答えた。

「それでどうしたの。離婚したの？」

「死なれたの」結婚している間、毎日人生から夫が消えればいいと望んでいた。それほどはっきりと態度には出さなかったけれど。もう何年もたつのに、いまでも夫が死んだのは自分のせいじゃないかという気がする。まるでその晩、夫に金をせびったのは十代のグループではなく、自分だったかのように。どうしてただお金をやらなかったの。ときどきメイおばさんは自分に語りかけるのに疲れると、夫を叱った。三十五ドルと引き替えにした命。あと三か月で五十二歳だった。

「旦那さんはずっと年上だった？」

「年上ではあったけど、そんなに上じゃなかったね」

「あたしの旦那は二十八も上なの。わからなかったでしょ」シャネルは言った。

「うん、わからなかった」

「あたしが年とって見えるのかな。旦那が若く見えるのかな」

「あなたたちはお似合いだよ」

「だけど、たぶん旦那はあたしより早く死ぬよね？　女は男より長生きだし、旦那は若いときに運を使っちゃったし」

じゃあ、あんたも解放されたくてしょうがないんだね。言っとくけどね、そういう望みがかなわなくたってじゅうぶん不幸だけど、もしかなってしまったら、そのときこそ生きるのは本当にみじめなことだってわかる。世界はもともと明るい場所ではないのに、無意味な望みが無意味にかなえられたら、ますます暗くなるものなんだ。「変なこと言わないでちょうだい」とメイおばさんは言った。

「本当のこと言ってるだけじゃない。旦那さんはどうして死んだの。心臓発作？」

「そんなとこ」メイおばさんはそう言うと、さらに質問が来ないうちに調子の悪い乳房の一つをつかんだ。シャネルは息を呑み、金切り声を上げた。メイおばさんは乳房を放さず、力強いマッサージをほどこした。そしてもう一つの乳房に手を伸ばしたとき、シャネルはいっそう大きな金切り声を上げたものの、その場から動かなかった。赤ちゃんを押し潰してはいけないと思ったのかもしれない。

後でメイおばさんは蒸しタオルを持ってきた。「消えて。もうここにいてほしくない」とシャネルが言った。

「でも、あなたの世話は誰がするの」

「世話なんかいらない」シャネルは立ち上がってガウンのベルトを締めた。

「赤ちゃんの世話は？」

「この子も運が尽きたね」

階段へ向かうシャネルの背はかたくなにこわばっていた。メイおばさんは赤ちゃんを抱き上げた。体の重みは取るに足らないほどだったし、その感情――悲しみ、怒り、不安――もそうだった。自分がこの子に代わって感じてやらなければ。メイおばさんはむしろ畏怖の念を抱いていた。こうやって母は子を棄てるのか、と腹の底でつぶやいた。

赤ん坊はその日で生後六日だったが、乳離れをさせられた。いまやメイおばさんしか食事と世話と――認めたくないが――愛を与える人間がいなくなってしまった。シャネルは寝室にこもり、午後はずっと中国のテレビドラマを観ていた。そしてときたま水を取りに階下へ下りてきて、メイおばさんに話しかけた。まるで老女と赤ん坊を気の毒な親戚とでも思っているみたいだった。つまり二人にいられて困ってはいるものの、もてなさなくていいのは助かるのだ。

食洗機の修理人は夕方またやってきた。そしてメイおばさんにポールだとふたたび名乗った。もう年だから一日で忘れそうだとでも言わんばかりだね、とメイおばさんは思った。前回、盗み食いする白鷺の話をしたところ、彼はまた来て解決すると約束したのだった。

「鳥が死なないようにしてよ」メイおばさんは、ポールが池の上に針金を張るのを眺めながら声をかけた。

「自分で触ってみな」ポールは電源のスイッチをはじいた。

メイおばさんは縦横に張り巡らされた針金に手のひらをあてた。「何も感じない」

「よし。もし感じたら、あんたの命を危険にさらしてることになる。それなら俺を訴えられるぞ」

「だけど、これでどうして効き目があるの」

「白鷺があんたより敏感なのを祈ろう。うまくいかなかったら電話してくれ。もう料金はとらないから」

メイおばさんは眉唾もののような気がした。でも疑わしそうに黙っていても、ポールは発明を自画自賛し続けた。頭を使う男に解決できない問題はない、と彼は言った。道具を片づけても立ち去らないので、急いで家に帰る理由はないのだとわかった。俺はベトナム育ちで、と彼は話した。アメリカに来たのは三十七年前。やもめだけど、成人した子どもが三人いる。でも誰も孫を見せてくれないし、見せてくれそうにもない。妹が二人ニューヨークに住んでいて、どっちも年下なのに孫を持つのは先を越されたよ。

よくある身の上話だ。誰もが必ずどこかしらからやってきて、誰もが必ず人間関係を積み重ねている。メイおばさんにはポールの人生の今後が見えた。元気なうちは働き続け、じきに年をとって役に立たなくなる。それから子どもたちに施設に入れられ、誕生日や祝日に訪問を受ける。何のしがらみもない女であるメイおばさんは優越感を覚えた。彼女はポールが帰っていくとき、赤ちゃんの小さなこぶしを上げた。「ポールおじいちゃんにバイバイね」

メイおばさんは振り返って家を見上げた。シャネルが二階の寝室で窓のしきいに寄りかかっていた。「あの人、白鷺を感電死させる気？」シャネルは下に向かって大声で言った。

「ショックを与えるだけだって言ってた。学ばせるんだよ」

「あたしが人間のどこが嫌いか知ってる？　〝これはあなたの学びになる〟ってすぐ言いたがるところ。だって、学んで何の意味があるの。人生で何かに失敗しても追試は受けられないんだよ」

十月だった。湾から流れこむ夕方の空気は肌寒い。風邪を引かないよう注意するしか、言葉が出てこなかった。

「引いたって誰も気にしないもん」

「親御さんがするんじゃないの」

シャネルは小馬鹿にしたような声を出した。

「でなかったら旦那さんが」

「はっ。いま旦那がね、滞在を十日延ばさなきゃいけなくなったってメールしてきた。あいつがいま何をしてるか、あたしの読みはわかってるでしょ。女と寝てる。ていうか、女たちと」

メイおばさんは返事をしなかった。隠れて雇い主をけなすような真似はしないことにしている。ところが家に入ると、シャネルはもう居間にいた。「あいつがあなたが思ってるようなタイプの人間じゃないことは、知っておいたほうがいいと思うよ」

「旦那さんはどんなタイプの人間でもないと思うけど」とメイおばさんは答えた。

「あいつのこと、絶対に悪く言わないね」とシャネルは言った。

よく言うこともないけどね。

「あいつ、前に奥さんと子どもが二人いたの」

男全員が自分に会うまで独身だとでも思ってるのかい。メイおばさんはポールの電話番号のメモをポケットに入れた。

「あの男、電話番号を渡したの？　口説こうとしてるわけ？」シャネルは言った。

「あの人が？　少なくとも片足はもう棺桶に突っこんでるんだよ」

「男は最後の一瞬まで女を追いかけるものなの。おばさん、引っかかっちゃだめ。男は信用できないよ」シャネルは言った。

メイおばさんはため息をついた。「赤ちゃんのパパが帰ってこなかったら、誰が食べるものを買ってくれるのかね」

家長は帰宅を延期するし、シャネルは赤ちゃんをかまおうとしない。メイおばさんはいつものやり方を曲げ、ベビーベッドを自分の寝室に入れた。そしてこれも例外だが、食料品の買い出しも引き受けた。

「この赤ん坊のじいちゃんばあちゃんだと思われるかな？」ポールは二台のＳＵＶの狭い隙間に、車をそろそろと入れてから尋ねた。

ひょっとしてポールが車の送迎と買い物の手伝いを引き受けてくれた理由は、彼女が払う約束をしたお金以外にあるのだろうか。「別に」メイおばさんはポールに買い物リストを渡しながら言った。「誰も何とも思わないでしょ。赤ちゃんと私は車の中で待ってるから」

「来ないの？」

「生まれたばかりなんだよ。冷蔵庫だらけの店の中に連れていくと思う？」

「だったら、家に置いてくりゃよかったんだ」

誰が面倒みるの。赤ちゃんを家に置いていったら、戻ったときこの世からいなくなっているんじゃないかとメイおばさんは心配だった。でも、この怯えた気持ちをポールに明かそうとはしなかった。赤ちゃんのママは産後うつになっていて世話できる状態じゃないの、と説明した。

「買う物のリストをただ渡せばいいのに」とポールは言った。

食料品が届くどころかお金を持ち逃げされたらどうしてくれる、と彼女は思った。でもそれは言いがかりだ。信用できる男たちはいる。死んだ夫だってそうだった。

ポールは帰りの車の中で、白鷺はまた来たかい、と尋ねた。見てない、とメイおばさんは答え、鳥が学ばされるところを見られるかどうか考えた。あと二十二日しか残っていない。二十二日たてば、白鷺が来ようが来るまいが、ここから次の家へ引き離される。メイおばさんは振り返って赤ちゃんを見た。赤ちゃんはベビーシートで眠っている。「そうしたら、あんたはどうなるんだろうね」

「俺？」とポールが訊いた。

「あんたじゃないよ。赤ちゃんだよ」

「何の心配があるんだ。いい人生を送るさ。俺よりましだ。どう考えてもあんたよりましだね」

「知りもしないでそんなこと言わないで」とメイおばさんは言った。

「想像つくさ。誰か見つけなきゃだめだ。こんな人生はためにならんよ。家から家を渡り歩いて、落ち着くことがないなんてのは」

「それで何がいけないの。家賃はいらないし、食べるものは買わなくていいし」

「遣わないんだったら、何のために稼ぐんだ。俺は少なくとも未来の孫たちのために貯金してるぞ」とポールは言った。

「私がお金をどうしようと、あんたには関係ないでしょ。ほら、ちゃんと前を見て」

ポールはたしなめられて珍しく黙りこみ、運転を続けた。高速道路でいちばんのろい車だった。彼は善意で言ったのかもしれないけれど、善意の男なんてたくさんいるし、彼女はそういう男たちを苦しめるタイプの女なのだ。もしポールが身の上話を聞きたいなら一つ二つ話して、愛情を勝ち取ろうなんて望みを持たせないようにしてもいい。でもどこから始めようか。愛する気もなく結婚し、早死にしてほしいと望んでいた男の話からか、それとも縁を切ることを母親が出産の条件にしたので、自分は会ったことがない父親の話からか。それより祖母の話からするべきかもしれない。

祖母はある日、娘のベビーベッドの脇から消えて、二十五年後に夫が消耗性疾患で死にかけるまで現れなかった。もしメイおばさんの祖父が悪者ならば出ていくのもわかる。でも彼は心優しい男であり、黙って出ていった妻はいつか帰ってくると、望みを捨てずに一人で娘を育てた。

メイおばさんの祖母はさほど遠くへ行ったわけではなかった。その年月ずっと同じ村にいて別の男と暮らし、昼間は男の家の屋根裏に隠れ、真夜中になると気分転換のためにこっそり外へ出ていた。どうして夫が死ぬまで隠れていなかったのか、誰もが首をかしげたのだが、本人の説明によると、夫をちゃんとあの世へ見送るのが妻の務めだとのことだった。

メイおばさんの母親はそのとき新婚で、売れっ子の裁縫師でもあった。親の一人が戻ってきたこと、もう一人が亡くなったことを冷静に受け入れたという話だ。でも翌年、最初にして唯一の子を妊娠すると、殺虫剤を一瓶飲んでやると脅して夫を追い出した。

メイおばさんは伝説の女二人に育てられた。村人たちは二人を避けたが、女の子のことは仲間として迎えた。そして閉じた扉の奥で、祖父や父親の話をしてくれた。村人たちが彼女の年長の家族たちをおぞましく思っていることは、目を見ればわかった。まず青白い肌の祖母。長年暗闇にいたため、日の光に不慣れで夜間に活動する癖が抜けず、娘と孫娘のために料理や編み物をするのは真夜中だった。そして母親。最低限の量しか食べず、ゆっくりと自分を餓死させていったが、娘が食べるところはまばたきもせずにじっと見つめて飽きることがなかった。

メイおばさんは家を出ようと思ったことはなかったが、やがて二人の女が死んだ。まず母親が、続いて祖母が亡くなった。二人は生きている間、風変わりなせいで世間からの非難を免れていた。そして死んだら、生きられる場まで持ち去ってしまい、メイおばさんをつなぎとめるものを何も残さなかった。ニューヨークのクイーンズ区にいる男との縁談を彼の遠い親戚がとりもってくれたため、彼女は迷わず受け入れた。新しい国では、祖母も母親も伝説の人ではなくなる。メイおばさんは夫に二人の話をしなかった。どっちにしても夫は興味を持たなかっただろう——堅実な暮らしを分かち合える働き者の女が欲しかっただけの、愚かしい善人だった。メイおばさんはポールのほうを向いた。この人も夫や父親や祖父と、それどころか祖母が長年一緒に暮らしたのに祖父の死後戻ってこなかった男とも、たいして変わらないんじゃないか。これまで出会った女にややこしくされなかった平凡な幸せが、この男たちにはふさわしい。

「もしかして明日の午後、空《あ》いてるかな？」シャネルの家の前で車を停めると、ポールが尋ねた。

「一日じゅう仕事。わかってるでしょ」

「今日みたいに赤ん坊を連れてくりゃいい」

「どこに」

ポールによれば、ある男が毎週日曜の午後にイースト・ウェスト・プラザ公園でチェスをやっている。その近くをメイおばさんと赤ちゃんと一緒に散歩したいというのだ。

メイおばさんは笑った。「へえ、その人が気が散ってゲームに負けるようにするため？」

「そいつよりもよろしくやってると思わせたくてね」

よろしく、何を。借りてきた孫を乗せた乳母車を押す、借りてきた女友達と何を。

「その人は誰なの」

「別にどうってことないやつだよ。二十七年、口をきいてない」

嘘もうまくつけないんだね。「で、いまだにその人をだませると思ってるんだね？」

「やつのことはわかってる」

誰か——友人、敵——のことをわかっているというのは、その人から決して目を離さないようなことなのかね、とメイおばさんは考えた。それじゃわかってもらえるということは、誰かの思いの中に閉じこめられることとそう変わらないんだろう。そういう意味では、祖母と母親は幸運だった。誰も二人のことをわかっていたとは言えない。メイおばさんですらそうだ。子どもの頃、二人は理解を超える人たちだと聞いていたから、理解しても意味がないと思っていた。二人は死んだら現実的な感じがしなくなった。メイおばさんも幸運だ。二人のことがわからなかったので、その後会った誰のこともわかりたいと思わずにすんだから。たとえば夫のこと。ニューヨークからサンフランシスコへ一年かけて移住する間に会った、さまざまな中華料理店の同僚たちのこと。世話をした赤ん坊と母親のこと。彼らはノートに記録されたただの名前になっている。「忘れたほうがいいだろうね」メイおばさんはポールに言った。「二十七年の価値がある恨みなんてありっこない」

ポールはため息をついた。「過去を話せばわかる」

「よしてよ」メイおばさんは言った。「過去なんていっさい聞かせないで」

ポールが食料品を冷蔵庫に入れ、メイおばさんがミルク入りの哺乳瓶をあたためるところを、シャネルが階段の上からじっと見ていた。そしてポールがいなくなってから、下に向かって声をかけた。デートはどうだった。メイおばさんは揺り椅子で赤ちゃんを抱いていた。母親がわずらわしくても、赤ちゃんの食事風景を眺める喜びが埋め合わせてくれる。

シャネルは下りてきてソファに座った。「車を停めるところを見てたんだ。車からなかなか出てこなかったよね。おじいさんがこんなにラブラブになるなんて知らなかった」

メイおばさんは赤ちゃんを寝室に連れていこうかと思ったが、ここは自分の家ではないのだし、話したい気分になっているシャネルはどうせ後からついてくるだろう。メイおばさんが黙っていると、シャネルは言った。旦那がさっき電話してきたからさ、あなたの息子は男女が〈黄昏の情事〉にふけるところを見に出かけたよって話しといた。

いますぐ立ち去ったほうがいい、とメイおばさんは自分に語りかけた。でも体は揺り椅子のリズムから抜け出せなくなっていた。ゆらりゆらりと、行ったり来たり。

「むかついたの？　おばさん」

「旦那さんは何て言ってた」

「怒ってたよ、もちろん。だからさ、家に帰らないからそういうことになるんだって言ってやったの」

どうしてぐずぐずしているの、とメイおばさんは自分に問いかけた。いるのは赤ちゃんのためだと思いたいんだね？

「あいつが怒ったことをあたしのために喜んでくれなくちゃ。でなきゃ、少なくとも赤ちゃんのために。でしょ？」とシャネルは言った。

私が喜んでるのは、あんたたちが例によってもうじき過去になってしまうことだよ。

「なんでそんなに黙りこくってるの、おばさん。あたしがこんな嫌な女なのは申し訳ないけど、でもここには友達がいないんだもの。おばさんはよくしてくれてる。あたしと赤ちゃんの世話をしてくれません？」

「お金もらってるんだから、もちろん世話はするよ」とメイおばさんは言った。

「今月が終わってもここにいられる？　二倍払うから」とシャネルは訊いた。

「普通のベビーシッターの仕事はやらないの」

「でも、あなたがいなかったら、あたしたちどうすればいいの。おばさん」

この若い女の甘い声にだまされちゃいけない、とメイおばさんは自分に言い聞かせた。あんたは代わりがきかなきゃならない——母親にとっても、赤ちゃんにとっても、誰にとっても。それでもメイおばさんは一瞬、赤ちゃんが育つのを——数か月、一年、二年と——見守ることができる、と考えた。「赤ちゃんのパパはいつ帰ってくるの」

「帰るときには帰るでしょ」

メイおばさんは赤ん坊の顔をタオルの隅で拭いた。

「おばさんがどう思ってるかはわかってる——あたしは男選びをまちがえたんでしょ。どうしてこんなに年上で無責任な人間と結婚することになったか知りたい？」

「正直言うと、知りたくない」


それでもなお、彼らはメイおばさんの抵抗をものともせず過去を語った。毎週日曜の午後にチェスをやっている男はポールの妻と同じ村の出身で、昔妻が男のことを、あの人のほうがいい夫になりそう、と言ったことがあった。妻はポールを傷つけたいという衝動から一度そう言っただけかもしれないし、長年にわたり以前の求婚者をほめて夫を苦しめたのかもしれないけれど、それをポールは明かさなかったし、メイおばさんも訊かなかった。その代わり彼は自分と男の職歴を比較した。ポールは本物の専門職になったが、男は肉体労働者のままなのだった。

敵が友のようにずっと親しいこともあるし、長年の確執のせいで二人の男が一生の兄弟になることもある。誰でも他人にしてしまえる人が幸いなんだよ、とメイおばさんは考えたが、この知恵をポールには教えなかった。彼はただ聞いてほしいだけだったので、彼女はそのとおりにした。

シャネルのほうはもっと突っこんだことまで明かし、ときにはメイおばさんの顔を赤くさせ、語り手として一枚上を行っていた。彼女はかつて年配の既婚者と寝ていたが、それは父親を罰するためだった。父親は若い女の尻を追いかけていて、このときの相手はシャネルの大学の同級生だった。妊娠したのも父親を罰するためだったが、父親みたいに妻を裏切る男を罰するためでもあった。

「あいつは最初、あたしがどんな人間か知らなかった。寝ても金でやっかい払いできる女だと思わせるように、あたしが話をでっちあげていたの。ところがあいつは結婚するしかなくなったことに気づいた。あたしの父親にはあいつの仕事を潰せるぐらいの人脈があるから」

お母さんをどんな気持ちにさせるか考えなかったの、とメイおばさんが尋ねると、シャネルは答えた。なんで考えなきゃいけないの。旦那の心をつなぎとめられない女なんて、娘のいい手本にはならないよ。

メイおばさんには二人の論理が理解できなかった。シャネルの論理はあくどいし、ポールの論理はかたくなだ。なんていう世界に生まれてきちゃったんだろうね、とメイおばさんは赤ちゃんに語りかけた。真夜中を過ぎ、寝室の照明は消えていた。泳ぐ海洋生物を映し出す夜間照明がベビーベッドについていて、赤ちゃんの顔に青やオレンジ色の縞を作っている。きっと自分の母親もろうそくの灯りの中、そばにいてくれたときがあっただろう。さもなければ暗闇の中、祖母がそばにいたかもしれない。二人は彼女にどんな未来を願っていたのだろうか。彼女は二つの世界で育てられた。祖母と母親がいる世界、そしてほかの皆がいる世界。どちらの世界も、もう一つの世界からかくまってくれた。どちらかを失うことは、意に反して永遠にもう一つの世界の住人にされることだった。

メイおばさんは、自らのことが理解できない女たちの血を受け継いでいた。その女たちは、自らをわかっていないことによって男をつまずかせ、わが子を母なし子にした。少なくともメイおばさんは子どもを作らないだけの分別はあったが、ときおりこんな眠れない夜、愛せる赤ん坊とこっそり出ていこうという考えが浮かぶこともあった。世界は広い。女が一人、望みどおりに子どもを育てる場所ぐらいはあるはずだ。

赤ん坊たちは——百三十一人の赤ん坊と、お人よしだが用心深いその親たちは——メイおばさんを彼女自身から守ってくれた。でもこれからは誰が彼女のことを守ってくれるのか。例によって無防備なこの赤ん坊は守ってくれない。とはいえ、この子を守ってやらなければ。でも誰から。この子を心から締め出している両親か。それとも、契約の一か月が過ぎた後のこの子の人生を思い描き始めたメイおばさんか。

ほらね、夜更かしして妙なことを考えてると、こんなことになる。そのうちあんたもポールみたいにやっかいな年寄りになるか、相手さえいれば過去の話をするシャネルみたいな孤独な女になる。そうして母親や祖母やそれより前の女たちのことを語ったり考えたりし続けるかもしれない。でも問題はその女たちのことをわかっていないことだよ。誰かのことをわかるとその人はいつまでも離れていかなくなるけれど、わかっていなくたって同じ結果になるんだ。死は死んだ人を連れ去らないからね。その人をいっそう深く心に根づかせるだけ。

赤ちゃんを抱き上げて出ていったとしても、誰も止められないだろう。あげくには眠りたいときしか眠らなくなった祖母のようになりかねない。栄養を赤ちゃんに与えるため、自分はほとんど食べなかった母親のようになりかねない。長くいすぎたこちら側の世界からの逃亡者になりかねない。でも、よく波のようにやってくるこの衝動にも、もう昔のようには怯えなくなった。年をとって忘れっぽくなったとはいえ、ありのままの自分でいる危険もわかるようになってきた。母親や祖母とはちがい、平凡な運命をたどる女でいるように自分に言い聞かせてきた。次の場所へ行くときは、謎も傷もあとに残さない。だからこちら側の世界にいる人は誰も、彼女のことをわかって心を乱すことはない。

こんにちは、さようなら

ニーナは両手で赤ん坊のようなものを抱くふりをした。目に見えない頭はぐにゃりと曲がる首にはずっしり重いので、それを左手で支え、右手でその体をぽんぽんと軽くたたいた。母親のぽんぽんが鼓動と同じリズムを刻めば乳幼児は落ち着ける、とどこかで読んだことがあった。

「ギターかな？」とイーサンが当ててみた。

ニーナは首を振って、赤ん坊の体をまっすぐにするよう姿勢を変えた。彼女は最近、乳幼児のいる母親に目を留めるようになっていた。

「げっぷを出させてる？」ケイティが言った。「子守りをしてる？」

ニーナは二度まばたきをして、何かを揺する動きに戻した。

「赤ちゃん？」ケイティが言った。「幼児？」

二つめの単語のほうがわかりやすいかもしれない。ニーナはしゃがんでオットマンの周りをよたよた歩いた。

「アヒル？」イーサンは言った。「子アヒル？」

「子アヒルの赤ちゃん？」とケイティが言った。

「子アヒルの赤ちゃんだって？　そういうのをくどいっていうんだよ」とイーサンが言った。彼の声には紙やすりのような癇《かん》に障る響きがあったが、ケイティは気づいていないようだった。どれほどきめの粗い紙やすりでも、酒と若者らしい楽観主義になでつけられた夜には、傷をつけられないのかもしれない、とニーナは思った。「みにくいアヒルの子？」とケイティはまた言ってみた。

ニーナはまた子守りをする仕草をした。それからよたよた歩き。子守り、そしてよたよた歩き。

「あー、わかったわかった！」ケイティが声を張り上げた。「マザー・グースでしょ？(グースは鵞鳥のこと)」

「そう！」とニーナは言って、次の人に交代した。「カチコチカッチン、時計を駆け上ったネズミさん」(マザー・グースの童謡の一つ)と口ずさみながら、彼女は腰かけた。ニーナは二十七歳。頼りないほど若くはないが、多くの中年女がはまっているように見えるかびくさい結婚とは無縁だった。その年、彼女も友達もうまくいっていた。西暦二〇〇〇年問題は現実とはならなかったし、ニューヨークのツインタワーはまだあった。皆が起業の案をいくつか持っていた。ケイティとニーナはシリコンバレーでマーケティングの仕事をしていて、二人とも近いうちに次の注目企業を創立できると信じていた。今度の夏には一緒にプラハを旅行するつもりだった。二人は影響を受けやすく、したがってありきたりだった。でも当時はどちらもそれに気づいていなかった。二人は至福をもたらすものだと言われれば、それに至福を感じた。たとえばビルケンシュトックの靴、芸術的なデザインのＣＤラック、ブロガーのためのＬｉｖｅＪｏｕｒｎａｌ《ライブジャーナル》という新しいプラットフォーム、映画『グリーン・デスティニー』のヨーヨー・マの独奏部分など。

ニーナとケイティはカリフォルニア大学バークレー校の一年生のときに、寮のルームメイトとして出会った。二人ともカリフォルニア州出身ではなかったが、一緒に大学時代を過ごしてカリフォルニアの人間になった。卒業後もカリフォルニアに残ることに迷いは少しもなかった——出身地に戻ることは選択肢になかった。ニーナは、カンザス州の学生街でイースト・ウェスト・マーケットという食料品店を経営する中国系移民の娘だ。父親は週に一度、仕入れのために冷凍庫付きトラックでシカゴへ行く。母親が店を切り盛りし、父方の祖母が自家製の食品を作っていた。それを最低限の改装をほどこしたガレージで、中国出身の大学院生や客員研究員らに安く売ったり供したりするのだ。ケイティはインディアナ州の小さな町で育った。父親は錠前屋で、母親は高校の食堂で働いていた。一族には男の子にだけ出る遺伝性の病気がある。それで男のきょうだいがいないケイティは、男のいとことその親に同情した。わが家は三人娘なので運がよかったと思っていた。

二人ともなかなかの経歴を持つものの、それは家族からお金を信用貸ししてもらって得た経歴だった。暗い過去はほとんどなく、二十五歳の誕生日を祝うために一緒にウェールズでバックパック旅行をしたこと、それ以前は高校や大学で普通の失恋の体験を重ねたことを、暗い過去だと勘違いしていた。二人は将来を、点と点を結ぶゲームのようなものと考えていた。アイディアから新規株式公開までを結ぶゲームだ。二人は運がいい――彼女たちが知っているのはそこまで。二人とも故郷の町に友達がいたが、その将来はカリフォルニアのプリズムをとおせば、くすんでいるどころかわびしいものに見えた。二人は幸運だったが、それがビギナーズラックであることは知らなかった。

ジェスチャーゲームから二十年が過ぎた。ケイティは愛情に応えてくれないイーサンとは結婚しなかった。彼の後に続くたくさんの男とも結婚しなかった。どの男も一見ふさわしいように見えて、それぞれがケイティにとって耐えがたい欠点をさらした。ケイティが付き合ったマシューだのジェイクだのダスティンだののことを思い、いま頃どうしているだろうとニーナは考える。無害でつまらない男。彼らのことを、ケイティはそう評した。ニーナの夫で小児歯科医のダニエルも同じ類に入っているが、ケイティがそれを口にしたことはない。する必要もなかった。

ケイティが結婚したレイモンドは二十八歳年上で、三つの会社を売却し、結婚するときには常勤で働く必要はなくなっていた。レイモンドは無害でつまらない男というよりも、暴君でつまらない男だった。でもニーナはこの思いを独り言でしか口にしなかった。

ある日の午後、ニーナは自宅のポーチにケイティと座っていた。ケイティが自分の庭で摘んだマリーゴールド四本とローズマリーの小枝四、五本を持ってきて、それらがいま二人が飲んでいるジントニックにあしらわれている。レイモンドはまた旅に出ていた。今回は新しい超豪華キャンピングカーで。彼は飛行機に乗るのをひどく恐れるのだ。ニーナは何がその背景にあるのか尋ねたことはなかったが、もっといろんな恐怖症で苦しめばいいのに、と思っていた。結婚したばかりの頃のケイティはレイモンドとキャンピングカーで旅行していたが、ここ数年はそうしないで、ニーナの一家のもとで夏の休暇を過ごしていた。

「コロナ感染症は絵空事だと言わんばかりに動き回ってるところからして、彼がかかっても無理はないね」とケイティは言った。

「でも、あなたが彼から感染するかも」とニーナは言ったが、本当はこう言いたかった。それでさ、あの人はそう若くないんだよね。

「私は家を出るもの」ケイティは言った。「彼は二週間以上いないんだから。いまこそ絶好のタイミング」

「へえ」そんな決意を聞くのは初めてではなかったので、ニーナはたいしたことにはならないと踏んでいた。

「本気だよ。前に話した例のフォレンジック会計士を雇った」

ニーナは先週まで、フォレンジック会計士の仕事がどんな意味合いを持つのか知らなかったし、離婚するのにそんな専門家が必要になる場合があることも知らなかった。ケイティは結婚式の後、マーケティングの仕事をやめて二人の女たちとスパイスの専門店を開いた。この二人の女たちもケイティ同様、何かしらやることと出かける理由を必要としていた。ここ何年もケイティは、レイモンドと離婚すると話していた。オオカミ少年だ。でもいま、本物のオオカミが登場しようとしている。フォレンジック会計士という姿で。

「どう思う」とケイティは尋ねた。

「どうしていまなの。コロナの蔓延《まんえん》が終わるまで待ったらどう」とニーナは言った。いまの彼女にとって、それは決まり文句だった。注意を払わねばならないことや決断を求められることは何でも、反論しようのない口実がなくなる未来のどこかの時点へ先延ばしにしていた。

「蔓延はいつまで続くの？」

「さあね」

「じゃあ待ちたくない」ケイティは言った。「いまは何もないときだもの。何かやったほうがいい」

退屈さはレイモンドと離婚するまっとうな理由だろうか。まっとうでない理由なんてないけれど、とニーナは思った。「わかった。私たちに何かできることはない？　居場所が必要？」ニーナの家の大きさは、高台にあるケイティとレイモンドの家の四分の一だが、ケイティの居場所ぐらい作ることはできる。娘たちは嫌がらないだろうし、ダニエルは何年も前からこうなるのは避けられないと見こんでいた。

週末の間にとことん考えてみるとケイティは言った。二人はまた杯を重ね、取りやめになった日本への旅について話した。オリンピックの閉幕後に東京行きの飛行機に乗る計画だった。二〇一六年にはリオへ、二〇一二年にはロンドンへ行った。二人にとって、お祭り騒ぎが終わった後のパーティーに行くのは魅力的だった。ニーナにとっては費用面からそうだったし、ケイティにとってはうまい冗談と同じ類だった。

「ドゥブロヴニク（クロアチアの港町）の宿の主人を憶えてる？　奥さんのことで愚痴をこぼしてた男」ケイティが、一緒に過ごした休暇のことを思い出して言った。それはニーナが婚約した直後だった。私たちが自由でいられる最後の日々を祝うために、休暇が必要だとケイティが言ったのだ。

「多少ね。もう一度聞かせて」ニーナは言った。

ニーナは話を聞くのが好きで、ケイティは話をするのが得意だった。大学のとき一緒に映画を観たら、ニーナは数日のうちにほとんど忘れてしまうのに、ケイティは映画の内容を詳しく、ときには一場面ずつ語ることができ、それでニーナは頭の中で映画をもう一度観ることができた。思い出——二人とも憶えている思い出と、ケイティがニーナを楽しませるためにたくわえた彼女自身の思い出は——映画の場面みたいに語られた。どれほど平凡な話でも、ケイティが語ればおもしろくなった。

ドゥブロヴニクの男は、よくいる無害でつまらない男だった。彼は二人のパスポートの情報を書き留めるとテラスに腰かけ、わりと流暢な英語でニーナとケイティに話しかけてきた。テラスは長椅子とその周囲の空間を残して、どこも鉢植えの花で埋まっていた。男は妻のことで愚痴をこぼした。妻の最大の罪は、中毒のように鉢植えを買ってくることだと彼は言った。

「でも、おかげでテラスの見栄えがよくなりますよ」とケイティは言った。

「見栄えをよくするなら三つでじゅうぶん。ここには三十六もあるんですよ」男はそう言って中庭を指さした。「あそこにはもっとある。なのにまだ買ってくるんです。費用がかさむし、水の費用もかさむ」

そんなやりとりがしばらく続いた。ケイティがしゃべってニーナが耳を傾け、夫は愚痴る。そこへ、英語を話せない妻がかなり大きなじょうろを持って階段を上り下りしながら、にっこり笑いかけてきた。「水まき用のホースを買ってあげたほうがいいですね」とケイティが男に言った。

「なんでそんなことを？　楽にやらせたくないですな」男は言った。

ニーナの家のポーチで、ケイティは声色やなまりを変えたり、彼の恨みぶりを演じたりして、宿の主人との会話を再現した。ドゥブロヴニクのその夜、クラブからの帰り道でケイティとニーナは迷子になった。イギリス人の男女が力を貸してくれようとしたものの、地図を見ても自分たちの現在地がどこか誰にもわからなかった。全員がちょっと酒を飲み過ぎていて、あちこちにある彫像の区別がつけられなくなっていた。結局、夜風にまだ乾いていない水の細い流れの跡をたどっていこうと決めたのは、ニーナだった。

「ほら、確か部屋を出るときに水がテラスから道まで流れ出てたって、あなたが言ったんじゃない。なんで忘れちゃうの。なんで記憶力のいい人と悪い人がいるんだろ。考えたことある？」

忘れることと憶えていないことにはちがいがある。ニーナはケイティが思うほど忘れっぽいわけではなかった。過去のことを好き放題にあれこれ考えないだけだ。過去や未来のことがはっきり見えたからといって、何か得るものがあるとは思えない——むやみに郷愁にふけることになるか、いわれのない不安にかられることになるかだ。現在というのは別の問題だ。ニーナはできるだけ澄んだ目で現在を見たかった。でもこういうことを、ケイティにはいっさい話さなかった。びしょびしょの三十六個の植木鉢から流れ出る水が、異国の町で二人を安全なところまで導いてくれた。そんなおとぎ話みたいな青春時代に戻ったケイティを想像するのが好きだった。「私たちがこんなことをやれるなんて思いも寄らなかったね」とニーナは言い、マリーゴールドをつまみ上げて、グラスの中をかき混ぜた。

「何。こんなことって」ケイティが尋ねた。

「結婚してる。それから中年になってる」ニーナが言った。

「うーん、もっとだよね。あなたには子どもがいるし、私は離婚するし」

「子どもはいてもいなくてもいいものなんだよ」ニーナは言うまでもなく娘たちを愛していたが、三月初め頃から小さな家に閉じこめられている娘たちは、成長したと同時に幼くなった。一、二歳上の若者みたいなことを言うかと思えば、かんしゃくを起こす才能を再発見してもいた。

レイモンドはケイティと結婚する前に二度結婚していたが、子どもはいなかった。彼は子どもを欲しがったことがない。ケイティはこのことを、彼が花婿候補になれる根拠として持ち出した。結婚はいくらか意見が一致していないと始まらない。ケイティは、それで決断が衝動的であることを打ち消せるかのように言った。何人ものおばが息子の遺伝性の病気で苦しみもだえるのを見てきた。自分は結婚のせいで心痛を感じたくないと彼女は言った。ニーナは、ケイティが心痛を免れてきたと思いたかった。

ニーナはその晩の夕食の席で、ケイティは一時的にうちで同居したほうがいいかもしれないと家族に話した。娘たちはケイティを気に入っていた。権利もないのに干渉してくる、大人たち共通の大罪をおかさないからだ。ダニエルは歯科用ユニットの椅子で体をよじって泣き叫ぶ子どもたちをなだめるのに慣れているので、本心を口に出さずにいるのが得意だった。とはいえレイモンドとは一線を引き、彼を蔑んでいた。ダニエルは実直な善人だった。ニーナの二人の姉妹は、気性が穏やかで家庭的な男性だとおおいに持ち上げていた。ニーナの母親は彼の職業には好意的だったが、髪の生え際が後退しつつあることについてはちがった。父親は精一杯とげのない言い方にしようと努め、「棒で打たれてもすかしっ屁《ぺ》ほどの声も上げない」ような男に取り柄があるとは思えない、とだけ評した。

「ケイティは引っ越してくる前にコロナの検査を受けるかな？」用心深い十二歳のエラが尋ねた。エラの堅苦しさをニーナは心配したこともあったが、しょっちゅう手を洗う癖はこの新たな状況下では好ましいことになっていた。

ケイティはきっと検査を受けるとニーナは言った。そして十一歳のペイジから、親友のキャメロンも検査を受ければうちに引っ越してきていいのかと訊かれ、キャメロンの両親が賛成しないかもね、と答えた。

「じゃあ親がいいって言ったら？　来てもらってもいい？」ペイジはせがんだ。

「あの子とは毎日Ｚｏｏｍ《ズーム》（オンライン会議システム）で会ってるじゃない」とニーナは言った。

「だけど四か月も直接会ってないよ。ケイティがお酒を飲みに来ていいのに、なんでキャメロンが遊びに来ちゃいけないの」

ニーナが答えを考えている間にエラが言った。「大人は自分たちのほうがしっかり者だと思ってるの。証拠もないのに」

「めっちゃずるい」ペイジが言った。

ニーナとしては、ペイジとキャメロンが屋外で多少遊ぶぐらいなら別にかまわないのだが、キャメロンの祖父母が近所に住んでいるうえ、両親は家族の殻にこもって他人との付き合いをしなかった。ニーナは、いま我慢をするのは将来のためになるとか、そういうことをダニエルに言ってほしかった。ニーナはそんな理性的なことを言う気になれなかった。考えるだけで疲れを覚えた。黙って食べなさい、とペイジに言いたかったが、わけがあって子どもたちにはそんな言い方を絶対にしなかった。彼女と姉妹たちは両親から似たようなきつい言葉を——もっときつい言葉も——投げつけられながら育ったのだ。

「ほんとにさ、ママ、あたしたちのために世界をめちゃめちゃにするんだから、大人はばかだって思わない？」ペイジが言った。

「あたしたちが大人になったらもっとうまくやれるかっていったら、そんな保証はないけどね」とエラが言った。

エラの大人びた悲観的な見方に、ニーナはよく不安を感じた。子どもが子どもらしい正義感や子どもらしい楽観を抱いて何がいけないのか。その不安な思いをダニエルに何度か話してみたら、ペイジがエラみたいにもっと分別があればとも望んでいるじゃないか、と的確な指摘をされた。「アイスクリーム食べたい人いる？」とニーナは言った。話をそらすのは、ダニエルから学んだ親としての戦術だった。「今日の午後、ケイティと作ったんだけど」

「何味だい」とダニエルが訊いた。

「マンゴー。ケイティがマンゴーを持ってきてくれたの」とニーナは答えた。

「キャメロンもマンゴーぐらい持ってこれるんだからね。言っとくけど」とペイジが言った。

ニーナはアイスクリームのまん丸の玉を四つすくって四つの器に入れ、それで初めて口を開くことにした。「ペイジ、キャメロンのママは子どもたちを一緒に遊ばせるのを不安に感じてるの」

「だったらますます救い出してあげなきゃ」とペイジが言った。

「何から救い出すの」とニーナは訊いた。

「家があっても家なき子みたいに感じてる子どももいるの」とエラが解説した。あなたが描いたカタツムリは珍しい種類だね、ほとんどのカタツムリは反対方向に巻いているから、とペイジに教えてやるときのように、辛抱強く冷静さを保っていた。

ダニエルはエラを見て、それからペイジを見た。「おまえたち、そんなふうに感じてるのかい?」

「ううん。あたしにはキャメロンの代弁はできない」とエラが言った。

「あたしはできる」とペイジは言った。

「その子はうちで暮らしたほうが幸せだと思う?」ダニエルが尋ねた。

「もちろん。一人っ子ってどんなに大変か知ってる? いつも二対一なの。親が多数決で勝って、これが民主主義だって言うんだよ」ペイジが言った。

「キャメロンの家に引っ越そうと思ったことある? 多数決の数合わせに」とエラが言った。

ペイジの頭にそんな考えを吹きこむのはやめてほしいとニーナは思った。でも運よくペイジは器の中のマンゴーアイスに気をとられていた。アイスの塊にマンゴーやイチゴのかけらが入っていたら特別な幸運の印だと子どもたちは信じているのだが、それをニーナは非論理的だと感じた。マンゴーやイチゴそのものを器に盛って出し、そんな情熱をかきたてないようにするのはたやすいことだ。

八月の終わりにケイティが、エラとペイジの遊び部屋に入居した。住むところが見つかるまでのほんの二週間ぐらい、とケイティは言った。彼女が雇った不動産業者が宇宙服みたいな個人防護具を身につけて、iPad《アイパッド》を手に候補の賃貸物件を訪れ、ケイティにさまざまな角度から内見をさせた。ケイティにとってオンラインでマンションや家を探す利点は、ニーナがそばにいてセカンド・オピニオンをくれることだった。平常なときなら、物件のすべてを一緒に見て回るわけにいかない。

家にこもる単調な家庭生活は、一人加わることで波立った。ケイティがいつもいとわず返してくれる支持や賛成の言葉を期待して、ペイジの発言はケイティに向けられることが増えていった。

「あたしたちぐらいの年のとき、この世の終わりがどんな感じか知らなかったでしょ？」とペイジがある朝、ケイティに言った。見たことのないような不気味なオレンジ色の空に、全員が啞然とした。山火事の煙にベイ・エリアがおおわれていた。

「うん。本物のこの世の終わりは見たことなかった。起こりもしないことばかり心配してたな」

「どんなこと」

「たとえば核戦争。この世が終わるときに処女のままなんじゃないかって心配だったよ」ケイティは言った。「どうしてあなたのママはこっちを見て眉をひそめてるのかな？」

「親らしく見せようとしてるの。それに、清教徒みたいに厳格な人だから」とペイジが言った。

「その言葉、どこで憶えたの。清教徒のことなんて知らないでしょ」とニーナが言った。

「あたしが教えた」とエラが言った。彼女は居間の奥で分厚い本を読んでいた。「清教徒、またの名を偽善者は、ウイルスみたいな病気。親はこれにかかりやすい」

人間が病名なんてありえないとニーナは言いたかった。でも、エラにものを教える資格など自分にあるだろうか。

ある日の午後、ケイティが注文しようと考えているベッドをニーナに見せているとき、二人の背後にエラが立って、レモネードのグラスのへりに歯をぶつけていた。まるでお腹に入れるつもりなのはグラスみたいだ。気にかかる癖だとニーナは思ったが、言葉に出したことはなかった。「ベッドを作る会社の想像力のなさが残念だな」しばらくしてレモネードをすすってからエラが言った。「クイーンサイズ、キングサイズ、カリフォルニアキングサイズ。なんで独裁者サイズがないの」

「それをトランプに勧めないでね」とケイティが言った。

「誰か起業家が自分の名前をつけたら、もうかりそう」とエラが言った。

「レイモンドみたいにね。あの人ならすぐやる」ケイティが言った。

この家でレイモンドの名前は禁句ではなかったが、ニーナは娘たちにその男について具体的なことをいっさい教えなかった。彼女自身は、長年にわたってケイティが話してくれた数々の修羅場についてあれこれ考えたくなかった。一度はレストランで、ケイティがレイモンドの顔にワインをぶちまけた。するとと今度は彼が彼女の顔にワインをぶちまけた。ウェイターがやってくると、レイモンドは百ドル札を握らせて、何も言わずに追加のナプキンを持ってくるように命じた。また一度は口論の後、レイモンドがネバダ州リノの駐車場にケイティを置き去りにして、一人でアイダホへドライブを続けた。ケイティは車を借りずに、二千ドルかけてタクシーで家に帰った。だって、いいじゃない――どうせあの人のお金なんだから、と彼女は言った。サンディエゴで挙げた結婚式の後、レイモンドはホテルの部屋でケイティに詰め寄り、匂いをかぎたいから下着を脱げと要求した――出席者の一人と彼女がいちゃつくのを見た、と彼は言った。その後でしばらくパーティーから二人とも姿を消したことに気づいたのだと。ケイティは、後で忘れてしまえる不幸な結婚生活を描く映画の場面にすぎないかのように、こうした出来事をニーナに語って聞かせた。

「その人、ひどい人みたいだね」とエラが言った。

「ひどい人なの」とケイティが言った。

「なんで結婚したの」エラが尋ねた。

本当になぜ、とニーナは思った。ケイティがニーナをちらっと見た。「私はあなたほど賢くなかったし、あなたの親みたいにお説教してくれるほど賢い親がいなかったから」

「だいたいいつも、賢いのはあたしたちのほうだよ」ちょうどそこへ現れたペイジが、ケイティの発言を訂正した。「気を悪くしないでほしいけど、だいたい大人はすごいばか」

「まあね、だから私はひどい男と結婚したんだ」とケイティは言った。

ニーナは、なぜ自分とダニエルは子どもたちとうまく会話を交わせないのか考えた。自分たちが言うことは鈍感な親みたいな感じだし、いんちきな自分にあまり自信はないのに、それでも自分の努力の見返りを求めている感じもする。こんな悩みを口にしたら、ケイティが言った。「でも娘たちを愛してるんでしょ？」

「うん」

「それでじゅうぶん」

そうかな。ケイティが二人の飲み物を作っているのを見ながら、ニーナは考えた。外気には煙が立ちこめていたので、ポーチに出るのは控えなければならなかった。

「あなたの親は子どもたちとの会話能力に不安を感じたことがあった？　うちの親はないよ。それでうちは大丈夫だった。それに、親が子どもに何をしてやれるの。子どもにとって、うまくいくこともあればうまくいかないこともある。それは現実には運でしかないってわかってるでしょ」ケイティは言った。

フォレンジック会計士と話し合いをする人間は、感情抜きで実利的でなければならない。それでもニーナは、渡された飲み物をしかめ面で見た。「どうしたの。私が冷たいと思ってる？」とケイティが訊いた。

「ううん、そうじゃないの。エラの友達がセフォラ（化粧品の大型セレクトショップ）で万引きしたことは話したっけ？」ニーナは言った。

「いつ。何があったの。あなたはぜんぜん話をしてくれないから」とケイティが言った。

でもただの話とはちがう、とニーナは思い、いつものように言葉にならない迷いを抱きながらケイティを見た。年の初めにエラのクラスの女子が、セフォラから盗んできたリップグロスの写真をＳｎａｐｃｈａｔ《スナップチャット》（写真共有アプリ）に投稿した。それが三度続いたので、エラがニーナに話した。ニーナはその子の両親に話そうか、それとも同じクラスのほかの親と連絡をとろうかと考えたが、エラが断固としてやめるように言い張った。

「母親が告げ口したら、子どもはきっと大恥をかくね」とケイティは言った。

「ペイジならそう思いそう」とニーナは言った。エラはちがう態度を示していると彼女は説明した。エラは、写真を投稿するなんて友人はばかだと思っている。誰かが必ずスクリーンショットをとるはずだ。実際、自分は三回ともそれをやった、とエラは言った。でもニーナに写真を見せるのは拒否した。女の子がそれをやり続けて、いつか発覚したらどうするの、とニーナはエラに問いかけた。両親がその子を救える何かをしてやれるように、知らせてあげたほうがいいと思わない？　だからこそ親に言わないほうがいいんだよ、とエラは言った。大人は何の助けにもならない。見当ちがいのことで大騒ぎして、その子につらい思いをさせるだけ。写真を見たのに犯罪を報告しなかった友達にもね。

「あの子はこう言ったの。〝運がよければ、あたしたちにとって事はうまく運ぶし、運が悪ければうまく運ばない。親ができることなんてない〟」

「私が同じことを言ったばかりじゃない？」ケイティが言った。

「エラは十二歳なんだよ」とニーナが言った。

「こういうことを十二歳で考え抜いてなかったら、その子は望み薄だよ。エラのために喜んであげなきゃ」

そんなこと無理、とニーナは思った。世間はすべての親に果てしなく小言を言う権力を持っている——いや、すべての親ではなく、子どものために正しいことをやって善人でいたがる親に。それでもペイジの母親ならなんとかやっていける。でもエラの母親でいると、エラと一緒に水の入った鉢から出られなくなった蛙にすぎないような気がしてくる。もし運が尽きて水がゆっくり煮立てられたら、その運命に娘と耐える以外、何ができるだろう。エラが赤ん坊だった頃の、ずっと忘れていたひとときがよみがえってきた。エラは生後七か月で、はいはいができるようになったばかりだった。ある日ニーナは、すべすべでしみ一つなかった赤ん坊の膝に、しわがいくつかでき始めているのに気づいた。どの育児書も育児ブログもニーナに教えてくれなかった。赤ん坊の膝小僧にしわができる。それは前進できるようになったことの代償だ。ニーナは柄にもなく涙をこぼした。別の人間なら――ダニエルやケイティや、大人になってからのエラだったら――涙は疲労の蓄積と産後のホルモンバランスの乱れから来ていると言っただろう。まちがってはいないのだろうけれど、ニーナは赤ん坊の膝をなでながら、母親がかばってやれないこれから先のあらゆることに思いを巡らせた。まずはカーペットからだ。母親になるなんて、なんて向こうみずだったのだろう。

とはいっても、と彼女はいま考えていた。前日より滑らかでなくなったあの膝小僧――そんなことは、広い視野で見ればたいしたことじゃないのでは。彼女の母親はイースト・ウェスト・マーケットの商品棚に囲まれてあくせく働いていたから、子どもの頃のニーナやその姉妹が擦り傷や痣《あざ》をつくってもほとんど気づかなかった。母方の祖父母は長江で船上生活をしていて、ある日の朝には船上に八人いた子どもが、日が暮れる頃には七人になっていた。

「それで、女の子の親に何か言った？」とケイティが尋ねた。

「ううん」

「それからどうなった」

「私が知るかぎりでは何もない。コロナが蔓延し出したからね。その子がまたやるのは簡単じゃないでしょう。どうして。私が何か言うべきだったと思う？」

「もし自分がその子の母親だったら、話してほしい？」

「うん」

「そんなに自信もって言わないで。いとこのジョックの話はしたっけ？」

「大学二年のときに死んだ人のこと？」

「そう。でも死んだことしか話してないでしょ」ケイティは言った。

不思議だな、とニーナは思った。若い命が失われると、人はその生よりも死のほうについて考えたり語ったりする。そのほうが簡単だ。悲劇や惨事には必ず終わりがある。だからケイティは結婚生活の暴力的なひどい場面についてたくさんいい話ができるのかもしれない。修羅場のおかげで、まちがった選択に勝ち気なふるまいという輝きが与えられる。伝えるのが難しいのは、長々と続く不幸だ——ケイティがそういう話をしたことがないのはそのせいかもしれない。危機と危機の合間の時間を、ケイティは退屈だと思うだろう。愛ではない情熱が溶け合う肉体的接触、日常的な優しさに欠けた日常のやりとり、平和が保証されない休戦協定などを。こういう時期については、何も話すことがないとケイティは主張するだろう。でも本当のところは彼女もニーナも、物語として成り立たないものをどう言い表せばいいかわからないのだ。正しい選択とまちがった選択にたいした差などあるだろうか。これらの選択の結果がいまの人生であり、その中でニーナもケイティも似たような混乱状態に陥っている。

「五年生のときに、ミセス・ジルっていう頭のおかしい先生がいてね」ケイティが言った。「毎年男子を一人選んで、自分の精神的な針刺しみたいなものにするの。物理的でもあったな。どうして大人が誰も介入しなかったのかは訊かないで。皆、知っていながら二つのことを自分に言い聞かせてた。一つは、ミセス・ジルは長年教師をしているんだから、敬意を払わねばならない。もう一つは、一年に一人の男子しか影響を受けない。だからクラスのほかの生徒は、いい先生が担任で得をする」

「その人、男の子に何をしたの」

「犯罪じゃないよ。意地悪なあだ名をつけたり。気が向いたときに腕の上のほうをつねったり。冬にはコートを隠して、休み時間にコートなしで運動場へ出ていくように命じたり。一年に一人の男子。たまたまその男子になったとしても、誰も助けてくれない。そして皮肉にも、彼女は無抵抗な男子を選ぶことを心得てた」

ニーナは抗議しようかと考えた——よくもまあ皆でそんなことを続けさせたね——でも言わないほうがいいのはわかっていた。ひどいことは絶えず起こる。それに値する人にも値しない人にも。そして人々が行動しない言い訳は、あふれるほどある。

「でね、私たちが五年生のとき、いとこのジョックがその男子に選ばれたの」

「その子たちの親は何をしてたの。あなたのおばさんとおじさんは？」

「ジョックの父親はもういなくなってたから、おばしかいなかった。ジョックはおばに話すべきだったと思う？　あの子は話さなかった。ミセス・ジルの男子たちの誰も告げ口しなかったよ」

ケイティの顔はいつになくこわばっていた。ニーナは胸が痛んだ。昨日レイモンドが電話してきたのだ。彼は自分があと何年生きて、ケイティが結婚したままならいくら手にすることになり、彼がセックスをどれだけ求めるかを冷静に語り、セックスするたびに彼女が八千ドル稼ぐことになると算出した。ほとんどの女が想像すらできないほどの金を稼げる、とレイモンドは言った。その会話を聞いたとき、ニーナはあまり腹を立てないように自分に言い聞かせねばならなかった——レイモンドだけでなく、ケイティに対しても。ケイティはただ笑うだけだったのだ。レイモンドがあいかわらず同じ調子であることに。そして自分の陥った窮状に。

「おばさんに話した？」ニーナは言った。

「うん。誰かが言わなきゃいけないって思った。誰かがジョックを救わなきゃって。でも私のまちがいだった。おばはミセス・ジルのところへ行って、校長のところへも行った。でも何にもならなかった。ジョックのためにも、おば自身のためにも」

「それからどうなったの」

「どうにもならない。ジョックの扱いは変わらなかった。彼にできたのは、五年生が終わるまで待つことだけ。私の母がね、クララおばさんには言わないでほしかったって。母の言うことは正しいよ。問題を解決する力がないなら、警告を発しても苦しみを生むだけ」

ニーナは首を横に振った。「レイモンドと結婚しないように、私が警告するべきだったことはまちがいないよ」

「しなくても無理がなかったことはまちがいないよ。私が過ちをおかすと言い張って譲らないのを知ってたんでしょ」

「過ちだとわかっていたの？」

「クララおばさんにミセス・ジルのことを教えるのとはちがう種類の過ち。あのことは後悔した。おばさんとジョックに与えた苦しみを」ケイティは言った。「だけど、彼が亡くなったことに比べればどうってことなかった」

「レイモンドと結婚したことは後悔していないの？」

「インディアナ州ピジョン・ブランクで育ったら、お金がない暴君よりお金がある暴君のほうが十倍いいって思うものなんだよ。修羅場があったたって平気。バカ男なんて恐くない」

じゃあ、とニーナは考えた。私を子育てに突き進ませたのと同じ向こうみずな気持ちで、ケイティは結婚生活を始めたのか。

「私はあなたが薦めるようないい人とは結婚できやしなかった。わかってるでしょ」

「わからない。どうして結婚できないの」ニーナは言った。

「その人たちの期待に私はこたえられないもの。要はね、いい人とは軽い気持ちで結婚できないでしょ。苦しませてしまうから」

それでも暴君とのいいかげんな結婚——これはケイティを苦しませたのではないのか。彼女が決して認めない形で。ニーナははるか昔のジェスチャーゲームを思い出した。その頃の彼女たちは幸運だった。点がつながれば、人生は夢見ていたものとはまるでちがう姿になることを知らなくて。これもまた多少は希望であるはずだ。よしあしはともかく、若者には常に知らないことがある。エラみたいなとびきり早熟な子どもたちでも。

「ねえ。大丈夫？」とケイティが言った。

「そう大丈夫でもないけど。でも、大丈夫になるからね」

ニーナは柄にもなく泣いていた。赤ん坊の膝小僧のことで泣いたときのように。それはくっきりと見えた過去か、またはいつも目の前にあって彼女たちをあざけり、逃げていく未来だった。エラの幼稚園でおこなわれた冬の演奏会を思い出した。会の前の数日間、エラは科学者が実験をおこなうときのような細心の注意を払って、お辞儀の練習をしていた。音楽教師が子どもたちに体を腰のところで前に折り、つま先を見てできるだけ小さな声で「こんにちは、靴さん」と言い、さらに「さようなら、靴さん」と言ってから体を起こすように教えたのだ。

「天才的な先生だってずっと思ってた」ニーナはケイティにこの話をしてから言った。

「こんにちは、悲しみ。さようなら、悲しみ」とケイティは言い、ティッシュの箱をニーナに渡した。

「そうそう」ニーナは涙を拭いた。「何でもそんなふうに簡単だったらいいよね。こんにちは、コロナの蔓延。さようなら、コロナの蔓延」

ケイティは立ち上がって深くお辞儀をした。「こんにちは、まちがった選択。さようなら、まちがった選択」彼女は名優のように自信たっぷりに言った。次の瞬間にはカーテンが下り、どこかよそで本当の人生を送ろうと自由気ままに考えられることを知っていたから。

小さな炎

まだ十歳ほどの少女が声をかけてきた。北京ダックで有名なレストランからベラとピーターが出てきたところだった。ピーターのボーイフレンドのエイドリアンは、旅の最後にもう一度標準中国語《マンダリン》の練習をしていたので遅れていた。

少女は英語でピーターに言った。「バラの花はいかが。あなたのガールフレンドに」

「ありがとう、お嬢さん。でもこの人は僕のガールフレンドじゃないんだよ」ピーターは言った。

少女は英語がわからなかった。丸暗記した言葉でもう一度彼をうながした。

「黙ってよ」ベラが中国語で言った。「彼は私のボーイフレンドじゃないの」

「そんなはずない、お姉さん。この人はハンサムですよ。それに、あなたはきれい」

「お姉さん？　私はあなたのおばさんでもおかしくない年だよ」

「それじゃおじさんに、バラの花を買ってと頼んで」少女はよだれかけのように首から提げた厚紙の看板を指さした。「十元」と書かれ、その価格の周囲に拙《つたな》い花の絵が描かれている。ピーターは首を振り、意を決したようにジャケットのポケットに両手を突っこんだ。

「ねえ。一本分のお金をあげるから、私たちを放《ほ》っといて」とベラが言った。

「いいえ、買ってください。全部売れるまで帰れないんです」

ベラは三百元をかぞえた。「足りる?」少女が花束をまるごと渡してきたので、ベラはそれをレストランの入り口脇にあったイトスギの茂みに投げ入れた。茂みはきちんと手入れをされて柵に囲われていた。「さあ、帰んなさい」

少女はお金を注意深くしまいこみ、それからつま先立ちして花を取ろうとした。エイドリアンがちょうどレストランから出てきて、柵を跳び越えて少女に花束を取ってやった。少女は闇にまぎれて消えた。目的がはっきりしたすばしこい子ギツネだ。

春の夜は冷えるけれども、空気は澄んでいなかった。スモッグのせいでベラは涙目になった。

「どうかしたの」とエイドリアンが尋ねた。

「三百元の貸しだからね」とベラは言った。

エイドリアンはピーターと目を合わせた。恋人同士が自分たちのものだと愚かに思いこんでいる伝達手段で通じ合っているのが、ベラにはわかった。彼女は恐い雰囲気だな、と話し合っているのだ。二度目の離婚のせいで荒れていて八つ当たりをしてくるけど、こっちはあと一時間だけ我慢すればいいんだからね。

ベラがピーターと知りあって二十五年たつ。ボストンで二人が法科大学院にいるときに、ほかの二人の同居人とともに一つ屋根の下で暮らした。友達になってからずっと中国に一緒に行こうと話していた。守れるはずもない約束の一つだった。結婚生活がうまくいかなくなったときにベラがときおり思い描いた、南極への一人旅みたいなものだ。でも南極大陸ほどはるかに遠くない中国は、ピーターがエイドリアンとつきあい出したとき、ずっと身近なものになった。エイドリアンはフランス系カナダ人だが、曾祖父は一九一八年の西部戦線で遺体を回収して墓を掘る中国人労働者の一人だった。エイドリアンは作家で、自分の一族の歴史をもとにした「いくつかの世代と大陸をまたぐ壮大な物語」に取り組んでいた。ここ二週間、三人は東シナ海沿いの町をいくつも回り、地元の記録を調べ、足跡不明の人たちの足跡をたどった。エイドリアンは曾祖父について、姓が李であることと、一族が清の時代のいつかの時点で江蘇省から山東省へ移住したことはわかっていると語った。それでベラは言った。中国にその姓の人がどれだけ住んでると思ってるの。九千万人だよ。

　エイドリアンが、ほとんどゆかりのない場所に登場人物と彼自身のための空想物語を生み出していることが、ベラにはいらだたしかった――江陰（江蘇省）、五蓮（山東省）、マルセイユ、イーペル、ボーランクール（フランス）、モントリオール、ニューヨーク。小説のような必然から、青い眼と白い肌を持つこの男と中国人の曾祖父が感動的にふたたびつながる。系譜を持たない者は雑草みたいなもので、除草剤にとってしか価値のない存在だとベラは考えた。もしかすると、だからまともな人間の誰もが祖先の由来を一つか二つ突き止めようとするものなのかもしれない。根っこから花や実へ。庭園、恋愛、家族、友情、でっちあげの壮大な物語などを――育てることへの愛着は、健全で建設的な習慣のように見える。でもベラは園芸家ではなかった。仕事では法律関係の書類や契約書を読み、ひどく熱心に分析していた。何か恨みでもあるかのように。

　ホテルに戻るタクシーの中では、誰も口を開かなかった。廊下でピーターとエイドリアンが、ベラに別れの挨拶をした。彼らは翌朝早い便に乗ることになっていた。

「さようなら《ソー・ロング》、ごきげんよう《フェアウェル》」（『サウンド・オブ・ミュージック』の劇中歌より）彼女は一本調子な声で応じた。「さようなら《アデュー》、さようなら《アデュー》、あなたにも《トゥー・ユー》あなたにも《アンド・ユー》――」

「あなたにも《アンド・ユー》」ピーターが言った。「またうちに来なよ」

ベラはニューヨークに戻る前に、北京で二、三日過ごす予定にしていた。ツアーガイドの真似ごとをした後はひと息つきたくなるだろうと思ったのだ。でもいまは彼らの出立が迫っていることが残念に思えた。

孤独感、と人は言うかもしれない。でも裏切られた気分になったのは孤独感のせいではなかった。ピーターはアメリカでは古い友人だった。ベラが新しい土地に来たばかりの頃に、助けが必要だからできた友人だ。ところが、際限なく記憶できる能力を持つまれな人であることがわかった。友人の過去のどんな逸話でも正確に思い出すことができるのだ――しかも彼には多くの友人がいる。ベラがもし自伝を書かねばならないとしたら――なんと薄くてつまらない本になることか――彼をゴーストライターにする。もし人生を舞台化するとしたら、彼をプロンプター（舞台の陰で台詞を教える人）にする。でも人生を別の人間の記憶に保管してもらえる安心感があっても、この旅では役に立たなかった。ピーターは彼女の独演の伴奏をまちがえるようになった。もしかすると彼とエイドリアンも、彼女のことを同じように感じているのかもしれない。

「中国のどこが悪いの。これでも私の母国なのに」とベラは言った。

「君はおおらかな人ではないかもしれないけど、いつもおもしろい人だ。ところが中国に来てみたらどうだい。まちがえて石でも投げられたみたいだ」とピーターは言った。

「じゃ私はしらけさせる人なんだ」

「喧嘩っ早くてしらけさせる人だよ！」

エイドリアンの調査を、彼女が立ち直るための休暇とくっつけたのはまちがいだった。思い出をたどる道の幅は、旅人を一人とおすのがやっとなのに。

ベラは湯船の中で、一人で鼻歌をうたった。「喜んで行きます《アイム・グラッド・トゥー・ゴー》。嘘はつけません《アイ・キャンノット・テル・ア・ライ》」いまだに『サウンド・オブ・ミュージック』の曲を最初から最後までうたえる。毎週土曜の午後にこの映画を観ることが、高校の英語の授業で必須とされていた。彼女はうんざりしていたので、英語クラブが演劇にして上演しようと話し合ったとき、それなら辞めると脅した——マリア・フォン・トラップ（映画の主人公）をとるか、ベラをとるかだ。そして同級生らはベラを選んだ。

ああ英語クラブ。ベラの青春そのもの！

もちろん当時はちがう名前だったが、二十五年前からベラだ。これはアメリカでの法律上の名前で、パスポートにも結婚許可証にも、それから離婚の書類にも使われている。でも両親の墓石には刻まなかった。二人のたった一人の子である彼女の中国名が、どちらの墓石にも入れられている。ベラは母親の墓石に最初の夫の名前を入れなかった——母親はその結婚にしぶしぶ賛成したにすぎない。ベラは父親が亡くなったとき二度目の結婚をしていたが、そこにはすでにひびが入っていた。もうちょっと大切に思っていれば修復する努力をしていたかもしれない。両親のどちらの墓石にも夫の名前を入れないよう配慮した。両親は次々できた元義理の息子との永遠の縁を求めて得られなかったかもしれないけれど、仲のよさで知られる両親の結婚が死後に不仲の印を刻まれて耐えなければならなかった可能性を思うと、ベラは笑いたくなった。

ベラが大学の頃に読んだロシアの小説の中で、イングリッシュ・クラブ（トルストイの小説に「イギリス・クラブ」として登場する）は宴会を催したり社会的地位を誇ったりしているが、彼女の高校の英語《イングリッシュ》クラブはさまざまな動機や要求をもつ生徒の寄せ集めにすぎなかった。ある生徒は学校に（そしてたぶん日常生活に）一つしかないタイプライターを使いたいからだったし、ある生徒は特にチャールズ・ディケンズやジェーン・オースティンやジャック・ロンドンやアーネスト・ヘミングウェイの作品を読みたいからだった。こうした作家たちの本は英語クラブの図書室で手に入ったのだ。ある生徒は担当教員である楚《チュー》先生から補習を受ける必要があったし、ある生徒は科学クラブや数学クラブとちがって負担が少ないから選んでいた。大量の宿題から数時間逃れる場だったのだ。ベラは楚《チュー》先生のそばにいたかった――ベラがそのクラブに入っている理由はそれだけだった。クラブはいろんな意味で彼女より水準が低かったし、クラブのためには彼らが上演する英語劇にもがまんしなければならなかった。いつも主役を与えられたが、このことに誰も疑問を持たなかった。彼女は男子たちから投票で「校花」（学校のミスコンテストの優勝者）に選ばれていた。いちばんの美人に与えられる栄誉だ。それに、英語を誰よりも上手に話せた――七歳のときから家庭教師について学んでいたが、それは一九八五年の北京では学友の誰もが初めて聞くようなことだった。

　ベラが上演したかったのは『赤ずきん』や『シンデレラ』ではなく、『マッチ売りの少女』だ。

「マッチ。マッチ。マッチはいかが。マッチはいかが」

　バラの花はいかが。あなたのガールフレンドに、バラの花はいかが。

でも、そんな劇をやったことはなかった。この物語には登場人物があまりいないし、主人公のマッチ売りの少女ですら台詞があまりない。もう高校生だというのにおとぎ話を上演するなんてばかみたいだけれど、ほとんどの同級生は複雑な作品を演じられるほど英語を話せなかった。一度モーパッサンの『首飾り』に挑んだことがあるが、ベラは稽古のとき、身分の低い夫を演じる男子が架空のドアを蹴って開けるのを嫌悪のまなざしで見つめた。「マティルダ」彼の声を聞いたら、自転車修理の屋台にかかっているタイヤの――ゴムみたいで、油でべとついていて、腸みたいな――インナーチューブを思い出した。「いとしのマティルダ。これをごらん」彼女は手渡されたカードを開けなければならなかった。これは劇の一部だ。でもカードには文部省のパーティーへの招待ではなく、その男子からベラへの愛の詩が書かれていた。

汚れている。彼女はそのできごとを後でそんなふうに思い返した。ぶぶと音を立てる蛍光灯がついた地下室。まにあわせの舞台を作っている椅子やカーテン。彼女の両手を握る男子の手――これも劇の一部だ。汚れているのは、ベラの高校時代の思い出も同じだった。場所、人々、果てしなく続く年月。でもそんなふうに思う彼女がおかしいのだ。母校はユネスコから支援を受け、外国人訪問者に披露される模範校を務めていた。マーブルホワイト色の建物群が、灰色の小路や無秩序に広がるさびれた四合院《しごういん》の間に、誇り高い白鳥のように浮かぶ。それに、ベラは教師たちからも生徒たちからもいい扱いを受けていた。一度アメリカの政治家の代表団が派遣されてきて、構内を見学した。ベラは校長の女性とともに付き添うように言われ、お気に入りのワンピースを着た。そのラベンダー色が、科学棟と芸術棟の間の通路にかかる藤の花に合っていた。代表団はそれなりに賞賛をし、校長もそれなりに感謝の言葉を返していた。訪問者の通訳をしていたベラはほんの一瞬、何でも手に入る――求めさえすればいい――ように感じられた。でも、そんな至福のひとときは楚《チュー》先生にさえぎられた。彼女は訪問者にもベラにも、おざなりな一瞥すらくれずに芝生を横切った。

ベラが求めていたのは、マッチ売りの少女になることだった。飢えて凍えてずっと物乞いをし、ずっと死にそうになっている。ベラという人間はその逆だ。高名な一族で育った。父親は外交官で、母親は歌劇団の歌手。母方の祖父は一九三〇年代に中華ソビエト共和国を創立した革命家グループの一員だった。唯一の欠点は――一族からというより他人から見ればだが――ベラがこの人たちと血がつながっていないことだった。母親の美貌と仕事が妊娠出産で損なわれてはならなかったので、故郷の省のかわいらしい女の赤ん坊が養女にされた。その女の子は二歳のときに、当時の言葉で聾《ろう》唖《あ》であると診断され、よそへやられた。ベラが聞いたところでは、実の両親ではなく乳母に預けられたという。田舎で二人で快適に暮らせるよう、乳母はかなりの額のお金をもらった。しばらく後に、目立って美しい女の赤ん坊であるベラが来た。そしてこの事実は、聾唖の子の話と同様、彼女から隠されたことはなかった。

　もっと情にもろい人間だったら、自分と交代させられた女の子に好奇や同情の念を覚えただろう。もっと発想が豊かな人間なら、沈黙の中で育つその聾唖者になった自分を想像しただろう。あるときベラの祖父の遠い親戚が、ベラと同い年ぐらいの孫娘を連れて訪ねてきた。当時十歳だったベラはすぐさま貧しい親戚であることを察した。もっと優しい心を持っていれば、お下がりの灰色のブラウスを着たその少女と絆のようなものを結んだだろう。ところがベラは偉そうに少女に指図をし、スイスのチョコレート、日本の文房具、絹やタフタやベルベットでできたワンピースを見せびらかして、生地に指一本しか触れさせなかった。聾唖の女の子が来ても、同じように苦しめただろう。ただし聾唖の子は訪問を許されたとしても、ベラに何を言われているかわからなかっただろうけれど。もしかしたらベラはその子を物置に閉じこめたかもしれない。女の子はおびえてドアをたたいただろうか。それとも音を立てる方法がわからなくて、死ぬまで黙って待っただろうか。

　以前フロリダ州キーウェストの屋上パーティーで、年配の男性が思い出話をしてくれた。何年も前に、名門の御曹司の養子にもらわれて相続人になった男の子と出会ったという。「夕食の席で、彼が皆に挨拶しに出てきた。せいぜい三歳かそこら。白いタキシード姿でね。断じてその子ほどってつけの少年はいなかった。ところが翌年いなくなったんだ。なぜかって？　母親が彼には務まらないと判断したんだよ。忘れようにも忘れられないさ。考えてもみてくれ！　一年の間、この国でも指折りの金持ちになる運命だったんだ」

「その子にはまだわけがわからなかったでしょう」とベラは言った。

「確かにね」男は答えた。「とはいえ、なんとも不思議な運命だ」

ああ世界の取替え子たち。私たちは人生というこのサーカスのはしごを上ったり下りたりする。道化師よりもこっけいで、奇形よりもグロテスク。ピーターはよくもしらけさせる人なんて呼び方をしたものだ。

ベラは体を拭いて絹のガウンをはおった。ワインの栓を抜き、ピーターとエイドリアンを部屋に招いて一緒に飲もうかとも考えたが、二人は飛行機に乗るために早起きしなきゃいけないと言って断るだろう。電話にすら出ないかもしれない。

二杯目を飲む頃には、マッチ売りの少女のつもりにたやすくなれた。ずっと物乞いをし、ずっと死にそうになっている。でもベラがマッチをつけても、ぱっとつくその小さな炎に楚《チュー》先生は気づきもしないだろう。ベラが流れ星になっても、その光の軌跡など目に入らないだろう。

楚《チュー》先生はいったい何者になったのだろう——妻？　母？　翌日の朝食の席に一人で座って、ベラは考えた。英語クラブの顧問だったとき、彼女は二十七歳で、ベラは十六歳だった。楚《チュー》先生はいま頃、六十近い。姑になってもおかしくない年だ。数字の計算は人を混乱させるもの。ベラは自分が年をとることには少しも哀愁を感じなかった。六だろうと十六だろうと同じ人間だ。変わらないし変えられもしない。でも他人は——記憶が命じるとおりの人間のままでいるのだろうか。

調べる方法はあるはずだ。学校の友人から聞くとか、高校に電話するなどして。でもベラはそんな立場に身を置くのは嫌だった。中国に戻るときはいつも、行くと告げるだけでよかった。そうすればいつでも宴会や密会をして歓迎してくれる友人や知り合いがたくさんいるのだ。知らせなかったのは、今回が初めてだった。皆が彼女の離婚をめぐってわけ知り顔で視線を交わすのを見たくなかった。残りの日数をかぞえてみた。それは一人で埋めなければならない空白だ。帰りの便を変更すべきなのかもしれない。

もちろんベラがいつも里帰りした女王様を演じられるわけではない。会いたければこちらから捜しあてなければならない人たちもいた。たとえば佩佩《ペイペイ》だ。小学校に入るまでの三年間、彼女たちはひまわり託児所に預けられていた。ベッドが逆向きに隣り合わせだったので、眠れないときに先生たちの目を盗んでこっそり手すりの下から手を伸ばし、互いの脚をつかんでいた。

彼女たちは高校一年まで同じクラスだった。その頃に佩佩《ペイペイ》は理想の男性を見つけた。地理の教師である呉《ウー》先生だ。家柄が劣っている人間から見れば女子学生の一時的な片思いだろうけれども、佩《ペイ》佩《ペイ》の一族の力は佩佩《ペイペイ》の情熱の力に匹敵していた。ベラの祖父には政治的名声があったが、佩佩《ペイペイ》の祖父には政治的影響力があったのだ。佩佩《ペイペイ》が愛の成就のほかいっさいの解決法を受け入れなかったとき、彼女の祖父は書記を通じて呉《ウー》先生を呼び出さねばならなかった。その後しばらくして佩佩《ペイペイ》は学校を去り、呉《ウー》先生は教職をやめた。シンデレラ男ね、とベラの母親が言った。乗り気でないシンデレラはおとぎ話をまじめな結末にするんじゃないかとベラは考えた。

ベラはいつも佩佩《ペイペイ》をちょっぴり見下していた。同じように自分もほかの人々から見下されているかもしれないのはわかっていた。でも佩佩《ペイペイ》と彼女の間には根本的な差があった。佩佩《ペイペイ》は中国から出なかった。その必要がなかった。彼女と夫はファーストフードとホテルのチェーンを所有し、自分たちの強みをうまく利用していた。夫の美男子ぶりと、変えられないものを見きわめて受け入れる能力、そして妻の家柄だ。一方ベラは、ほとんどの人よりもなだらかな道が敷かれていたにもかかわらず、自力でやっていた。懸命に勉学に励み、大学でも法科大学院でもいい成績をおさめた。身を立てるために多くの障害を乗り越えた――祖父が中華ソビエト共和国の創立者の一人であることなど、アメリカで気にかける者はいない。

ベラの両親は中国にいてもらいたかっただろう。彼女のために賢く縁故を使ってくれただろう。でもベラが移住を決意したのはそれが理由だった。なんてもったいないことを、と母親は言った。何がもったいないの、とベラは尋ねた。あなたの器量のよさと、言うまでもないけど運のよさよ、と母親は答えた。ベラの美貌は彼女を生んだ人たちから与えられたものだ。彼らのことは何も知らないけれど、彼女をいらない子猫みたいに水に沈めないぐらいの慈悲心があったことは知っている。幸運はいまの両親から与えられた。それを捨てるのは恩知らずな行為だ。でもいいわ、あなたの人生ですもの、と母親は言った。私たちは干渉するような親じゃないの。

ベラは母親と特に仲睦まじいわけではなかったが、中学の頃までには母親を喜ばせるぐらいの心得は身につけていた。そして二人は、互いの美しさや頭のよさを尊重し合う二人の女としてうまくやっていた。父親はベラをうわの空で甘やかしながらも、実際には何ら関心を寄せていなかった

――ベラは聾唖の子の話を知っていたので、幼くしてそれを理解し、受け入れていた。父親は生まれてくる家をまちがえ、結婚する妻をまちがえ、就《つ》く職業をまちがえ、一人で死んでいくと決まっているような、もの悲しげな男だった。彼が亡くなって――母親はその四年前に亡くなっていた――初めてベラは父親と母親の関係に思いを馳せた。両親からこう言い聞かされたことがある。夫と妻が大切なお客さんのようにお互いと接するような結婚こそ、最高の結婚というものだと。二人の間に愛情はほとんどないどころか、皆無だった可能性もある。

この二人の客は、長い間ともに礼儀正しく生活しているうちに、その礼儀を愛情や思いやりだと勘違いした。でも五十年一緒に暮らせば、客同士とはいえいくらか秘密は共有していただろう。血のつながった子であれば、勘でわかったのかもしれない。

ベラは結婚生活で――一度目は十二年、二度目は五年続いた――夫という客への接待が下手だった。二度目の離婚の後でピーターはこう言っていた。君の問題は、自分のことを真剣に考えないことだよ。バージンロードを歩いてくる君の目を見たんだ。まじめくさった顔をしていても目はにやにや笑ってた。ベラは訊いた。マットと結婚したとき？　両方だよ、とピーターは答えた。自分のことを真剣に考えられない女はどうすればいいの、とベラは尋ねた。僕が答えられることじゃない、とピーターは言った。治療法を示せないなら、勝手に診断を下さないでほしいと彼女は思った。

元夫は二人ともベラのことを毒があると言った。このことでは二人に敬意を払わねばならない。それだけでなく、彼らが現状を維持して毒を盛られ続けるのを嫌がったことでも。もし佩佩《ペイペイ》が呉《ウー》先生への執着から脱していれば、彼女にも敬意を払っただろう。長年の間、ベラはうまく呉《ウー》先生から適度な距離を保ってきた。近づきすぎれば佩佩《ペイペイ》が嫉妬しただろうし、離れすぎれば佩佩《ペイペイ》は夫の立場に立って軽んじられていると感じただろう。佩佩《ペイペイ》がせめて浮気でもできたらいいのに。いや、いっそ夫と離婚して、彼をふたたび庶民層へ転げ落とせたら。でも佩佩《ペイペイ》はある種のおとぎ話みたいないちずさで結婚生活を続けていた。燃え尽きようとしないこの情熱を、呉《ウー》先生はどう思っているのだろう。青春を過ぎてもなお続く執着も、きっと毒にちがいない。

幸運な人と不運な人を分けるのは、そこかもしれない。呉《ウー》先生のような幸運な者は出世するために何か大事なものをあきらめねばならない。幸運な人間は一夜にして不運な人間になりうるからだ。ベラや聾唖の子のような不運な人間は、あてがわれた道を進むしかない。彼女たちの人生がちがう結果になったのは、ただの偶然だ。

ベラの高校にいるほかの常勤の教師とちがい、楚《チュー》先生はいつでも終了できる契約で雇用されていた。オーストラリアに一年いたという証明書があったので、楚《チュー》先生は学校にとって魅力があった。どんな縁故のおかげでオーストラリアに行けたのか、生徒の誰も知らなかった。彼女はベラの学校で二年しか教えなかった。辞めた後、オーストラリアに戻ったという噂が流れた。

楚《チュー》先生はきれいな人ではなかった。頬はやたらとこけていて、不健康に青白かったし、たえず眉を寄せていて、とり乱したような不機嫌な目つきをしていた。目立つところがあるとすれば声だった。ベラは子どもの頃から母親が教える生徒たちを見てきたので、楚《チュー》先生の声は訓練で矯正すれば類まれなどころか、すばらしい声になるのがわかった。でも誰一人としてそこに労力も想像力も注がなかったので、むらのある使い古しの紙やすりのように耳障りな音質になっていた。

楚《チュー》先生は生徒のできが期待を下回ると、いらだちを隠す努力をほとんどしなかった。でもその要求にベラ以外の誰がこたえられただろう。ベラが初めてドン・マクリーンやD・H・ロレンスを知ったのは英語クラブだ。前者の曲は楚《チュー》先生がぼんやりと我を忘れた状態で座っているとき、彼女の気分を表すサウンドトラックだった——いちばんおしゃべりな女子や注目を浴びたがる男子ですら、そのときは邪魔しないほうがいいと心得ていた。後者の作品は、楚《チュー》先生が生徒たちに読んで聞かせてくれた。「木馬の勝ち馬」、それから「プリンセス」、最後に「狐」。この作品は五、六回読んでくれたので、きっとお気に入りだったのだろう。

楚《チュー》先生の朗読が長すぎると、ベラの仲間たちは数学や物理や化学のプリントを取り出すことがあった。自分の無知を咀嚼する牛の群れに向かって竪琴を弾く人、とベラはよく思った。生徒たちは心ない人たちなので、楚《チュー》先生に心ない扱いをした。ベラは二人で無関心に耐えねばならないことを理解していると、楚《チュー》先生に知ってほしかった。ともに苦しむことで楚《チュー》先生の苦しみを減らしたかった。でも楚《チュー》先生はベラに対して、ほかの生徒よりも嫌みな言葉で接した。酔っぱらったネズミじゃないんだから、とベラをいさめた。稽古でハイヒールを履いてよたよた歩いたときのことだ。情熱的でないこのシンデレラの足に合っていない上履きだった。でもこのときのシンデレラは幸せで舞い上がってますよね、とベラが反論すると、じゃあそう感じる彼女がまぬけってことね、と楚《チュー》先生は言った。それとね、三歳児みたいに目を丸くするのやめてちょうだい。

「そんな名前の英語の先生いた?」佩佩《ペイペイ》が言った。「思い出せないんだけど」

「その頃のあなたは一人の先生しか目に入ってなかったからね」とベラは言った。

「そしてあなたの大事なお目めは一粒の塵《ちり》にも耐えられない」と佩佩《ペイペイ》はやり返した。

「だから一人の夫にしぼれない」とベラは言った。彼女の離婚は悪い知らせというより、同じ男と長すぎる結婚をしている佩佩《ペイペイ》をからかうのに使えた。

どれほどうわべだけのつながりでも、四十年続けば定着することもある。こんなに直前に仕事の約束を変更してでも会ってあげるのはあなたぐらいだって、わかってる？　佩佩《ペイペイ》はレストランに入ってきたとたん、そう言っていた。誰も私みたいにあなたの足の指を何百回もかぞえたりしないってわかってる？　ベラはそう答えた。

「その先生がどうしたの。どうして彼女を捜してるの」佩佩《ペイペイ》が言った。

「捜してるわけじゃないの。ただどうなったのか気になって」

「あなたっていつも手当たり次第にいろんな人のことで騒いでる。いつになったらその子どもっぽさがなくなるの」

何の話をしているのかわからない、とベラは言った。

「いつもそう。口がきけない人と耳が聞こえない人のふりを代わりばんこにしたの憶えてる？　そうしたら先生たちにそのゲームを禁止されたでしょ？」

「ひまわり託児所で？」ベラは尋ねた。そのゲームのことは記憶になかった。佩佩《ペイペイ》の思い出の中に、そんな感傷をそそるひとこまを自分が残していたことにぞっとした。「その女の子のこと、いつ知ったの」

「秘密だったことなんてないと思うけど。で、そのゲームの後はお互いの乳母になったふりをしたよね。あなたが私の蘇《スー》おばさんで、私があなたの蘭《ラン》おばさんだってあなたが言って」佩佩《ペイペイ》は言った。

ベラは子ども時代の数枚の写真でしか蘭《ラン》おばさんの存在を知らなかった。ベラがひまわり託児所に預けられるようになったら、彼女は一家のもとで働くのをやめた。その女性がいなくて寂しく思ったことがあっただろうか。ベラが聾唖の子のように欠陥があると思われたら、その人は自分が唯一知る母親になっただろう。ベラは佩佩《ペイペイ》がピーターみたいに、自分よりも自分の人生を憶えていることに驚いた。

彼らのような友達のおかげでこちらは忘れることが許されるけれども、彼らは意外なときや不都合なときに記憶を喚《よ》び起こしもする。

佩佩《ペイペイ》は楚《チュー》先生についてあちこち訊いてみると言った。佩佩《ペイペイ》は手を貸してくれるとベラは確信していた。二人は互いの人質であり、信義のあつさ以外の身代金では共有する過去から救われなかった。ほかの誰が十五歳の佩佩《ペイペイ》の絶望感を憶えているだろう。彼女は炎にあぶられるまで、指を火のついたマッチに近づけたのだ。そして、ほかの誰が思い起こすだろう。ベラは欠陥品の代替物だと思い出させる聾唖の子のことを。

佩佩《ペイペイ》が二日後、楚《チュー》先生の新しい通り名と勤めている団体を記したメッセージを、ベラの携帯電話に送ってきた。「昔は教師、いま伝道師」という言葉が添えられていた。

アメリカに着いたとたん英語名を選んだベラには、楚《チュー》先生が新しい中国名を必要とするのはばかげているように思えた。自分を誰だと思っているのか。セレブだとでも？　ベラは団体へのリンクをタップした。ＬＧＢＴの権利を主張する非営利団体だ。楚《チュー》先生はウェブサイトに団体の共同創立者として名を連ねていた。メディア企業に提供したインタビューの動画、参加した公的な場の一覧に加え、ブログの署名記事もあった。最新の記事は家庭内暴力を禁じる新しい法律に焦点をあてていた。その類では中国初の法律だったが、同性間における被害者の保護は除外されていた。

このウェブサイトに楚《チュー》先生の写真はなかったし、新しい名前で検索してもほかで顔写真は見つからなかった。ベラは楚《チュー》先生の顔が見たかった。記憶のままの顔でいてほしかった。でも、たとえ歳月に変えられた顔を見ることになっても、意趣返しの喜びは得られるだろう。顔の見えない楚《チュー》先生から、ベラは何の手がかりも得られなかった。佩佩《ペイペイ》の携帯電話にメッセージを送ろうかと考えた。「あなたの全能の力をもってすれば、いま頃私のために夕食の約束がとりつけられてると思ったんだけど」——でも佩佩《ペイペイ》を攻撃して何の意味があるだろう。

ベラは音声データを再生した。楚《チュー》先生の声はあまり変わっていなかったが、何かがちがっていた。以前にはなかった情熱か。というより、単に生き生きしているだけかもしれない。楚《チュー》先生が語っていたのは彼女の団体が率いる草の根の運動や、ＬＧＢＴのコミュニティにおける世論調査やインタビューのことだった。それらは同性愛の関係に家庭内暴力があるという証拠はない、という政府の主張に反応しておこなわれていた。

「なぜあなたにとって、同性愛者間の家庭内暴力が法で認知されることが重要なのですか」記者の女性はものやわらかな口調でわざとらしく理解を示しつつ、質問をした。

「婚外の——いわゆる同棲している——異性愛者は法に守られているのに、同性愛者は守られていません。除外されることによって、私たちがコミュニティとして持つ法的権利について疑問が生じます」

「でも、なぜあなた自身にとって重要なのですか。家庭内暴力を受けたことがあるのですか」

「はい」

「そのことについて、もっと話してくれませんか」

ベラは記者の質問をばからしいと思い、楚《チュー》先生がいとわず応じているのを不快に感じた。「三十年前のことです。私は若く、女性との恋愛関係を恥じていました。私たちが若い頃は精神病と言われていて、医学書に載っているような病気とみなされていたのです。家庭内暴力についても、私は何の知識もありませんでした」

インタビューはさらに続き、未熟な女が支配を愛情、服従を献身と混同していたことについて、さらに具体的なことがいくつか明かされた。よくある話、とベラは思った。そして会話が統計や事例の話題になると、聴くのをやめた。インタビューを受けている人は、英語クラブの楚《チュー》先生ではない。後者は磨いた氷でできた心を持っていた。それは侵すことも動かすこともできず、昔ベラの血にあったぬくもりを残らず吸いこんでしまった。自分の積極的行動主義について語り、個人的な生活をさらしているこの見知らぬ人間は偽者だ。まちがったところに目標と癒しを求めている。もっともな大義名分にそれらを見つけたつもりになっているのだ。

あの地下室。ベラはいま、そこにいたかった。楚《チュー》先生と自分をもう一度よく観察するために。天井近くの狭い窓の向こうが暮れかかるのを見つめながら、楚《チュー》先生は別の人間がその体に与えた卑劣な痛みを思い起こしていたのだろうか。ドン・マクリーンを聴いているとき、苦しみに意味を見出そうとしていたのだろうか。ベラの稽古をあざけりながら見ていたり、虚《うつ》ろな目でベラの気遣いを無視したりするとき、危害を加えないようこらえていたのか、それとも征服と降伏についてよく知るがゆえに自分の力の行使を楽しんでいたのか。愛の名のもとに自らを傷つけさせるような人間は、傷つける欲望を誰よりも理解しているはずだ。

狐を狩る者、狐に狩られる。楚《チュー》先生の朗読を聴いている間、D・H・ロレンスのとりこになったのをベラは思い出した。同じくとりこになっているときの楚《チュー》先生の声は、美しいと言ってもいいほどだった。この物語が舞台化されるべきだったのだ――どうしてそれを思いつかなかったのだろう。きっと楚《チュー》先生はベラの要望をあざ笑っただろうけれど、他人の意思を書き換える意思を持って生きるベラは、祖父に書記を通じて楚《チュー》先生を呼び出してもらう必要はない。物語の二人の女をともに演じようと楚《チュー》先生に強く求めただろう。ベラが神経過敏な冴えないバンフォード役――魅力に乏しい役を演じるのは気にならない――そして楚《チュー》先生がもう一人の女性マーチを演じ、自分が恵まれなかった美しさを、上演中は授かるのだ。ベラは最後に死ぬことになる――ロレンスの作品では必ず誰かがそうなる。それも気にならなかった。なぜなら彼女が死ねば楚《チュー》先生はいつまでも我を忘れた状態にされるからだ。ベラにとってはすべてが何かのふりをするごっこ遊びになっている、という佩佩《ペイペイ》の言葉が正しくても、それでいいじゃないか。ベラは聾唖になれるし、楚《チュー》先生を魅了する狐にもなれる。エイドリアンが先祖たちを思い描くときにしたように、壮大な物語を作り上げてもいい。エイドリアンは地理や家系の制限を受けていたが、ベラにはそんな制限はなかった。すべてが彼女のものでありうる。男も女も。昼も夜も。夜空の星も。マッチ売りの少女が両の手でおおう永遠の炎も。

ふりをすることこそ、彼女の系譜だ。

高校には天体観測所があって、年に数回、科学クラブ以外の生徒たちにも公開された。ベラは一度、友人たちとそこへ行った。その晩、どんな恒星や惑星が見えることになっていたかは思い出せない。教師がいなくなってから、科学クラブの男子がベラによく思われようとして、望遠鏡を街にでき始めた高層ビルのほうに向け、カーテンが開いている窓を見つけた。男と女が窓に背を向けてメロドラマを観ていた。女優が臆せず泣いていた。結婚生活を擁し、テレビ画面に劇的なシーンを映し出すその部屋がすぐ目の前へ引き寄せられたので、その男子がおずおずと肘に触れても、ベラはしばらく振り払いもしなかった。男と女の隙間はまだ見えていた。二人はソファの両端に座り、ひじ掛けにそれぞれの体を預けていた。テレビの上に置かれた青と白のかぎ針編みのカバーすら見えた――三十年前、テレビは家事に熱心な女が見事な針仕事で飾る贅沢品だった。

ベラは望遠鏡がその晩、おもしろみのない夫婦ではなく、楚《チュー》先生と恋人を見せてくれたらよかったのにと思った。情愛と敵対、熱情と苦痛――二人の女の間にあるそのすべてを見たかった。でも楚《チュー》先生に会ったとき彼女は若すぎたし、聾唖の子と知り合うにはたどり着くのが遅すぎた。タイミングのせいで、二人とも一生手の届かないものになった。そして手の届かない者たちは、彼女が傷つけることも壊すこともかなわないのに、傷となって生き続けている。いまですら、団体に電話して楚《チュー》先生と話したいと求めたとしても、何が言えるだろう。楚《チュー》先生にとって誰ともわからないベラは、いつでも切ってしまえる電話の声にしかすぎない。ベラは街角の少女になる。いつまでもマッチを擦って、いつまでも小さな炎の中の別世界に手を伸ばしている少女に。たとえ流れ星になったとしても、楚《チュー》先生は自分も別の街角でマッチを擦っている少女なのだから、ベラが消えて空いた虚ろに気づきもしないだろう。

君住む街角

別の時代に生まれていれば、とベッキーは考えた。しかも家庭教師になれるような教育を受けられなければ、乳母になって何も考えずに富裕な家庭の赤ん坊に栄養を与えていたかもしれない。でも、その想像は細かい点まで探ると――いつどこで誰が何をなぜどのように、というような問いを、小学校のときは綿密に調べる恐ろしさを知らずに素直にたどったものだが――心をかき乱した。秘めた思いとしてまっとうですらなかった。

「あのですね、私は美術館が嫌いでしてね」隣にいた男が彼女にだけ聞こえるように上半身を傾けてきたので、ベッキーはうなずいた。乳母になるにはまず母親にならなくてはならない。ではその職業を望んで何の意味がある。

「腹が立つんですよ」ほかの人々の拍手に二人とも加わると、男がそう言った。演壇で話をしている女は、最近改修されたこのサンフランシスコ美術館の館長だ。「自分が作品を所有していないことが腹立たしくなるんです。ほかの人間と共有するのが嫌なんですよ。私に見えるものが、連中には全然見えていないのに」

彼が真っ赤なネクタイをつけていたので、ベッキーはアニメのスポンジ・ボブを思い出した。でも背が高く、こちらに話しかけるとき少しかがまなければならない本人は、スポンジ・ボブに似たところが少しもなかった。息子の仲間になった気分になれるつながりを捜してしまう彼女の、情けなさ。ジュードは六歳で、週四日の午後、専門医二人に診てもらっていた。彼は友達を作ることに興味を示さなかった。欲しいものをもう手に入れていたからだ。スポンジ・ボブの枕と自分自身を。

赤いネクタイの男が何か言った。ベッキーは聴き取れなかったが、もっともだとうなずいた。「じゃ、あなたは美術館が好きなんですね?」と彼は不満そうに言い、それから折れたように「たいていの人がそうなんです」と言った。

夜になって日記にこの会話を記す自分の姿がベッキーの目に浮かんだ。その男がスポンジ・ボブを思い起こさせたことを書き留めるだろう。じきに彼の顔も声も記憶から消えていくが、赤いネクタイと彼の言葉だけは残るのだ。ベッキーが日記をつけ始めたのは、ジュードの病気の診断が下された頃だった。そこには個人的なことではなく、他人の描写だけを書いている。バス停のベンチで歯を磨いていた男、ビジー・マートというスーパーマーケットでシートベルトをしてベビーカーに乗っている男の子を「頭が二つある低能」と呼んでいた女、隣人の庭に蜜蜂の巣箱を設置していた便利屋。この人はベッキーがガレージにバックで入るとき車をこすったら、蜂蜜を一瓶くれた。

いつかジュードが日記を読んで、人々に目を向けずにいると何を見逃すことになるか、気がついてくれたらというのがベッキーの望みだった。彼女は日記に登場する人々をおもしろく描こうとしたが――おもしろくても度が過ぎてはいけない。世界はわくわくするようなパーティーなのに、自分は生まれつき仲間はずれにされていると感じてほしくなかったし、かといって世界はだいたい予想のつく退屈なものだと失望して、自分の殻に閉じこもっていようとも考えないでほしかった。

日記の中に家族や友人は入れなかった――日記はマックスに隠していなかったので、夫や親しい人たちに関するどんな無害な言葉でもまちがった読み方をされかねない。療法士の待合室で会う人たちのことも記録しなかった。そこにいる親たちは他人の顔に浮かぶ自らの不安と、鏡を見るかのように向き合わされる。子どもたちもお互いの鏡だが、内向的なので同じ境遇にある人たちに慰めを求めない。ほかに、待合室を全世界の延長にすぎないと思っている人たちがいた。妻とスピーカーフォンで三十分話し続けるおじいさん。グアテマラ人の子守はクロスワード・パズルの最中に何度も手を止めて彼に眉をひそめ、親指を耳に小指を口にあてて電話する仕草を彼の背後でやっていた。両親に付き添われたことがないらしいやせた少年に付き添うオペア（ホームステイをしながら子どもの面倒をみる外国人）——ポーランド人の女の子だったが、それが短期しか滞在しないオーストリア人に代わり、それから別のポーランド人の女の子に代わった。クリスマスで皆さんはタホー湖に行くんですよ、と短期の子がベッキーに語った。一週間家をまるごと独り占めするなんて素敵じゃない、と言われたんです。そうしたら母が、まあなんてこと、アメリカで初めてのクリスマスを一人きりで過ごすなんてありえないわ、と言っていました。ベッキーは女の子をクリスマス・イブに招待してあげようかと思った。毎年夕食会を開くからだ。マックスの両親ときょうだいとその家族が参加している。でも、まるで女の子の孤独につけこんでジュードへの助力を得ようとしているみたいに見えるかもしれない。ベッキーは自分の行動の中に、ありもしない動機を発見するのが得意だった。

スポンジ・ボブの男の向こうに目をやり、いちばん近くにあった絵を見た。さまざまな絵の具のしぶきだ。ありふれているし、見ていると心《しん》が疲れるとも思った。美術館で絵を見て、それを理解しようと努めるだけでじゅうぶん義理は果たしている。所有するなんて手にあまる。所有するのは、木を相続するようなものだ。植えた人が消え去ってもなおその生存に責任がある。でも木は、許可が下りて専門の業者がいれば切ることができる。芸術作品は、子どもみたいなものだ。平凡な想像力を用いて変更を加えようとしてはならない。一方で、子どもには値段をつけられない。オークションに出してはならない。もしかしてスポンジ・ボブ男は子孫の話をしていたのだろうか。わが子が正確にはどういう人間なのか他人に語ることはできないし（ジュードは朝食の席で六十四分音符と百二十八分音符について話す。それがシリアルの器に浮かんでいるみたいに）、他人の目からわが子を見るのは嫌なものだ（ジュードは幼稚園でこんな看板を作って――「やだから、しゃべんない！」――以来、学校では口をきかなくなった）。

女性が話を終えると人々は目的をもって動き回り、それにベッキーは違和感を覚えた。マックスの上司は病院の循環器科長で、演壇の女性の古くからの友人でもあり、テーブル席を二つ購入していた。会話するマックスと同僚が互いの冗談に代わる代わる笑う様子を見つめた。シャンパン・グラスを掲げて泡をとおして彼らを見たら、非の打ちどころがない社交のふるまいがさほど立派には見えなくなった。もしかしたらジュードには世界がこんなふうに見えているのではないか。そこの住人には、浮き上がるあぶくほどの魅力もないのだ。でもジュードはこのようなイベントに出ることはないかもしれない。シャンパンを飲むこともキャビアを味わうこともないかもしれない。ろうそくの灯りに照らされて女の手をにぎることも、バックパックを背負ってペルーやスコットランドを旅することもないかもしれない。ああ、あの子が行かない数々の場所、機会を逃す数々の物事！

でも、なんで僕が機会を逃すってわかるの。ジュードが尋ねた。彼は家では口をきくし、ベッキーしかいないときには特にはっきりとものが言えた。ベッキーはサッカー・クラブと少年野球リーグと誕生日パーティーの話をしていた。その年頃なら全員が招待されるので、彼もパーティーに招かれていた。いま逃していなくても、いつか逃すかもしれないの、と彼女は言った。だから、なんでわかるの、と彼は訊いた。こういうことは皆がたいてい楽しむものなんだよ。だから逃すと悲しくなるかも、と彼女は言った。なるものか、おもしろくないのに、と彼は言った。なるものか。こんな話し方をする人はジュードの周りにはいなかった。でも、彼は枕元に『ランダムハウス・ウェブスター大辞典』を置いていた。どこがおもしろいの、と彼女は尋ねた。点とか、のたくった線、と彼は答えた。何それ、と彼女は言った。わかりっこないよ、と彼はため息をつきながら言った。見えてない人には。

別の男がベッキーに近づいてきた。たとえありきたりの会話になっても、黙って見つめ返してくる名画からの息抜きにはなるので、彼女は喜んで救われようとした。チェック柄の帽子をかぶり、チェック柄のジャケットを着た男は、黒っぽいスーツやパーティー用ドレスの中では場違いに見えた。ベッキーはこの画家が好きか尋ねられ、あいまいに首を振った。「あなたはいかが」

「好きとは言えませんな。激しすぎて好みに合わない」

ベッキーは彼のなまりに気づいた。話し手が隠そうとしない類のなまりだ。一言一句が奥ゆかしく唇にとどまる。なまりにはいい財産になるものもあれば、先天的欠陥になるものもある。何年も前、ベッキーが研究室で働きながら学ぶ学生だった頃、室長が外国人の客員研究員に、中西部の人々にはなまりがないと話しているのを耳にしたことがあった。主流のアメリカ英語だからと彼女は言い、それでベッキーは個性のない透明な人間になったような気がした。最近になって、ベッキーが陪審員の任務が始まるのを待っていたら、ある女が話をしてくれた。彼女はスペイン出身で言語学の教授だが、夏のパーティーへ姉とその夫とともに行ったら、誰からも話しかけられなかったという。腕に甥を抱え、姪に袖をつかまれていたのだ。私は子守だと思われたんですよ、と女は言った。ハンサムな夫と一緒にいた華やかな姉は、もちろんその勘違いをなかなか訂正しようとしませんでした。夜、その女と姉はベッキーの日記の中に書き入れられた。

「誰かがその絵にもっと絵の具を飛び散らせたら、どうなるんでしょうね」男が質問しなくなったので、ベッキーは言った。

「それは芸術の破壊行為というものでしょうし、法律違反です」

「誰かがそれを所有していたら、という意味です。それでも違法でしょうか？」

男はベッキーを見た。「僭越《せんえつ》ながら――これは人間の動機づけに関する私の研究にもとづいているのですが――そうおっしゃるにはきっと理由がおありなんでしょうね」

「どんな理由ですか」

「絵に何かをするために、購入なさりたいのでは？」

「売り物じゃありませんよ」

「物事はいつでも解決できる。そう思いませんか」

「でも私が何をしたがってるって言うんです？」

「絵の欠陥に気づいて、ご自分で加筆をなさりたいのでは？　それどころか破壊を？」

ジュードはこの男の話し相手に向いていたかもしれない。ジュードの話し方を聞いた神経心理学者は、専門的で堅苦しい、と言っていた。診察したのは彼女が二人目だった。一人目はジュードに話をさせることができなかった。ベッキーは、同意します、とジュードの表現を使って神経心理学者に答えたくなったものだ。まだ希望はあるのかもしれない。目の前にいるこの男は、よそ目にはきざにも見える妙なふるまい方をするけれど、この催しに招待されているのだ。

芸術家なのかと彼に訊かれ、彼女はいいえと言った。では芸術の支援者ですか、と彼は尋ねた。ぜんぜんちがいます、あなたは？　彼はポケットからパイプを取り出し、あちこちで二、三のことに時間を潰してきましたが、特にこれといったことは何も、と言った。喫煙は禁止だとベッキーが指摘しようとしたら、彼はパイプをしまった。「ワトソン博士に止められる」と彼は言った。

ああ、とベッキーは思った。ほかの人たちなら彼のいでたちを見てすぐにピンとくるのだろう。「ワトソン博士もここにいるんですか？」これ以上ないほどわかりやすいヒントを出させてしまって申し訳なく思いながら、彼女は言った。

「いまは忙しいんですよ。ほかに約束があって。これほど魅力ある約束じゃないでしょうが」

「どういう約束なんですか」

男はにやりとした。「実を言うと」――彼は声をひそめた――「連中にワトソン博士を呼ぶ予算がなかったんです」

「連中って？」

「優れた助手だって、しょせん助手は助手ですよね？」彼はまたパイプを取り出し、もてあそんだ。

「ところで、見回してごらんなさい。私のように役になりきってるのが数人いますよ」

ベッキーが見ても、ほかに目立つ人間は誰も見当たらなかった。

「当然、ゴッホほど陳腐な役はお呼びじゃないでしょう」男は耳をなでながら言った。「いや、それを言うなら、フリーダ・カーロほど。でも当ててごらんなさい――ウィレム・デ・クーニングやジョセフ・コーネルが見つかるかもしれません。マティスは体の具合が悪くて今夜はそれらしく見えないかもしれない。ジョージア・オキーフがいるが、あいにく彼女の美しさには記憶に残るような個性がない」

「あなたは誰なんですか」

「答えはご存じでしょう」

「お聞きしたいのは、本当は何者なのかです。どれがその人か教えてくれないなら、信じられません。オキーフはどこですか」

「そんなことはしちゃいけないんですよ。我々がいい仕事をしているかどうかの最終的な判断はクライアントが下すんですから」

「じゃあどうしてそのルールに従わなかったんですか。それに、なぜここにいるんですか。あなたは芸術家ですらないんでしょう」

「いや、私は彼らの上司ですよ」と男は言い、名刺を彼女に渡した。「オージー・ガリバーです。これがうちの事務所の連絡先」

名刺には「OGタレント&モデル」と書かれていた。ベッキーが目を上げると。オージー・ガリバーは別の客ににじり寄っているところだった。正体を明かし、将来のクライアントになれるような人物を見つけるためかもしれない。

夜になってからベッキーは日記に赤いネクタイの男のことを書いたが、シャーロック・ホームズの恰好をした男のことは書かなかった。なぜ、と彼女は考えた。不倫を隠しているわけじゃあるまいし。オージー・ガリバーは仮名ではないかと彼女はいぶかっていた。それでも名前を知っている男は、赤いネクタイの男よりも私的な空間を奪う。不倫になりかねない。ベッキーはまだ名刺を持っているから、イベントのために彼を雇うふりをして電話をかけることもできる。映画では恋愛がそんなふうに始まることもある。でも、どれほどありふれた不倫ですら、ある種の才能を必要とする。それを彼女は持ち合わせていなかった。

ベッキーは善人だったが、善人でいるのに才能はほとんどいらない。マックスとカリフォルニアに引っ越す前、彼女はアイオワ州スー・シティの病院でフローティング・ナース（特定の場に固定されず働く看護師）として働き、同僚として愛されていた。アイオワ州コレクションビルでいまも暮らしている三人の兄弟と仲よくしている。ベッキーだけが地元から出ていったが、一年のうち八月の一週目と感謝祭の二回、一族の集まりのために里帰りしていた。近所の人たちや療法士の待合室にいるほかの母親たちに愛想よく接するし、人々と連絡を取り合い続けた。その中にはカントリー・キッズ保育園にいたときから知っている人たちもいる。「新しい友達を作ろう。でも古い友達も捨てないで。一人は銀で、もう一人は金」（アメリカの童謡の歌詞）ベッキーは人生から一人もとりこぼさないようにしている自分を、昔話によく出てくる欲張りだと思っていた。ジュードは休み時間に校庭でぐるぐる回転していたり前後に揺れたりしているのだから、無一文の貧しい少年だ――彼女の銀や金を受け継ぐことすらできない。

私たちはこの子のために永遠に生きることはできないんだよ、とベッキーは絶望しているかのようにときおり言った。でも本当はその発言に癒されるどころか、実際には解放されていた。子どものために永遠に生きられる親はいない、とマックスは念押しした。彼は科学、親による教育、父親としての意志の力を信じていた。神経心理学者の報告書で説明されるような社交上の課題と向き合う少年ではなく、いつかはそうした障害のすべてを乗り越えていく男としてジュードのことを扱った。ベッキーのように妊娠のどこがおかしかったのかを知りたがらなかったし、銃乱射事件が起こるたびに自閉スペクトラム症の若者と関連づけられる心配をすることにエネルギーを浪費しなかった。でも、親が命を与えただけでジュードを失望させたなんてことはないと、よくもそう確信できるものだ。マックスは勇敢な人であり、勇敢であれば疑念はいらなくなるのだ。

ベッキーに欠けている才能はそれかもしれない。わかりやすい人生を望んでいるのに、自分の人生がわからなかった。不倫を始めることができないのは、それが想像力を要するからだ。ジュードを理解できないのは、彼女の精神が平凡すぎるからだ。「ノーマルとは何か、私ほど知っている人がいる？」短編「ハリスン・バージロン」（カート・ヴォネガット・ジュニア作）に出てくるハリスンの母親へイズルがそう尋ねる。ベッキーはこの文を正しく思い出すためにグーグルで検索しなければならなかった。高校のとき国語の教師だったヘイゲン先生が、ヴォネガットが書いたその台詞について長々と語っていたのを思い出す。十年後、二十年後に読んでごらん、と彼はクラスの生徒たちに言った。ベッキーはヘイゲン先生がそう話す間、ランス・エリオットの姿をスケッチしていた。一年生のときランスはいちばん背が高い男の子だったから、ハリスン・バージロンはランスに似ているだろうと考えた。ベッキーはバレリーナになりたかった（作中、バレリーナがハリスンの妻になる）。

いまこの文を読むと、自分の台詞のはずだったのにハリスンの母親に盗まれたような、妙な感じがした。ジュードがサッカーのチームでゴールキーパーをやったり、友達にいたずらをしたりする子どもには決してならないなんて、おかしい――いや、そんな考え方はまちがいだ。おかしいのは、とてもノーマルなベッキーがジュードの母親だということだ。オージー・ガリバーと不倫できるような女なら、もっとましな母親になれる。ジュードのために世界を整理しなおす母親だ。ベッキーは乳母になるほうが身のためだったろう。与えればそれでよく、理解は求められない。

オージー・ガリバーは日記に入れなかった他人だけれども、記憶には残っていた。彼女の周囲の人々は家の中の照明みたいなもので、あればあるほど明るくなり、あればあるほど暗い場所が減る。でもオージー・ガリバーは街灯だ。家というのはどれほど照明がついていても、どれも同じであることを思い出させる。すべての家が、無関心な暗闇の中にある。

あなたたち、音楽のレッスンを受けようと考えたことある？　ある母親からそう尋ねられ、彼女の息子を教えている音楽家を薦められた。また失敗の道だな。ベッキーは連絡先を書き留めながら考えた。

音楽家のビビアンは、ピアニストでも声楽家でもあった。精神障害のある子どもに携わるような教育はいっさい受けていないけれども、自閉症の子どもを教えるうちに自分の適性を見出した――こうしたことのすべてを彼女は電話で話してくれた。それと、ときどきコンサートツアーをやるので、年間をとおしてレッスンできるとはかぎらないということも。ベッキーはまず一人でビビアンを訪ねることにした。ジュードのためにできるかぎりのことをしているというあらゆる証《あかし》が欲しかった。たいていは同じ状況にある人々のほうが、評価を下したり非難したりする理由を多く見つけ出すことに、彼女は気づいていた。

平屋の小さな家、傷んだ小型トラック、旧型の車、金属のフェンスの向こうから吠えてくる何匹もの犬、そういうものが連なる通り沿いにビビアンは暮らしていた。ベッキーはカリフォルニア州オークランドのこの地区にはなじみがなかった。そして、これらに目を留めてしまう自分を責めるべきだと感じた。アイオワ州コレクションビルの道はもっと広くて家は大きかったものの、湾に臨む絵に描いたように美しい郊外に住むいまの隣人たちも、コレクションビルを見たら落ち着かない気分になるだろう。アイオワには何があるの、とときたまカリフォルニアの人たちに訊かれるけれど、アメリカのどの町だろうと通りだろうと、何があるっていうの。

ベッキーが呼び鈴を鳴らす前に、老女がドアを開けた。ビビアンの母親だと彼女は小声でささやき、前のレッスンが数分延びていると言った。居間は狭く、コーヒーテーブルの周りに肘掛け椅子二脚とソファがあった。大きな窓から、リュウゼツラン一本でいっぱいになる広さの前庭が見えた。別の女がソファに座っていたので、ベッキーは肘掛け椅子に腰かけた。ビビアンの母親がテーブルからプラムが入ったかごを持ち上げ、裏庭でとれたものだと言った。ベッキーは断るつもりだったが、これは甘いし、自分とビビアンではとても食べきれないと老女が言った。プラムを腐らせると思うとベッキーは罪悪感を覚え、中ぐらいの大きさのプラムを選んだ。ビビアンの母親はもっと持っていくよう身ぶりで合図し、古いスカーフを持ってきてプラムの包みにした。

もう一人の母親はアジア人女性で、待合室のたいていの母親たちとはちがい、自分から口を開きたがっている様子がなかった。彼女の脇にドル札が入った弁当箱があった。その札が複雑な形に折りたたまれるのをベッキーは見つめた。お金のレイなんです。ベッキーにじっと見られているのに気づくと彼女はそう言い、これを大学の卒業式で売るのだと説明した。ベッキーはお金のレイを見たことはなかったし、これがカリフォルニアの伝統なのかもわからなかった。

「ビビアンのところにいらしたのは息子さんのため？　いくつなんですか」と女に訊かれ、ベッキーはそのとおり息子のためだと答え、ジュードは六歳だと言った。

「トイレのしつけはできました？」と女は尋ねた。ベッキーはええと答えるとき、そんな質問をされたことに恥ずかしさを感じた。

「運がいいですね。ウィリアムは七歳なんです。去年もう少しでできるところだったんですけど、学校で何かに――子どもか先生か、わかりません――取り乱してしまって、いまはまたオムツをつけています。どうすればいいですかってお医者さんに訊いたら、家の中では下半身に何もはかせないほうがいいかもしれないって言うんです。そうしたら出すとき触って感覚をつかめるからって」

「こういうことには時間がかかるものですよ」ベッキーは反射的に女を慰めていた。

ビビアンの母親はもう一つの肘掛け椅子に背を伸ばして座っていた。しわが刻まれた彼女の顔は、会話にほとんど反応しなかった。黒人なのか、アメリカ先住民なのか、ラテンアメリカ系の女なのか、ベッキーにはわからなかった――もしかして三つ全部が混じっているのだろうか。家族の素性を見てとれるような写真は居間には飾られていなかった。わかっているのは、老女が一人の音楽家を育てたということだけだ。母親業に失敗したのではないかと、始終自分に問いかけることなどないのかもしれない。

ふいにピアノの音色がスピーカーから流れてきた。そのとき初めてベッキーはスピーカーがあることに気づいた。居間の隅に設置されている。「ビビアンは親御さんに最後の五分を聴いていただくのよ」と、老女がさっきより目を輝かせて説明した。出だしの部分に続いて少年の声が聞こえてきた。大きくて完璧に音程が合っていた。言語聴覚士《スピーチ・セラピスト》の診察室にいるどの母親からもうらやましが

られるような発音だ。〈よくこの道を歩いたものだ……〉(『マイ・フェア・レディ』の「君住む街角」より)

「天使みたいな声じゃない?」老女が言った。ウィリアムの母親はドル札を折り続けていた。息子の歌声が彼女にだけ聞こえていないかのように、無表情で。

「ウィリアムの歌は本当に美しいわ。これが一週間でいちばん好きな時間なの」老女は言った。

〈ああ、天にも昇るような気持ち。とにかく君が近くにいると思うだけで……〉

ベッキーが涙もろい女だったら、泣いていただろう。でも愛の歌は人生の単調さをごまかすため、愛とともに、または愛なしに生きていく苦しみを誇張するように書かれている。それに、普通の人々にだけうたわれることになっている。ジュードやウィリアムのような子どもたちにとって愛の歌は、自分が世界から隔てられていることを示す尺度の一つだ。母親が彼の身体機能について他人とおおっぴらに話し合っているというのに、ウィリアムが自分の声に尊厳があることをどうして理解できよう。一か月前、ジュードのクラスの生徒たちは恐怖について書くよう求められた。ベッキーはジュードに、ほかの同級生のように蜘蛛や暗闇やテレタビーズと書いてほしかった。でも彼は「いまだに孤独恐怖症に苦しんでいます」と、自分の恐怖心をきちんと説明した。「孤独恐怖症」――ベッキーはその言葉を調べなければならなかった――孤独を異常に恐れることだ。息子が抱えているのがちょっとした恐怖だけでないなんて、ひどい。いまだに、いつも、いつまでもそう。他人に興味を示さない人間が、他人を慕うこんな思いを持って生きることがあるなんて。孤独を極端に恐れる気持ちが、彼を世界から引き離してしまうなんて。この恐怖心の原因が、雑誌で読んだり映画で観たりするようなトラウマにあるなら、ベッキーは感情移入できただろう。でもジュードは献身的な両親のもとに生まれた。ベッキーもマックスも、言葉にできないほどの苦しみを味わった隠れた過去を持たないし、心に闇を抱えることもなければ他者に痛みを与えることもしない。

ウィリアムは一曲うたい終え、次の曲に移った。〈これが抱っこしたあの女の子？　これが遊んでいたあの男の子？　知らないうちに大きくなった……いつのまに〉（『屋根の上のバイオリン弾き』の「サンライズ・サンセット」より）

ベッキーは激しい怒りを覚えた――ビビアンに対して。彼女はウィリアムの声を使って美しいものを作っている。でもこの美は少年の役には立たない。ビビアンの母親に対してもだ。きっとたいそう苦しみをなめてきたのだろうが、涙を拭いているのはこの不自然な美に感動する余裕があるからだ。それからこの場にいて罪の目撃者というか、実際には共犯者になっている自分自身に対してもだ。皆でウィリアムの許可なく、このひとときを自分たちのための思い出にしている。彼が意味があるとは思っていないものに、意味を与えている。もちろんウィリアムやジュードのような子どもたちは世界一孤独な人間であり、目立ちたくないと望んで作り上げた殻しか頼れるものはないのだが、親の仕事はその殻を奪うことだ。ベッキーやマックスのような親たちは、療法士を訪ねて治療法を話し合い、支援グループを作る。でもそれはわからないからやっているにすぎない。想像力が限られる中で、子どもたちを変えたいと願うのだ。破壊行為。オージー・ガリバーがジャクソン・ポロックの絵の前でそう言っていた。彼女たちのような親は、愛情と絶望から破壊行為をおかす。

ウィリアムがレッスン室から出てきた。そのぽっちゃりと丸い顔は無表情だった。すると母親が、できたばかりのレイを彼の首にかけて言った。「じゃーん。これで大学へ持っていける」

ベッキーは物思いに沈みながら、ビビアンの家を後にした。そして車に乗ろうとしたら、どこからともなく現れた男にハンドバッグをひったくられた。「ちょっと」まだ少しうわの空だった。「ちょっと！」と叫んだが、男は走り出した。

ベッキーは男を追いかけた。愚かな行為だ。彼女は高校でクロスカントリー競走のエースだった。走りながら小声でこう唱えたものだ。〈止まるな《ノー・ハーフタイムズ》、休むな《ノー・タイムアウツ》。止まるな、休むな〉男が角を曲がった。彼の黒っぽいパンツはゆるすぎて、さっさと走れなかった。道順を憶えておけるように通りの名前を見上げながら、彼女も角を曲がった――ガーデン通り、グランデ・ビスタ通り、ハイランド通り。すぐに追いつく。彼女は高揚感を覚えた。かつてゴールまでラストスパートをかけながら、よくそんな高揚感を抱いた。ベッキーの精神は肉体と比べて、大きすぎも小さすぎもしなかった。そんな彼女から生まれた子どもが、どうして生涯にわたって不釣り合いに耐えねばならない運命なのか。

男が次の角で突然立ち止まった。「奥さん、もう追いかけるのやめてね」彼は少し息を切らしていた。「銃を持ってるんで」

「えっ」とベッキーは言った。彼の背丈は彼女と変わらなかった。丸い顔はたえまなく笑みを浮かべている感じがした――スーパーマーケットのトレーダー・ジョーズで、列に並ぶほかの人と軽い冗談を交わすようなタイプの男だ。彼の懇《ねんご》ろな態度から、ベッキーは採血のためにＡＩＧ保険がよこした看護師を思い出した――マックスもベッキーも、ジュードの誕生から半年のうちに生命保険に加入したのだ。看護師は自分がシングル・ファーザーであること、仕事中は近所の家に女の赤ん坊を預けていることを話してくれた。注射針は恐くないからね、奥さん、と彼が言ったので、ベッキーは礼を述べたけれど、自分が看護師だったことは明かさなかった。

男は恐ろしげには見えないものの、彼の言うことは信じなければならなかった。「わかった、わかった。でも一つだけ渡してくれない？　そのバッグにノートが入ってるの。それをこっちに放ってくれる？　それしか要求しないって約束する」

男はモレスキンのノートを脇の縁石に置き、後ずさりした。「いいと言うまで動かないで」と彼は言った。

ジュードは日記を決して読まないだろう。一度はベッキーの注意を引いた日記の中の人々には、他人はなんと奇妙なものかとよく思わされる。日記のために命をかけるなんてばかげていると誰もが言うだろう。わかってくれる人はいないのだ。命をかけているのはこの確信のためだということを。〈ノーマルとは何か、私ほど知っている人がいる？〉

泥棒の姿は見えなくなった。ベッキーはマックスに電話して、クレジット・カードを無効にするよう頼もうかと思ったが、男に携帯電話も持ち逃げされたことに気づいた。その晩、男が近くのドラッグストアでギフトカードと炭酸飲料一缶を買い、二千ドル以上遣ったことが判明する。危害を加えられなかったんだから運がよかったんだ、とマックスは言った。車を盗られなかったんだから運がよかったんだよ。だけど、音楽のレッスンのためにそのビビアンという人のところへ行くのはよそう。安全な地域じゃない。ジュードを救うためにできることはほかにもある。

でも、何をしても孤独の恐怖からジュードを解放することはできない。このことをマックスはわかっていなかった。ほかにも彼がわかっていないことはいろいろあった。それどころか、疑ってみようと思うことさえあるのかどうか。マックスは別のフローティング・ナースであるジューン・ランドリーと結婚していたかもしれない。そうすればいま頃は彼女が夕食の支度をしていただろう。

ベッキーはブランドン・ロジャーズと結婚していたかもしれない。彼はコレクションビルで父親から園芸店を継いでいた――ベッキーの親もブランドンの親も、二人はいい夫婦になると思っていた。でもベッキーはマックスからプロポーズされたとき、迷わずイエスと答えた。愛し合っていると思えるぐらいには長く付き合っていた。彼女は分別のある男なら誰との結婚生活でも満足できる。その思いは婚約中の慰めとなった。彼は有能な女なら誰とでも幸せな結婚生活を送れる。その思いは結婚生活の慰めとなった。こうした慰めの罰としてジュードが与えられたにちがいない。ちがうったら、とベッキーは激しく身を震わせながら自分に言い聞かせた。

そうじゃない。科学的に説明できない物事は、防ぐこともできない。

ベッキーは車を走らせながら、両手が震えているのに気づいた。ハンドバッグはオージー・ガリバーの名刺とともになくなった。乳母になることと同じく、オージー・ガリバーとの不倫はただの背信の空想にすぎなかった。ベッキーは人を裏切る才能がなかった。

角を曲がると高速道路の上にかかる陸橋になっていて、それが交通渋滞を起こしていた。多くの人が車から出てきていた。ベッキーも車を降りた。きっと事故でもあったのだろう。人の群れに交じりたかった。やじ馬になりたかった。他人の不幸で頭をいっぱいにしたかった。もしかしたらたいていの人がジュードとちがっている点は、弱虫なところかもしれない。彼らは孤独恐怖症があまりに耐えがたいので、他人と一緒に交通事故に立ち会う必要があるのだ。

下の高速道路は――すべて東へ向かう四車線で――通行止めになっていた。隣の陸橋でも同じように人々が群れていた。手すりの外側のへりに、一人の男が立っているのだ。下で消防車と救急車とパトカーがランプを明滅させていた。巨大なはしごが設置され、二人の警官がそれを上っているところだった。どちらの陸橋にいる人々も、スマートフォンを掲げていた。彼が飛びこむ前に捕まってよかった、と誰かが言った。これから飛びこむとしたら？　ほかの誰かが訊いた。すると別の人が言った。それはできない。おまわりが手錠でそいつを手すりにつないだから。

危機一髪。大惨事の一歩手前。それなのに男の身柄が確保されて救急車に乗せられると、騒ぎはあっという間におさまった。人々は散っていった。そのとき、ベッキーは盗みを働いた男がいるのに気づいた。彼は車が走っていない高速道路の写真を撮りながら、口笛を吹いていた。そして彼女と目が合うとにたっと笑ったので、前歯の間の隙間が見えた。

ベッキーは車に戻った。警官を呼んでこようかとも考えたが、疲労困憊《こんぱい》していたし、一日の闘いを長引かせてもほとんど意味はないと思った。泥棒は物質的な利益を得て、彼女は代わりのきく物を失った。でもそれぞれが得たり失ったりしたものは、一人の男が死にかけたことに比べればたいしたことではない。世間の人々は、生きる理由はたくさんあると男に言うだろう。彼が死にたい理由を次々に並べても、受け入れないだろう。結婚、子ども、治療、絵画、不倫、木など——思いどおりにいかなくなることはいろいろあるが、そのすべてが希望とともに始まる。唯一の選択肢は、つまずきながらも希望をもって進むことだけだ。だからこそベッキーはジュードに言い続ける。世間の人々と目を合わせ、会話をし、自分の気持ちを伝え、つながりを持つのはよいことだと。そしてだからこそジュードが、そんなことをしても孤独恐怖症は癒されないし、いまの自分以外の誰かになる才能はない、といつか言ったとしても——言うだろうがそのときは——彼の主張を受け入れはしない。

ごくありふれた人生

一　たんぱく質

「子どもなら誰でも空想の友達がいるものだと思ってた」とディトマス博士が言った。いましがたアイダが質問を受け、自分はそういう子どもではなかったと明かしたところだ。

「アメリカの子どもなら誰でもってこと?」アイダは尋ねた。彼女の中国名は向前《シャンチュエン》だが、七年前にアメリカに来たら、英語を話す人たちはこの名前をちゃんと発音できないことがすぐわかった。それで名前を変えたのだが、ディトマス博士のところで働くようになるまで、そう決めた理由を説明する必要に迫られたことはなかった。ハンス・クリスチャン・アンデルセンのおとぎ話が好きだったのかとディトマス博士に訊かれたが、アイダという名前が出てくるおとぎ話があるなんて聞いたこともなかったので、アイダはいいえと答えた。じゃあなぜアイダにしたの。ディトマス博士は答えを求めた。短い名前がよかっただけ、とアイダは言った。ほかにも短い名前はあるわよね、とディトマス博士はしゃべりながら思案した。ジョーとかメイとかアンとか。アイダはそういうほかの名前の女にならなかった理由を説明できなかった。それ以来、アイダが答えられないと認めるまでディトマス博士が問い続けるのは、科学者としての癖であることを学んだ。最近はすぐには認めず、むしろ自分から質問して相手の質問をかわす。するとディトマス博士が自分と同じぐらい楽しんでいるのがわかった。会話がすぐ袋小路に入るのは、双方にとってつまらないことだった。

「アメリカの子どもだけじゃないわよ。たとえば、オスカー・ワイルド（アイルランド出身の作家）が書いた作品に、空想の友達が出てきたと思うけど」とディトマス博士は言った。

アイダはうなずいた。ワイルドの作品を読んだことはなかった。

「じゃあ空想の友達を持ったことは一度もないのね？」

「ない。誰でも持ってるものだなんて知らなかった」とアイダは言い、こう付け足した。「私にはきょうだいがいたし」

「ええ、そうよね。五人でしょ。そのうちの誰かに空想の友達はいなかった？」

「いいえ」アイダの耳に〈知らないくせに〉といましめる自分の声が聞こえた。

「子どもの頃の友達はどう。誰かに空想の友達はいなかった？」

「いいえ」アイダはまた言った。でも、その頃友達が何を考えていたかなぜわかる。自分の考えすらわかっていなかったのに。

「ずいぶん自信があるみたいだけど」ディトマス博士は言った。「いたとしてもあなたには言わなかったのかもしれないじゃない」

「私と友達は全部話し合ってたの」

「全部を？　本当に？」

アイダはこれまでの経験から、「全部」と言ったのは過ちだったのがわかった。そういう一般化はディトマス博士には通用しない。アイダとしては、男は皆蛙だとか女は皆柳の木だなどと言ってもよかったのだけれど。「あなたには小さいときに空想の友達がいたの、ディトマス博士?」

「いましたとも。三人いたわ」

「三人も! 一人だけいるもんだと思った。そこが大事なんじゃないの?」

「子どもが空想する友達の数を限定する決まりなんてないわ」ディトマス博士は言った。彼女は両手を上げてアイダにバスタオルで胴体をくるませ、それからフード付きのバスローブをはおらせてもらった。ディトマス博士は八十八歳。三年前まで毎朝六時半から七時半まで、スケートリンクの時間枠をおさえていた。付き添いなしでリンクに入らない、という点だけは管理者に譲歩した。でも彼女には教師もコーチもいらなかった——物心ついてからずっとスケートをしてきたのだ——それでも毎日一時間のレッスンにお金を払っていた。交代で早朝勤務をする若い三人のうち、トニーがお気に入りだった。彼女の体が意図するところに合わせてくれるし、滑るときは片手を前のほうに出し、もう片方の手を彼女の腰のくびれあたりにさまよわせ、決して触れず、いらぬ手助けもいっさいしなかった。彼の役目は彼女という花の萼《がく》になることだった。ところがある秋の晩、彼女は生物学の棟の外階段で足を滑らせた——その日は雨と濡れ落ち葉と宵闇が手を組んで襲ってきた——それでスケーティングは終わりを迎えた。右の腰、両膝、右の手首の骨を折った。もう潮時だ、と彼女を知る人々が内輪で共鳴し合うのが聞こえてきた。骨折は治ったが、それまで頼もしく機能していた肉体は衰え始めた。まるで出走ゲートで開始のときを待っていた欠陥や不調や病気が、全力疾走を始めたかのようだった。彼女は研究室にいる時間を減らしていき、やがてすっかりやめねばならなくなった。そして研究室は彼女のもとで働いていた二名とともに、四十歳若い昆虫学者に引き継がれた。介護人をつけるという次の段階への自然な動きであり、ディトマス博士は抵抗してもほとんど意味がないと悟った。一人でどれだけのことができるか、生活のどの部分を隠しておけなくなるのかといったことに関しては、現実的な考えを持っていた。頭の明晰《めいせき》さを失わなくて運がよかった——おそらく体のほうが先に弱るだろう。アイダを雇えたのも運がよかった。彼女のことは故ファスラー博士の未亡人と故キンゼー博士の娘たちから推薦された。弱冠六十三歳のアイダは、ディトマス博士から見ればうらやましいほど若かった。

　アイダはディトマス博士に手を貸して背もたれの高い肘掛け椅子に座らせてから、両脚にローションをたっぷり塗り、数か所のツボを強く押した。これらの名称をディトマス博士はわかるようになってきた。〈足三里《ズーサンリー》、豊隆《フートゥー》、陰陵泉《インリンチュエン》、陽陵泉《ヤンリンチュエン》〉。アイダは伝統的な中国医学の医師となるための教育を過去に受けたことがあった。ディトマス博士は中国医学をいかさまも同然とみなしていた。でもある夜、ディトマス博士が胃の調子を悪くして眠れずにいたら、アイダがただちに脚のツボを見つけ出し、おかげで瞬時に楽になった。科学の研究に一生をかけてもなお学ぶことがあるなんて、とディトマス博士は驚いた。

「三人のお友達のことを教えてちょうだいな」とアイダは言った。

「ええとね、カテージ・チーズがいたわ。お下げを二本垂らしていて、けっこう地味な子。それとその親友のトム・サム＝サム。この子は彼女に恋してた。二人は私と一緒に暮らしてたの。それから一人、悪ガキがいてね。ジョージー・ポージーっていって、森に住んでた。あのね、うちには家の周りにちょっとした土地があったの。二十エーカー（八万平米）の。ジョージー・ポージーは池の裏にある森で暮らしててね。ときどきやってきては、そのたびに騒ぎを起こしてた。カテージ・チーズとトム・サム＝サムはジョージー・ポージーのことをそれほど好いてなかったと思う。二人はかなり家にこもってるタイプの若いカップルだった」

「あなたはジョージー・ポージーに恋してたの？」

「そりゃそうよ。一緒に暮らしてる友達がすでに二人いるっていうのに、ほかに何のためにジョージー・ポージーがいるの」

「毎日会ってた？」

「毎日じゃなかった。気が向いたときに来るから。彼には外に生活があったの。それについて私たちはあまり知らなかった」

「向こうもあなたに恋してた？」

「それを彼が口にしたことはないわ」

「でも、彼は恋してたの？」

「そうだっていう暗黙の理解があったわね。彼はカテージ・チーズを無視してたから」

「彼はトム・サム＝サムのことは気に入ってたの？」

「まさか。カテージ・チーズの付録みたいな男の子よ」

「ジョージー・ポージーとの恋はどのぐらい続いた？」

「一年ぐらいかな？　私が幼稚園に入ったら、いなくなったの。でもカテージ・チーズとトム・サム＝サムはしばらく残った。私のテーブルには二人のお皿があったし、子ども部屋の寝椅子を二人で使ってた。出かけるときは後部座席に並んで座ってたから、私はその反対側の端に座った。パパは大きな車を持ってたの。ビュイック（GMのブランドの一つ）を」

アイダは六人きょうだいの長子だった。レンガでできたベッドが一つしかなく、両親と六人の子どもの全員が正しい向きで寝ないと入りきらなかった。気の毒なエドウィーナ――これがディトマス博士のファーストネームだ。といっても、これを誰かが使うのは聞いたことがないけれど。アイダは小さな女の子エドウィーナを思い浮かべた。二十エーカーの土地に囲まれた大邸宅にいる一人っ子。パパの大きな車の中でカラカラ揺れている小さな豆粒。それだけ広い空間があれば、空想の友達が一部隊いても大丈夫だ。お金がかかる孤独もあるのだ。

「ジョージー・ポージーは何を食べてたの」とアイダは尋ねた。

「訊いたことない。森にいっぱい実がなってたんでしょうね」

「たんぱく質は？」人が何を食べているかという話になると、アイダはどうしても好奇心に駆られてしまう。でもそんな自分を許していた。人間は空気や露を食べて生きているわけではない。十一歳のときに三年間の飢饉が始まると、末の弟二人がさらわれないようにしっかり見張っていた。飢饉のときは何でも起こりうる。近所に住む年配の男は県で唯一の図書館司書で、紀元前三百年頃に書かれた本の内容を教えてくれたことがあった。食べ物がなくなったとき、いちばん幼い子どもの交換が家同士でおこなわれ、子どもは他人に料理されて食べられたという。わが子にそれをして耐えられる親はいないから、と年配の男は説明した。

「たんぱく質？　きっとどこかで手に入れるのよ」

「たとえばどこで。それに、何を食べてたの。鳥の卵、鳥、蛙、蛇？」

「そんな。知るわけないでしょ。そこが空想の友達のいいところなのよ。食事の内容とかトイレの必要なんか心配しなくていいんだから」

「セミを捕まえて、焼いて夕飯にしてたかもね」

「ずいぶんおもしろいこと」とディトマス博士は言った。彼女は昆虫の中でも特にセミのホルモンの研究に仕事人生を捧げた。家はあらゆる種類のセミのポスターや模型でいっぱいだった。

自分の経験からして、セミやキリギリスどころかコオロギもいいたんぱく源になる、とアイダは教えたかった。でも文明化社会では、ときにおとなしい感性が求められることを自分に思い出させた。数日前、アイダの娘が電話で話していたが、『シャーロットのおくりもの』を双子に読んであげたら、最後には二人とも泣きじゃくっていたそうだ。アイダはその物語を耳にしたことがなかったので、ディトマス博士に尋ねた。有名な童話よ、とディトマス博士は説明した。豚がクモの助けで解体を免れる話。さらに、クモは昆虫ではないと言い添えた。アイダがまちがった連想をするといけないと思ったのかもしれない。そこまで無知じゃないよ、とアイダは抗議したかったが、やめておいた。孫娘たちが泣いたことについて、ちょっと信じがたい思いで考えた。これが文明化社会ってものなんだ、と彼女は思った。作り話のクモや豚のために涙が流される。豚みたいに殺されかけた子どものためじゃなくて。

その晩遅くなってから、ディトマス博士は空想の友達の話がどう始まったのか思い出そうとした。本当にあてどない話題。近頃の彼女の会話は秩序に欠けている傾向がある。このことがいつもの習慣どおり、寝る前に一日を頭の中で振り返るときに難題となった。かつてはＤＮＡやたんぱく質のように築かれた自分の生活のはっきりしたわかりやすさが誇りだった。そこそこ図解でき解読でき予測でき、もちろん調節もできる。ところが最近は突然変異がどの瞬間にあったかすらわからない。理解できる論理抜きで物事が起こる――これは彼女をゆっくりと締め出しつつある現実の物理的な世界よりも頭の中で起こることのほうが多いが――それなら無秩序の上に築かれる新たな秩序がなければならない。「無秩序」――今日、アイダとその言葉を使ったのでは？　ディトマス博士は思い出せなかった。でも科学にあてどないものがないなら、人生にもないはずだ。もし彼女が――どこでもいいが――どこかの地点から出発すれば、別の地点に着くはずだ。

森の無法者ジョージー・ポージー――彼のことは長い間考えたことがなかった。実は、いなくなってから一度も考えていない。彼の名前はどこから来たのか。ジョージという人はいた。うちの一族にいない。ミス・ジョージーナという人はいた。うちの一族とどんな関係があるのか、エドウィーナはよく知らなかった。でもミス・ジョージーナはジョージー・ポージーが現れる前に去ってしまった。でも、どこへ――天国か、墓場か、東部にいる身内のところか。

ジョージー・ポージーの名前がミス・ジョージーナにちなんでいないとしたら、どこから思いついたのだろう。トム・サム＝サムは謎ではない。ただし、なぜ反復させるのかを問わなければの話だ――トム・サムだけでじゅうぶんではなかろうか。カテージ・チーズは容認できない。幼い頃の自分にフェミニズム闘争をしてもいいぐらいだ。あの気の毒な女の子につまらないぶざまな名前をつけたのだから。人をばかにした名前だ、まったく。とはいえカテージ・チーズに対しては軽蔑の気持ちがあったのを憶えている。あの小うるさい女の子はエドウィーナより肌が白く、声がか細くてかん高く、エドウィーナが考えていることにいちいち大人みたいに意見を述べたてるのが癖だった。ただしそこには少女らしいくすくす笑いがついてきた。「そうでしょうね」とか「まあ大変」とか「あなたがそう言うなら別に、エドウィーナ」とか言うたびに。

ああ、なんて不愉快な女の子を招き入れてしまったのか。トム・サム＝サムはいかにどうしようもない男の子だったことか。彼のぽちゃっとした脚は、あのいばりんぼのカテージ・チーズから離れていけるほど強くなかった。エドウィーナはきっとそうとうの愚か者だったのだろう。こんな二人組を友達にして――好きですらないのに――自分のテーブルにつかせ、自分の寝室で眠らせ、パパの車に乗せて街や郡のお祭り《カウンティ・フェア》に行かせるなんて。エドウィーナの扁桃《へんとう》を摘出するときには医院にまでついて来たのだ。きっと大きく開けた口の中を覗きこんで、ぞっとするようなことを言い合ったのだろう。

幼い少女エドウィーナがジョージー・ポージーとの駆け落ちを考えなかったことを、ディトマス博士は不思議に思った。彼の住処《すみか》を訪ねてみようと森へ数時間出かけることすら考えなかったのだ。熱々の二人の友達と、いつも何もせずに過ごしていた――ジョージー・ポージーとの恋はおおむね、彼が現れるのを待つ空虚な長い午後のような感じだった。いや、こういうことにはむしろ感謝するべきかもしれない。そんな自制心があれば、耐えられないことなど何もない。そしておおいに役立ってくれたのは自制心だ。彼女は長きにわたって一流の仕事をしてきたことで知られていた。

ジョージー・ポージーと好き勝手をやるような女の子は、まったくちがう人生を歩んだだろう。結婚を一度はしたんじゃないか。いや一度以上したかもしれない。子どもを生んでいたことはまちがいない。家は物であふれかえっているだろうが、すべてが昆虫学に関する物というわけではない。その人生が終わりに近づいたら、老人ホームに入ることになったかもしれない。でなければ家に来てくれるアイダのような人がいて、誰かの未亡人で母親で祖母ではあるけれどもディトマス博士ではない彼女の世話をその人がするのかもしれない。その介護人に見せてやれる赤ん坊の写真アルバムを、彼女は持っているだろう。三人の空想の子どもについてのあてどない話ではなく。ディトマス博士は経験しなかったものに郷愁を抱かないよう固く決意していた。そちらの人生のできごとは、決して現像されない写真のネガだ。いや一度も使われず、時がたって曇り、使用期限をはるかに過ぎた写真フィルムだ。

生き方によって死に方は決まる。自制心と目標と信念を持って生きた人生を誇りに思うなら、疑いや後悔の念を忍びこませるいわれはない。彼女のように老いた肉体は病気や衰えに対する免疫力が弱くなっているかもしれないが、老いた精神はその真逆であることを誇れるようでなくては。

アイダはベッド脇のソファに腰を下ろし、iPad《アイパッド》の電源を入れた。最初の未読メールの件名に「人生のとらえ方を変えよ。ゲームとみなすのだ」と中国語で書かれていた。どういうゲーム。チェス盤のゲーム、トランプのブリッジ用のテーブルでやるゲーム、春の芝生の上でやる綱引き？こういう鼓舞するようなメッセージを送ってくる夫に訊けたらいいのにと思った。長い人生の始めから終わりまで、ずっと人を引きつけておけるゲームなどアイダには想像できない。その新しい習慣にならう人は、誰もがたえずこう問わなければならなくなる。今日は何のゲームをやってるんだっけ。彼女はそのメールを開きもせずに削除し、次のメールまでスクロールした。クッキー作りをしている双子の写真が娘から数枚届いていた。息子からは短いメッセージが来ていた。あまり多くを語らず、すべて順調だと伝え、彼女もそうであることを願う内容だった。さらに、夫から六件のメールが来ていた——無理もない。中国に戻って永住している彼は、大量の中国語のウェブサイトを読むことに隠遁《いんとん》生活の多くを費やしているのだ。彼は重要だとか興味深いとか示唆に富むと思ったものを、何でもアイダに転送してくる。ほぼすべてが人を鼓舞する記事だ。『こころのチキンスープ』の中国版だ。でもアイダはむしろ、こういう記事は失望した人間のための精神的な阿片だとみなすほうが好きだった。インターネット上にこうしたざれごとが蔓延するのは不思議ではないものの、自分の夫がそれに感化されやすいという事実を受け入れるには少し時間がかかった。

アイダの夫は中国の医科大学の病理学科で教授をしていた。そして一九八九年にイリノイ州の大学の客員研究員になった。ビザが失効したときにとどまると決めて、最終的にはアメリカにいる彼のもとへアイダと子ども二人を呼び寄せた。彼は倉庫の夜間勤務をやり、彼女のほうはとても幼い人、とても老いた人、とても病んだ人の世話をする仕事をした。二人は子どもたちを育て、子どもたちは奨学金を得てアメリカで成功した。ルールーはウィスコンシン州ミルウォーキーで歯科医院を経営しているし、ハオはシカゴの金融機関にいる。多くの移民によくある展開なので、アイダも夫も必要以上に誇りとはしなかった。一年前、彼は何度も計算をおこなった後、退職して中国に定住する決意をした。アイダは引き留めることもできたが、そうしないことにした。故郷に戻った彼を思い浮かべるのが好きだった。友達や知り合いとなら、ふたたび譚《タン》教授になれる。彼女もいつか働くのに疲れたら戻ると約束した。

でもその日が来るまでに何年もかかるだろう。アイダは若いころに聞いた教えを胸に刻んでいた。どんな仕事をやることになっても夏のような熱を入れて愛せ。そのスローガンの無慈悲な楽観主義は、アイダの数少ない長年の信条の一つになった。骨折り仕事をしてお金を稼ぐことには、希望につながる何かがある。でもアイダはこの確信を誰かに話したことはなかった。アメリカでは人々が「仕事と生活の調和《ワーク・ライフ・バランス》」について語る。でもアイダはそういう調和を求める必要を感じないので幸運だった。彼女にとって、生活とは仕事だった。

寝る前にアイダは家中を歩き回り、こんろやオーブンの火が消えているか、蛇口から水が垂れていないか、窓やドアにすべて鍵がかかっているかを確かめた。地下室にまで行き、水漏れがないか、怪しい水滴が床に落ちていないか確かめた——体を動かせる機会さえあれば喜んで動かした。

昆虫の形をしたいくつかの夜間照明を除けば、家の中は暗かった。その夜間照明は、ディトマス博士が長年の間にもらった数々の贈り物の一部で、アイダが来るまで未開封のままにされていた。アイダが捨てたカレンダーの中には十年以上前のものまであった。カレンダーには昆虫の写真がのっており、あまりにも鮮明なので宇宙生物みたいに見えたが、何だろうとこんなに拡大すれば動揺させる力を持つだろうとアイダは思った。赤ん坊の口の中を覗きこんで腫れた扁桃を見たことがある人なら、誰でも証言できる。アメリカ生活を始めるはるか前に、アイダは動揺しかねない物事をそれなりに見てきた。でも動揺はしなかった。アイダは伝統的な中国医学の教育を受けているのだ。そして二十四歳から四十歳まで江蘇省の田舎の淮陰《ファイイン》で働いた。三つの村でただ一人の医師だった。最初は裸足の医者（中国で文化大革命の時代に増えた、農業に従事しながら医師として働く郷村医生）と呼ばれていて、その後ただの医者になった。扱えない分野は大手術だけで、その必要があるときは患者を県の病院へ急送したが、彼女は第三度熱傷を治療し、壊疽《えそ》にかかった手足を切断し、帝王切開をおこなっていた。老いも若きも多くの命を救った。とはいえ自分がいようといまいと、その人たちはどっちにしろ生き残ったんじゃないかと思っていた。患者の命を失うこともあったが、彼女はそれを田舎の環境のせいだけにすることができた。たとえ地震が町を破壊しても、レンガ職人はどのレンガの置き方を誤ったのか、どの壁をもっと強くしたらよかったのかを突きとめるために、崩壊した建物のもとへ戻ったりしない。

ディトマス博士は夜間照明のコンセントをアイダの好きなところにつながせた。ただし階下の客用寝室は別で、そこはディトマス博士の寝室になっていた。アイダはテントウムシやトンボやキリギリスの数をかぞえた。こうした夜間照明を贈った人は、ディトマス博士のことをちっとも知らなかったにちがいない。でもまあ、少なくともこっちは楽しめる。贈り主にも受け取り手にも知られずに観賞するのは、よその家の塀から垂れているバラやスイカズラの花の香りを嗅ぐときに似た喜びをくれた。

未開封の贈り物を見て、アイダは贈り主に親近感を覚えた。去年、サッカーボールの形をしたアイスクリーム・メーカーをガレージ・セールで二ドルで買った。「箱入りの新品！」と宣伝する札がついていた。彼女はそれを双子の誕生日に送った。すると後で娘が電話してきて、四歳の子どもにアイスクリーム・メーカーは悪くないけれど、お金は本当にいらないと言った。何のお金のことかとアイダは考えた。そしてうまく聞き出して、アイスクリーム・メーカーは本当に新品ではあったものの一度開けられていて、無記名の小さな封筒に入った百ドル札がボールの内側に押しこまれていたとの確信を深めた。二ドル投資して百ドルの収益。そのアイスクリーム・メーカーはほかの祖母から孫へのプレゼントだったと想像しなければ、利益の大きさを喜んだだろう。その女性はお礼の手紙にアイスクリーム・メーカーのことしか書かれておらず、同封した太っ腹な気持ちについて何ら触れられていないのはなぜだろうと思ったかもしれない。

プレゼントを贈ることは、人を愛するようなことだ。ギャンブルなのだ。でもだからといって、アイダはどちらもやめはしない。アイダの考えでは人生の多くのことがギャンブルだけれども、彼女は比較的リスクが小さくて確実な二つの活動によって自分を支えていた。できるかぎり働くこと。そして、ぼけないように頭を規則正しく使うこと。床につく前、小声で詩を暗唱する——これを毎晩、最後にやるのだ。学生時代に記憶した詩の数々がいま、頭の中の機械にぴったりの潤滑油として役立っていた。その夜は漢の時代に書かれた詩を選んだ。アイダはこの最後の二行連句のおかげで、これまでずっと心の用心を怠らないようにしてきた。〈若いときにじゅうぶんな努力をしなければ、年老いてから嘆き悲しむことになる〉（「長歌行」より「少壮不努力　老大徒傷悲」）

「ジョージー・ポージーは最近どうしてると思う？」朝食の席で、アイダはディトマス博士に尋ねた。どちらの前にも茶碗蒸しの器があった。調味は最小限。というのもディトマス博士の味覚には広がりがないからだ。それを除けば、食事に関してディトマス博士はもっとも手のかからない客だった。いろんなものを食べるようにとアイダが主張しなければ、ディトマス博士は毎食シリアルとヨーグルトを食べるだろう。

「おや。まだ彼のことを考えてるのね」とディトマス博士は言った。

「あなたはもう忘れたの？」

「いいえ。でも、確か私と同い年よ。どうかな。いま頃は死んでるかも」

「空想の友達は死ぬの？」

むしろこう訊くべきだ、とディトマス博士は思った。空想の友達は、考え出した人間が現実の世界のために彼らを捨てても、生き続けるのか。陳腐な考え方をする人々は、哀れな捨て子であるこういう空想の友達のことを、琥珀の中で固まっている昆虫のようにみなすかもしれない。でも、教科書でしか知ることができないような、絶滅種のトビケラやトンボにたとえるほうがふさわしいんじゃないか、とディトマス博士は考えた。あるいは、空想の生き物たちは単に歩みを進めただけで、最後には生まれたときの物語と無関係になったのか。カテージ・チーズはきっと地元の新聞に詳しい死亡記事を書かれることになるだろう。名前を挙げられないほど多くの孫やひ孫がいて、家庭や地域社会に貢献したことが堂々と列記される。トム・サム＝サムは大人になったら社会の中心的な人物になったかもしれない。でなければピエロの扮装をした男になり、市が立つたびに一輪車に乗って、町の何世代もの人たちに知られるようになる。ジョージー・ポージーは何になっただろうか。彼のことになると、あいにくディトマス博士の想像力は曇ってしまう。かつて強い愛情を感じていたせいで、いっさい思い描くことができないのだ。言えるのはこれだけだ。その男の子を辛抱強く待っていたが、愛の力で来てもらうことはできなかった。彼が生き続けていたら、ほかの少女や女たちも彼の不在に苦しんだかもしれない。「存在しない人たちのことを気にかけるのはやめましょうよ」とディトマス博士は言った。

「あのね、子どもの頃の友達を一人思い出したの。その子にはその子のカテージ・チーズやトム・サム＝サムがいたかもしれない。自分の両手に名前をつけて、二人で遊ばせてたんだよ」アイダは言った。

「おもしろいわね。何て名前だったの」

「大海《ビッグ・シー》と小薊《リトル・シスル》。右手が男の子で、左手が女の子。兄妹だっていつも言ってた。でも、ここだけの話だけど」――アイダは声をひそめた。彼女は噂話に病みつきなほどではなかったが、秘密を抱える人々の世話を長年してきたので、あらゆる類のおもしろい噂の種に通じていた――「兄妹にしちゃ親しすぎるって私はいつも思ってた」

「二つの手はどのぐらい親しいの」

アイダは指をより合わせたりからみ合わせたりし、それから両手をテーブルの上に置いて、二人組のダンサーみたいに調和のとれたステップを踏ませた。「このぐらい」

「あなたのお友達は大海と小薊がいたとき、いくつだった」

「十歳か、十一歳かな？」アイダには自分の年がはっきりしなかった。その頃、しょっちゅう自分のものではないように見えた二つの手は、独自の命を持っていた。思い返すとそれは官能的であり、子ども心にみだらな感じもした。

「近親相姦の関係かもしれないじゃない」とディトマス博士は言った。

「ほっほーう」アイダはうれしかった。過剰なほどの愛情を示し合う自分の両手を、代わりに引き受けてくれる友人をでっちあげられて。

「どこでそんな癖をつけたの」とディトマス博士は尋ねた。会話が気まずかったり恥ずかしくなったりすると、アイダがデパートのサンタクロースみたいな笑い方をすることに彼女は気づいていた。

「どんな癖」

「そういう偽物の笑い声を出す癖」

「ワハハやヒヒヒよりいいと思わない？」

「そういう声を出さないほうがいい」

「LOL（Laughing out loud（笑う）の略）。うちの息子ならこう言うよ」アイダは言った。

アイダの性格があまりにもたえず明るいので、ディトマス博士は怪しさを感じていた。物事は決して外から見たとおりではない——彼女はこれを信条にしていた。科学でも、人生でも。「あなたはこれまで、ずっとこんなに幸せ者だったの？」

「幸せ？　自分が幸せ者だなんて言ったことないよ。でも、前向きで楽観的で陽気だっていう意味なら、そうだね。そういう気性は全部持ってると思う」

「ご両親は前向きで楽観的で陽気な人だった？　それと、きょうだいと子どもたちはどう」

「こういう気性が遺伝から来てるのかって訊いてるの？」アイダは言った。

「ある程度は、そう推測されるわね」

「私に言わせれば、気性はあなたの空想の友達みたいなものだよ。あなたがジョージー・ポージーがいると思えば、彼はいる。私が自分は楽観的だと思えば、私はそう」

ディトマス博士はアイダの顔をじっくりと眺めた。アイダは不可解なほど率直に見つめ返してきたが、それから一度手をたたいて、朝食の器を片づけ始めた。「今日は少し早めに散歩に出ない？天気予報では十一時から雨なんだって」

ディトマス博士はそれには賛成したが、天気を少し恨んだ。朝食後は数時間、研究論文を読んで過ごすのが好きだった。朝の窓は若い頃のようなすっきりした頭にしてくれるのだが、面積が狭くなりつつあった。未読の科学雑誌がデスクの上に積み重なっていたのだ。でもアイダに不平は漏らさなかった。天気がいつも味方してくれるとはかぎらないのは、誰のせいでもない。

ディトマス博士はスケートリンクを懐かしんだ。人工なので一年中あてにできた。そして、これほど老いていなかった頃を懐かしんだ。

アイダが片腕でディトマス博士を支えつつ庭の門を出て数歩進んだところで、二人はこちらに向かって若者が歩いてくるのを見た。楽器のケースが肩の上に投げやりにのせられ、弾むような足どりに合わせて少し揺れていた。子どもの頃のプロパガンダ用ポスターから出てきた農民や炭鉱夫みたい、とアイダは思った。シャベルやつるはしを軽々と持ち、歯を見せて笑い、健康的な顔は熟した桃みたいな魅惑の色を帯びている。歩道の上に杖をしっかりとついていたディトマス博士は、だらしなく垂れた髪の下の顔をまじまじと見た。彼はにっこりした。まるで木々や生垣や郊外の家々のすべてが自分の観客だとでも言わんばかりの笑みだった。なんと屈託のない凡庸な自信が存在全体から放たれているのか。いつの日か、世界からどれだけ失望させられることか。

若者は立ち止まった。彼の挨拶にも大げさな雰囲気があり、同じように芝居がかっていた。道を歩きながら台詞の練習をするそこらの俳優にちがいないとアイダは思った。ディトマス博士は彼の挨拶に会釈を返した。

自分はルークだと彼は自己紹介した。この近隣の家を訪ねてきており、その人たちのきょうだいの孫にあたるという。ディトマス博士は彼の親戚の名前を聞いたことがなかった。アイダは名前をまるで聴き取れなかった――発音があまりにも素早い。彼はポケットからメモ帳を取り出し、いま音楽合宿に参加する費用を集めていて、目標は千ドルだと説明した。差し出されたメモ帳をアイダが受け取り、目を細めてそれを眺めた。数人の住所と署名に、十ドルや二十ドルの寄附の誓約が添えられていた。

「何歳なの、ルーク」ディトマス博士は尋ねた。

「十九」

「それは何年やってるの」ディトマス博士は楽器ケースを指さした。彼のすぐ脇に置かれていた。ぴったりの相棒だった。「何かしら。チェロ?」

ない。

「そう、チェロ。長年やってます」

〈長年〉と、ディトマス博士は心の中で繰り返した。こんな年若い子がそんな表現を使うものじゃ
「何か演奏してくれません？」とアイダは頼んだ。ディトマス博士の居間には小型のグランド・ピアノがあるけれど、彼女はもう弾かなくなっていた。

ルークはにやっと笑ってケースを開けた。中は空っぽで、ばらけた楽譜が数枚あるだけだった。

「チェロは持ってこなかったんです。一日中歩き回るつもりだったから、運びたくなくて」

「チェロを盗まれないように？」とアイダは尋ねた。数週間前、娘がこんな話をしてくれた。双子の音楽の教師はフルート奏者だが、ニューヨークの友人に会いに行ったとき、地下鉄にフルートを置き忘れた。すると、ケースに張っておいた連絡先に一人の男が電話をかけてきて、返してほしければ金を払えと要求してきた。いくらだったの、とアイダは尋ね、きっと法外な額だろうと固唾をのんだ。でも、男が求めたのは二百ドルだったと娘は言った。フルート奏者は男に会うことに同意し、男からケースを渡されるとさっと中を調べてフルートが入っているか確かめ、それから全速力で逃げた。アイダは電話で笑い出した。勇敢な若い女をあっぱれだと心から思った。

ルークはテレビのコマーシャルに出てくる人物のように、歯を全部見せてにこにこした。「いいえ、奥さん。一日中のろのろ歩き回る僕にチェロを付き合わせちゃいけないと思っただけです」

「それに荷物が軽くなるからエネルギーの節約になるしね。これまでにいくら集まったの」ディトマス博士は言った。

「ええと……二十、十、十、二十五、二十五……いまのところ百二十ぐらい」

「今朝だけで？」

「まさか。昨日はプリティ・ブルック地区にいました」

ディトマス博士は頭の中で数字を計算した。ルークはチェロのケースの内ポケットからカードの束を取り出した。「百ドル以上寄附してくれた人には、僕のサイン付きのカードをあげます」彼は女二人に一枚渡した。アイダはそれを見た。上部にルーク・ロブソン＝スタンサーという氏名が金色のエンボス加工で記され、その周りでいくつかの音符がいろんな方向へ小鳥のように飛び交っていた。「僕はいつか有名になります」ルークは言った。「そうしたら僕のサインはいくらかお金になるでしょう」

「これまでにその投資をしたことがある人はいるの？」とディトマス博士は訊いた。

「二、三人支援者がいます」とルークは言い、寄附者の記録にその人たちの名前は入れていないと言い添えた。その記録を彼女が念入りに見ていた。

その支援者はおおかた両親だろう。でなければ大おじか、とディトマス博士は考えた。「千ドル集めるにはしばらくかかるかもしれないわね。どうして仕事を見つけないの」

「仕事？　僕は演奏家です。それが僕の仕事」

「演奏してお金を稼げる？」

「いつかは」ルークは言った。「有名になったら――」

ディトマス博士が言葉をさえぎった。「まだ有名じゃないでしょ。この近くに農場が二つ三つあるのよ。大おじさんから聞いてないといけないから言っておくけど。そこじゃこの時期、臨時の働き手をいつも探してるの。そこで一、二週間働いたら、音楽合宿の費用ぐらい簡単に稼げるわ」

「農場？」

「でなかったら、芝刈りをするとか。家具を運ぶとか。一、二週間できるような半端仕事はいっぱいあるの。そのほうがましじゃない？　歩き回って……物乞いするより」

「この人は演奏家なんだから」アイダがディトマス博士にささやいた。「手は大事にしないと」

ディトマス博士は首を振った。アイダがルークに魅かれているのがわかり、アイダの代わりに恥ずかしくなった。

「わかってないですね、奥さん」ルークは言った。「これは物乞いじゃない。僕は芸術家です。芸術の未来に投資するよう皆さんに頼んでいるんです」

思い上がった怠け心のある笑みに、ディトマス博士はいらだった。彼女はそんな笑みを若い頃に知った。化学研究室にいた人の笑みだ。そこにはアイビー・リーグの大学に入ることを初めて許された女子の一群にいた彼女が、ロマンス諸語のどれかや美術史を専攻しようとしないことに面食らっている様子の人が嫌というほどいた。彼女は長い仕事人生を送る中で、科学をエゴを満たす舞台にしている男たちのことを知った。ルークが音楽でしているように。「悪いけど、私たちは散歩してるだけ。財布は持ってないの」と彼女は言い、散歩を続けようとアイダに合図した。

「わかりました」ルークは言った。「お宅はどこですか。散歩から戻る頃に立ち寄ってもいいですよ。一時間後ぐらい？」

「マートル・レーン六十四番地」ディトマス博士が止める暇もないうちにアイダが答えて、赤いドアがついた小さな白い家を指さした。

空には雲が垂れこめていた。天気予報のとおり、雨になるだろう。ディトマス博士は書斎に腰を下ろした。アイダはキッチンでお茶を淹れていたが、窓から表の門を見張りながらやっているんじゃないかとディトマス博士は怪しんでいた。許可なくルークを招待されたことが不快だった。でも、ささいなことだと自分に念押しした。アイダは介護をする人間なのだから、人を信じやすいぐらいのほうがいいと大目に見てやらなくてはならない。アイダのこれまでの人生についてディトマス博士はほとんど知らなかったけれども、彼女がこんな話を漏らしていたことがある。ナイト博士とかいう末期的疾患の患者の世話を初めて手がけたとき、最後の数か月の間にその老人と友達になった。するとやはりナイト博士であるナイト博士の娘はそれを好ましく思わなかった。それからどうなったか、アイダは詳しい話をしなかった。検視官が来たとたんに解雇されたと言っていた。葬儀には呼ばれなかったという。

アイダがお茶を運んでくると、ディトマス博士は言った。「あの子は来ないんじゃないの。じきに雨が降るわ」

「チェロを持ってこなくて正解だったね」

「あの子にお金をあげてはいけないと思う。もっとも、これは私の意見。あなたが耳を貸す必要はないのよ」ディトマス博士は言った。

ディトマス博士がルークを気に入らないのは、芸術活動を支えるために農場で汗をかかないからであることを、アイダは知っていた。でも家から家へと歩き回り、見知らぬ人にお金を求めることには勇気がいるんじゃないだろうか。「来たら寄附する」とアイダは言った。

「サイン付きカードは買わないで」

「悪い投資かな？」アイダは尋ねた。ルークが優れた演奏家かどうかは知らないけれど、次世代のヨーヨー・マになったチェリストのサインを持っていると孫娘たちがいつの日か自慢できるとしたらどうだろう。そうなの、彼が有名になるずっと前におばあちゃんが会って、大物になるってわかったんだって——孫娘たちが皆にその話をするところをアイダは思い浮かべた。

「あなた、あれになる気でいるの？　——何て呼んでたっけ——支援者に」ディトマス博士は尋ねた。

「百ドルだよ」とアイダは言った。「たったの百ドル」とも「驚くなかれ、百ドルも！」ともとれる、あいまいな言い方だった。

「あげられるようなお金があるなら、私に渡すよう勧めるわ。そうしたら私が代わりに信頼の置ける慈善団体に寄附する」

「信頼の置ける慈善団体」は、人生をゲームとはみなさないディトマス博士やアイダのような人々のためにある。でも、とアイダは考えた。今日だけはゲームをしたい気分だとしたら？　生涯にわたってギャンブルをしてこなかった人のためのギャンブル——それを禁じる法律はないのでは？

「あの子が嫌いなんだね、ディトマス博士」

「あの子を見るとジョージー・ポージーを思い出すの」

「ああそうか！　だからどうしても受け付けないんだね！」

「若い頃はああいう男の子に熱を上げてもいいけど、この年になったら慎みがないとね」

「熱なんか上げてないよ。誰かに熱を上げるような習慣はないの。でも、いつの日か芸術家になる人を支援するのは、素敵なことじゃない？」アイダは言った。

「嘘をついてるかどうか知りもしないで。よくわからないけど、一、二軒の家に押し入る隙を狙いながらうろついてるのかもしれない」

「ルークが？　まさか！　あの子が強盗なわけない！」

「わからないでしょ。とにかく、誰かを支援したいなら、本当に困っている人を支援してあげて」

アイダは首を振った。ちがっているのだけれども、ディトマス博士にどう説明すればいいかわからなかった。アメリカに来たばかりの遠い昔、彼女と夫は週末になると近くの湖へ釣りに出かけていた。それは二人にとって娯楽ではなく、どちらかと言えばきちんと出勤時刻を記録する週末の副業みたいなものだった――釣った魚は一家にとって不可欠なたんぱく源だったのだ。食料を得るために釣りをしているのはどの人か、必ずわかるものだ。メキシコ人の一家はアイダと夫の友達になり、どちらかの家が運に恵まれないとき、釣れた魚を分け合うこともあった。小さな息子を連れたシングル・マザーもいた。息子はたいてい彼女の車の上に座って携帯型のゲーム機で遊んでいて、午後ずっとそれに夢中になっていられた。物静かな男も数人いて、顔に緊張感がありありと浮かんでいた。それから、好きな週末の過ごし方だから釣りをする人たちがいた。彼らはよくボートに乗って現れ、食事のたんぱく質の心配がいらないのでくつろいだ様子だった。一度、男が近づいてきてアイダの足元にあるバケツの中を見た。ホワイトバス、クラッピー、ナマズ、コイがいた。〈キャッチ・アンド・リリース〉（魚を釣った後で逃がすこと）って聞いたことあるかい、と男は二人に尋ね、その考え方の利点やその習慣の慈悲深さを説いた。殺すのはコイだけにして、と彼は言った。ほかの魚は――キャッチ・アンド・リリースに！

アイダはいまになって思う。それは美しい考え方だ。お金が希望に満ちたものになり、文明化社会が夢によく似た概念になるのだから。こういうもののために、彼女と夫は働いてきたのだ。彼女は引き受けた仕事は何でも強い決意で愛し、彼は期待はずれではあっても人生を意義あるものと考えた。〈キャッチ・アンド・リリース〉という考え方が、新鮮な牡蠣やオーガニックのベリー類みたいに子どもたちの生活に入ってくるように、そして孫が架空の動物のために泣けるよう、空想の友達と暮らしたければそれだけの広さの空間を持てるように、二人は子どもたちを育てた。

これ以上とやかく言うのはよしなさい。アイダがキッチンに戻ると、ディトマス博士は自分にそう釘を刺した。あそこで彼女はルークが来ないか見張っているかもしれないし、若いチェロ奏者に二十五ドルの小切手を切ったと後で言うかもしれない。アイダが百ドル払ってサインをもらったとしても、不満は口にすべきでないとディトマス博士は思った。そろそろ未読の論文に戻らねば。そこでは——彼女やアイダよりも年上で、空のチェロ・ケースを持ったあの若者よりはるかに年上の——さまざまな種の生き物が、残された歳月ではとても解き明かせないほどの謎をまとっている。

二　仮説

「だめ。お話はもうないの。とっくに寝る時間を過ぎてるよ」

これは七十年以上前の会話だ。ディトマス博士はその幼い少女の名前を憶えていない——モードやモリーやミリーといったMで始まる名前だった。自分はそのとき十四歳——一部の現実主義的な親戚の意見では母親がいなくても耐えられる年であり、その親戚たちの考えでは寄宿学校にやってももちろん耐えられる年だった。そうすれば四十二歳のやもめであり、デトロイトの法律事務所で成功したパートナー弁護士である父親が、私生活に新たな章を書き加えることができる。セント・メアリーズ学園に入ったエドウィーナは、寄宿学校生活のあらゆる面で抜きん出ていた。それは彼女が読んだ小説によれば奇跡ではなく責任であり、避けられないことですらあった。両親がそろっていない子はとるに足らない者とだけは思われないよう、境遇を克服することになっているのだ。エドウィーナはテニスとピアノを同じぐらい熱心にやり、科学と数学と文学と演劇と美術を等しく人格形成の一部とみなした。友達はいても親友はいなかった――自らの意図でそうしていた。彼女は親友を求めなかったし、誰かの親友になりたいとも思わなかった。彼女には敵もいたが、人生からの嘲笑に比べればそんなけちな嘲笑などどうでもいいので、ほとんど傷つかなかった。週末にはサイラス夫妻に属する少女のベビーシッターをした。〈属する〉というのは、当時の周囲の皆に対する見方だった。同級生たちは授業がある学年度中は学校に属し、夏休みの間は両親に属していた。教師たちは学校と家族に属していた。お互いに属すると決めた女の子たちもいたし、将来の結婚、つまりまだ現れていない夫に属すると決めている女の子たちもいた。エドウィーナは知識と自分自身に属していた。

サイラス氏は学校で数学を教え、ラテン語の個人指導をしていた。サイラス夫人は美術の教師だった。週末に二人は劇場やコンサートへ出かけ、ときには学外のパーティーにも出かけた。「もう一つだけお話しして」と少女からせがまれたものだ。

「だけど、列車は行っちゃったの。警笛が聞こえたでしょ」

「列車は戻ってくることもあるんだよ。あんたも戻ってくるじゃない」少女は唇をとがらせて警笛の音を出そうとしたが、幼くてできなかった。

「一晩に二回は来ないの。そうだったでしょ?」

こうした夜にやってきては去っていく列車は、エドウィーナの物語の中にだけ存在した。現実には学校構内は——おとぎ話のようにきれいな三百エーカーの土地であり——夜は静かで、聞こえるのはただ春のフクロウや秋のコオロギの声、スズカケノキの葉に落ちる雨垂れの音、ナトリウムランプの低くうなるような音だけだった。ランプの電球は芝生も十字路もどの建物の窓も、オレンジ色の灯りで照らしていた。列車には名前がついていたはずだが、ディトマス博士はもう憶えていなかった。列車の到着や出発には筋書きがあって、四歳の子どもが喜ぶようにくり返しが多い内容だったはずだが、それもディトマス博士は思い出せなかった。憶えているのは警笛の音を吹いて、だんだん小さくしていったことだ。〈しゅっしゅ、ぽっぽっ……しゅっしゅっ……〉、そんな音を立てて幽霊列車が見えない線路を走り去り、少女の意識を夜の深みへ運んでいく。

それから待つ時間がやってきた。幼い頃に身につけた技術だ。彼女は子ども部屋の灯りを消して居間のソファに体を預け、本を膝の上に広げるのだが、読んでいるふりをしているだけだった。エドウィーナはそこで、自分の親ではない夫婦を待っていた。彼らは帰ってきて、自分たちに属するものを取り返す。全室の壁にかけられた芸術作品、寝室で眠る子ども、別の寝室にある夫婦のベッド、廊下の大きな振り子時計などを。

夫妻のどちらかが寮まで送ってくれたが、サイラス夫人よりもサイラス氏であることのほうが多かった。二人ともエドウィーナの父親より若く、彼女の母親は死んでいるのに、彼らは生きていた。

エドウィーナにとって夫妻は珍しい種類の大人の標本だった。子どもがいてもほかの親のような親らしさがなかったし、学校の多くの教師のように権威をふりかざすことにやみつきになっていなかった。彼女と一緒にいるとき、二人にはためらうどころか、はにかむような雰囲気があった。

母親に死なれ、実家から永久追放され——一時的な救済でしかない夏休みですら八週間の合宿に取り上げられ——何ものにも傷つかなくなったエドウィーナは、サイラス夫妻に不思議な愛情を抱いた。どちらかと一緒に寮まで歩いたり、後でベッドに横になって夫妻のことを考えたりしていると、気分が浮き立つのを感じた。それは、答えのない問いについて考えているときと同じような気分だった。たとえば、無限大引く無限大（∞－∞）は？　無限大割る無限大（∞／∞）は？　無限大に無限大をかけると無限大になるように、無限大に無限大を足してもやっぱり無限大——頭を悩ます必要がないこんな問いはつまらない人間のようなもので、そういう人間にエドウィーナは興味がなかった。

そうして歩いていたあるとき、彼女はサイラス氏に∞－∞と∞／∞について質問した。彼も同じ問いに困り果てたか知るために訊いてみたのだ。彼はその問いは七つの未解決の数式のうちの二つだと説明し、それから残りの五つを挙げた。知識を得ること——それを拒否することなどとてもできないけれど、自分が不可解だと思ったものがすでに他人によって考えられていたうえ、名前をつけられて分類までされていたことにがっかりした。サイラス氏は彼女の知的好奇心をほめたたえた。タキトゥス（古代ローマの歴史家・政治家）の彼女の翻訳はほかの生徒たちより優れていると言ったときのように。彼女は謙虚なふりをしつつ、うなずいた。でも、タキトゥスやプリニウスのもっとも優れた翻訳を提出してご褒美バッジをもらえたからといって、それが何だというのだろう。優秀な生徒でも、まだ子どもなのだ。

その夜、日記に「未解決」という言葉を書き留め、その周りにいくつかの円を描いた。彼女にとっては二人ともその円だった。サイラス氏とサイラス夫人。未解決の夫婦だ。二人に対する気持ちもまた、未解決だった。


「どうして子どもが夢中になるのは列車が多いのかしら」とディトマス博士が朝食の席で尋ねた。彼女は数時間前から起きていて、書斎で科学雑誌を読んでいるように見えたけれども、実際にはサイラス夫妻のことや、その子どものために作った列車の物語について考えていた。この一家には何十年も思いを馳せたことがなかった。この変化を促したのは何だろう——迫りくる死か、眠れずにいる間にたえまなく葉や屋根をたたいていた昨夜の雨か。十四歳の頃も、よくそんなふうに寝つけなかったものだ。

「それは私への質問？」とアイダは言い、水を入れたコップといろんな色の錠剤をのせた皿をテーブルに置いた。彼女はすぐ返事をするよう努めていたけれども、ディトマス博士の発言がすべて自分に向けたものとはかぎらないことは知っていた。

「ああ、ええ。そう」

「列車は動くからじゃない？」

「車も動くでしょ」とディトマス博士は言った。モード。確か彼女の名前はそれだったと思いながら、あの少女になぜ自動車の物語を作ろうとしなかったのか考えた。さらに、列車に夢中になっていたのはモードか自分か、とも考えた。

「列車には線路がしかれてるから？　エンジンで走るから？　素敵な警笛を鳴らすから？」とアイダは言ったが、どの推測もこれだという感じがしなかった。余念のない面持ちで耳を傾けていたディトマス博士は、車にも道路がしかれる必要があるし、車にもエンジンがいるし、ガチョウみたいな大きな音のクラクションを鳴らせることを苦もなく指摘できた。アイダは推測を続けた。「列車は長くしたり短くしたりできるから？　車は大きくなったり小さくなったりしないでしょ。どうして列車の話をしてるの」

「どうしてかしら。列車のことを考えてた」

「列車に乗ってどこかへ行きたい？」とアイダは尋ねた。少し調べればいちばん近い駅の場所をつきとめられる――きっと車で二時間以内のところに一つはあるだろう。でもそこからどこへ行く。どちらかの方向の駅に数か所行って、それから出発地点に戻る？　貨物列車の路線はもっと近くにあった。彼女が車を運転して田舎道に行き、車内から列車がとおるのを眺めてもいい。絵本の中みたいに。絵本では、上ったり下ったりしながら谷へ走っていく列車に向かって、子どもたちが帽子やハンカチを振る。アイダはガレージ・セールでいろんな絵本が入った箱を五ドルで買い、全部読んで、それから孫娘たちを訪ねるときに持っていった。それらの絵本によれば、彼女は子ども時代に多くのことをせずに終わった――走り過ぎる列車に手を振ること、ピクニックの日にスプーンレース（スプーンに卵をのせて走る競技）をすること、輪回し（大きな鉄の輪を棒で転がす遊び）をやりながら通学すること、五月柱《メイポール》の周りを踊って回ること。ダンスや歌や体操の教室で日々忙しい孫娘たちも、こういう活動をせずに終わるのかもしれない、とアイダはふと思った。

「いいえ、列車に乗りたいんじゃないの」とディトマス博士は言った。さすがはアイダ、日常生活を解決策が求められる問題の連続と見ている。その意味では自分とアイダは同類の人間と言ってもいい。ただし、その解決策は未解決の問題を決して解けないだろうけれど。「私はアメリカの鉄道マニアじゃないし」

「どの国の鉄道が好きなの」

「ヨーロッパの鉄道」

「日本のじゃなくて？　中国のじゃなくて？」

「あいにくアジアに行く機会はなかったわ」

「それでいいんだよ。だいたいの人は二、三の大陸に一生行けずに終わるものだから」とアイダは言った。彼女は二つの大陸にしか行ったことがない――実際には二つの国だけ。アメリカと中国だ。その記録を塗り替えられるとしても、いつになるかはわからない。彼女と夫は、息子がバックパックを背負って旅するときはためらわずに資金援助した。それは彼の大学の友人たちがしていることだからだ。自分たちには、よそで休暇を過ごすような趣味はなかった。誰もがあの考え方とともに大人にならなければならなかったから。つまり、アイダと夫は隠居するまでひたすら働き続ける類の人間なのだ。

「列車のことを考えてたのは、小さな女の子のために列車の物語を作ってあげたことがあるからよ。私はその子のベビーシッターだったの」

「彼女の名前は何だった。列車の名前のことだけど」

「彼の名前ね。列車は男の子だったと思う。だけど、何て呼んでたか、思い出せない」ディトマス博士は言った。

「トーマス？」

「ちがうわよ！　どうでもいいわ。何にしろ、幽霊列車だった」

「幽霊列車！　元の列車の幽霊？　それとも、列車になったことはない生まれつき幽霊の列車？」

「あなたはいつも本当にたくさんの質問をするわね、アイダ」

「わかってる。学校にいたとき、先生たちにうるさがられてた。私みたいな人間のことを言う中国語のことわざがあってね。〝土鍋にひびが入るほど底まで突きとめようとする〟（打破沙鍋問到底）っていうの。私のことをそんなふうに呼んだのはまちがってるけど」

「あなたはどんな物事も底なしだと知っているから？」

「ううん。私は慎重な人間で、土鍋や皿や器やカップを一つも割ったことがないから。実はね、それが幽霊を信じない理由の一つなんだよ。幽霊はいつも物を壊すでしょ。特に映画の中で。ものがよく見えて自由に動けるようになるなら、そんなに不器用なはずがないと思わない？　線路からはずれちゃうあなたの幽霊列車は別にして」

「元の列車の幽霊じゃなかったと思う。それは私が作った列車。だから女の子と私にしか見えないし、聞こえない」

「空想の友達みたいに」

「ああ、そのとおり。そうよ。ジョージー・ポージーみたいにね」

「よかった。列車や車に幽霊がいるわけないと思うもの」とアイダは言った。

「どんな生き物にも幽霊なんているわけないわ」

「そうだね。それと、おかしいのはね。幽霊にとりつかれてるなんて言うのを聞くことあるけど、自分の車が別の車の幽霊にとりつかれてるとは誰も言わないんだよ」

　こうして朝食の時間は長くなり、十分で終わるはずの仕事が三十分、ときには一時間近い無駄話になる。アイダとの同居が、ディトマス博士の日々の輪郭を変えた。きょうだいと一緒に育つとか長年の連れ合いがいるとかいうのは、こういうことなのだろうか。一日を何に使ったかを時間や分刻みで説明できない事態は、ディトマス博士にとっていまだに斬新な経験だった。以前は精密な正確さで計画が立てられていた。「今日はどんな予定なの」と彼女はアイダに訊いた。

「予定？　何も。私は予定なんてない人間なの」

　彼女の研究室の研究者や大学院生たちは、予定について質問されたら、それはディトマス博士が話を終えた印であり、そろそろ彼女の視界から消えるべきだと心得ていたものだ。それがアイダでは機能しないことに彼女は気づいた。アイダは昔ながらの常套《じょうとう》句に従わない。彼女は錠剤を呑みこんで——「あわてないで。全部いっぺんに口の中に入れないで」といつものようにアイダに釘を刺された——それから杖に手を伸ばした。

「ベビーシッターをしたその子に何かあったの」とアイダは尋ね、ディトマス博士が椅子から立ち上がる手助けをした。

「知らない。どうして訊くの」

「その子のことを考えているなら、理由がきっとあるはず」

「なきゃいけない？」

「私は三十年前や四十年前のいろんな患者のことをときどき考えるの。全員のことを憶えてるわけじゃないんだから、誰かのことを考えるときは、なんでだろうって不思議になる。理由は必ずあるでしょう？」

ディトマス博士は、名前もろくに憶えていない少女のことを考えた。子どもは誰もが秘密を抱えた両親のもとに生まれてくるが、結局ほとんどの子は問題ない。悲劇的なことが起こらなければ、その女の子も大丈夫だっただろうに。


六月の前半だったが、すでに記録的な高温がニュースで話題になっていた。アイダはその朝、自動スプリンクラーが作動していないことに気づいた。家の前の芝生と庭は昨夜の雨で水が与えられたので、人工のシステムが壊れても数日は生き延びるだろうけれど、自動で動くように設計されたものが約束を果たさないことを思うと、アイダは我慢ならなかった。朝食の皿を片付けた後、彼女は調べてみようと地下室に下りていった。ディトマス博士はキッチンの引き出しに入れてあるバインダーから適切な連絡先を見つけ出すように指示するだろう――ここ半年、アイダは配管工や害虫駆除業者に連絡するため、そのバインダーの中を覗いてきた――でも、まずは自分で問題の箇所を見てみたかった。たとえスプリンクラーを治療できなくても、病んだシステムの症状を突き止められたらと思った。

そして何がシステムに問題を起こしているかは、はっきりしているように思われた。スプリンクラーを動かすタイマーは、旧式の二つのダイヤルがついた箱だった。一つには一日の時刻を示すプラスチックの小さなピンが二十四本ついており、もう一つには一週間の曜日を示すピンが七本ついている。それが土曜日の朝五時で止まっていた。最後にスプリンクラーが動いた時刻だ。アイダはあちこちつついてみたが、巻き直せばふたたび正確に時を刻める古い置き時計やアナログの腕時計とはちがい、このタイマーは解決策をくれなかった。

「そんな必要ある？」アイダがスプリンクラー・システムの修理工を呼ぼうかと訊いてみたら、ディトマス博士がそう言った。

アイダに言わせれば、確かに絶対に必要なものなどたいしてない。システムを調べたら、手動でなんなくスプリンクラーをつけたり消したりできた。でも、タイマーの装置を新しいものに交換したほうがいいんじゃないかと提案した。最近はありとあらゆる物をデジタルで動かせる。

「だけど、手でつけたり消したりできるなら、どうしてＷｉ－Ｆｉ《ワイファイ》につなぐ必要があるの」とディトマス博士は尋ねた。

「いまは何でもつながってる。どうしてかは謎だけど。でも、いいんじゃない？」

「わずらわしくって」

「よかったら私がカレンダーに印をつけておいて、週に三日、朝方にスプリンクラーを動かしてもいいよ。起きてすぐやればいい」

「あなたにとっては、やっかいかしら？」

アイダは笑った。こんな簡単な仕事がやっかいなら、人生は本当に耐えがたいだろう。文明化社会では、空騒ぎできることを見つけ出す機会が果てしなく湧いてくる、と彼女は思った。ディトマス博士にスプリンクラー・システムを新しくする気がまるでないのが見てとれたが、とがめなかった。

「それと、地下室の階段の昇り降りには気をつけないとね？」

「心配いらないよ。保険に入ってるから」

アイダが冗談で言っているのかどうかディトマス博士ははかりかねたが、さしあたり変更の必要がないならそれでよかった。正確に時を刻めなくなった時代遅れの時計というふうにとらえると、人生のこの時期には心を動かされる。「わかったわ。最新型に交換するのは次の持ち主にまかせましょう」

アイダはディトマス博士をちらっと見た。次の持ち主がこの家を買うのは彼女が死んでからだろう。死ぬのはこの家で？　ディトマス博士は自分のベッドで死ぬことを選ぶタイプの人に見えるから、それはほぼ確かだ。家の価値の点で言えば賢明な選択でないとしても。とはいえ家の価値など、彼女がなぜ気にかけたりするだろう。この家とあの夜間照明やセミの模型のすべてを継ぐことになっているのは誰なのか、アイダは考えた。するとディトマス博士がアイダの好奇心を感じとったかのように、死後この家と中身を売る務めを果たしてくれるのは二人の甥だと言った。

「あなたは一人っ子だと思ってた」とアイダは驚きながら言った。

「甥たちは異母妹の子よ」とディトマス博士は言った。

「彼女は……まだ存命？」

「ええ。でもそれほど親しくしてないの。私のほうが十六歳年上。だから、彼女も一人っ子みたいなものだった。あなたは私の葬儀で会うわよ」

葬儀、家の売却――好ましい住環境にある家だけれど、売りに出す前に改築や整備がいるだろう。その未来はあまり遠くないので、アイダはしばらく口をつぐんだ。それから、気を取り直した。

「先のことを考えすぎる必要ない」

「ええ、私の年になったらね」

「私の年でもだよ」

「あなたはまだ若いじゃない」

〈永遠に若い〉アイダは学校に通っていた頃に知ったプロパガンダの歌の出だしの歌詞を口ずさみ、それからディトマス博士に「革命家は永遠に若い」（「革命人永遠是年軽」）という題名の歌だと教えた。

「あなたは革命家だったの？」

アイダはちょっと考えた。「反革命家ではなかったね」

「じゃあ革命家だったのね」

「厳密にはちがうけど」アイダは中国語の〈革命《グーミン》〉という言葉は「命を革《あらた》める」という意味だとディトマス博士に言った。

「それじゃ定義からいうと、革命家は殺人者になるわね」

「私はね、ほとんど医者みたいなものだったんだよ」アイダは言った。

「医者だって人を殺すことはあるわ。革命に中立の立場はあるの？」

「中立の立場？　それはやっぱり反革命的な立場になるだろうね。何かに賛成してないなら、反対のはずでしょ？」


「エドウィーナってばあ、お話をしてよ」

「列車は行っちゃったの。忘れないで。一日に一回しか来ないのよ」

「その決まりを変えて。ずっと列車がいることにしよう」

「それはだめ。ずっとここにいるようにするには、時計を止めることができなきゃいけないの」

「じゃあ時計を止めて」

この会話も七十年以上前に交わされたはずだ。このとおりの言葉ではなかったけれど、時は止められるし、だから止めるべきだと少女は何度も提案や要求をした。でも時が止まることは決してなかった。ちょうど、サイラス夫妻が外出から戻らないことが決してなかったように。そして子どもが元気で眠っているかを見にどちらかが二階へ上がり、もう一人がエドウィーナに付き添って寝まで歩く。でもエドウィーナの空想の中では、夫妻のどちらかが戻ってこないこともあった、たとえば劇場で重病になり、幕間の前に急死するとか、パーティーでつまずいて階段から落ち、二度と意識が戻らないとか、田舎道の自動車事故で死んだけれども配偶者は奇跡的に無傷で、新しい人生をいつでも始められるとか。

そういう空想の中で、夫と妻のどちらのサイラスを救うべきかというのは解決できない問いだった。どの筋書きも状況を改善する転機をくれるけれども、転機によってややこしくもなる。もしサイラス夫人が姿を消すことになっても、十四歳半のエドウィーナはサイラス氏の妻になるには若すぎるだろう。とはいえ、エドウィーナの母親が亡くなったときの父親より若いやもめである彼は、別の女と結婚せざるをえない。エドウィーナはサイラス氏と結婚したいかわからないけれども、新しい女が来ると思うと耐えられなかった。サイラス氏は結婚する女をまたまちがえるだけだろう。エドウィーナの年齢が人にショックを与えるほどの問題でなければ、きっとサイラス氏はどの他人よりもエドウィーナを好むはずだ。でなければなぜ彼女の頬や首を、ピアニストみたいに細長い指の先でなでたのか。なぜほてった手のひらで、当時はまだ未熟だった乳房を包んだのか。

でも、サイラス氏を失うほうがいいかもしれないと思う日もあった。未亡人というのは何歳であっても再婚しないことを選ぶ――貞節や感情から決めたこういう選択を疑問に思う者はいない。そしてエドウィーナは、少女を育てるサイラス夫人に力を貸すことができる。明らかに彼女のほうがサイラス氏よりできることが多い。彼は生徒の皆に優しいように、娘にも優しかった、でも彼の娘への愛情が、父親の自分への愛情のように薄いことは、エドウィーナにすら伝わってきた。まるで日本の水墨画なのだ。墨の筆づかいが簡潔で、紙はキャンバスより薄くてもろい。それに、彼はサイラス夫人の憂鬱の原因だった――エドウィーナはそれを直観的に悟っていた。同じように、サイラス夫人は未亡人になれば二度と結婚しないことも悟っていた。

エドウィーナの年齢や状況が一家の娘に近かったら、彼女の空想は父親殺しか母親殺しみたいなものだっただろう。でも本当のところはサイラス氏もサイラス夫人も親ではなかったし、親が子を愛するようには彼女を愛してもいなかった。エドウィーナは二人から強く望まれ、二人とも愛した。ただ、それも未解決問題をもたらした。自分の人生の中に二人の立場を整理するたやすい方法は見つからなかった。同じだけ不可欠な存在だったのだから。どうか。彼女は寝る時間を過ぎても眠れず、コオロギやフクロウの声に耳を澄ましながら、祈ることもあった。どうか、どちらかがいなくなりますように。死ぬのでなければ、外出をして。はるか遠いところへの長い外出――日常生活ではあまり使わない旅という言葉を使えるような真剣な外出で。本当になぜ、代わりばんこに旅に行けないのか。なぜ代わりばんこにヒマラヤ山脈で暮らせないのか。

サイラス夫妻同士はもっとあけすけかもしれないことに、エドウィーナは思い至らなかった――それぞれが守っている彼女との秘密はもう一人には知らせないほうがいい、と二人からいつも教えられていた。ひょっとしたらこれが愛し合う彼らのやり方だったのかもしれない。いっとき人生を耐えられるものにしてくれる一人の少女を、二人で選んだこと。サイラス夫人は結婚前に愛した少女たちの姿をエドウィーナに重ねていた。サイラス氏にとっては、妻よりもエドウィーナのほうが彼の穏やかでロマンチックな欲望にふさわしかった。エドウィーナがこれらのすべてを一人でつなぎ合わせたのはずっと後になってからで、そのときにはすでに研究者になっていた。学校にいた頃の古い友人が、サイラス氏が亡くなったことを知らせてくれた。彼の死亡記事には急病のせいだと書かれているけれども、信頼できる筋からの情報ではそうではなかったという。自殺だ。スキャンダルの自然ななりゆき。どんなスキャンダルなのか——その説明は無用であるらしかった。友人はサイラス夫人にはほとんど触れず、こういうスキャンダルを妻は知っているものだとだけ言った。

〈革命家は永遠に若い〉というアイダの言葉をディトマス博士は思い出した。ちがう。永遠に若いのは、愛に欠陥はないと思っていて、愛しい人の欠点が見えない少女たちだ。〈愛しい人たち〉と彼女は自分で訂正した。サイラス夫妻は彼女が学校に来た最初の年の年度末に、ふいに転居していった。エドウィーナは夏休みから戻るまでそれを知らず、ほかの生徒と同じように学校の通知で知らされた——普段と異なるところは少しもない。ただの職員の出入りであり、学校生活でくり返される通常の変化だ。どちらかに奇跡的にいなくなってもらう空想をあれだけしたのに——でも、運命は決して奇跡ではない。運命は空想よりもはるかに言うことをきかない。

「昨日の晩、何を考えてたかわかる?」とアイダが朝食のときに言った。「思ったより私は中立の立場にいたかもしれない」

ディトマス博士はまごつきながらアイダを見た。

「革命には中立の立場があったかって、あなた訊いたでしょ」

「ああ、そうそう。革命は命を革《あらた》めること」

「たくさんの命をね。一人を殺せば殺人者になる。十人、二十人、百人殺せば革命家。だから、革命家なら多少命を革《あらた》めなきゃいけないでしょう？　でも医者だったら……」アイダは言った。「命を救える？」

「一人の革命家を救わないことで、たくさんの命を救える」

「そんなことしたの！」

アイダはにたっとした。昨日の夜、彼女が受け持っていた村の一つで党支部書記をしていた唐《タン》書記のことを思い出した。彼は脳卒中を起こした後で家族によって省都に送られ、三か月間の治療を受けたが、わずかしか麻痺が改善せずに戻ってきた。省都の医者たちは主に西洋医療の教育を受けていた。アイダはそれまでに似た症例で鍼《はり》治療を用いていたので、唐《タン》を快復させる自信があった。でも彼女は決してそれを口にしなかった。「ありえる筋書きを言ってるだけだよ」

ただの空想でしかない筋書きもあるけれど、とディトマス博士は考えた。それ以上の筋書きもある。「隠し立てしなくてもいいのよ。医療過誤か何かを告白されても通報したりしないから」

「私がいまでも医療に関わってること、忘れてるでしょ！」

「ふん、過去と現在のちがいぐらいわかってるわ」

そうかねえ、とアイダは思った。経験からして、老人はその大事な区別がつかなくなるのだ。

「さて、たとえば私が一人の患者を救わないことで何人かの命を救ったとするよ」

ディトマス博士は自分のミルクから目を上げた。アイダはディトマス博士がこのことに興味を持つのがわかっていた。アイダの過去に興味を持つ雇い主はあまりいない。ディトマス博士にも過去の物語はあるが、彼女はアイダほどすすんで語ろうとしなかった。

「整理させてちょうだい」ディトマス博士は言った。「あなたがその患者を救わなかったのは、彼または彼女を救えなかったからではないと……」

「彼。ほんとにひどい男」

「でも革命家なんでしょ」

「革命家はひどい人たちだよ」

「全員ではないんじゃない？　いい目的の革命もあるし」

「うーん、人はいい目的のために殺すこともある。私はちがうけど」

「だけど、あなたはその男を殺したんでしょ？」

「殺してないよ。早めに見放したの。それに、彼は死にもしなかった。思わしくない健康状態で生きてただけ」

「彼に悪さを続けさせないために」

「要はそういうこと」

「医者がそんなことするのは倫理的？」

「もちろんそうじゃないよ！　だけど、あなたなら倫理と良心のどっちを選ぶ」アイダは言った。

サイラス夫妻がエドウィーナを欲したのは倫理的ではなかった。でも彼女の側も同じぐらい倫理的ではなかった。自分が置かれた立場を大事に守っていた。その立場には夫妻のどちらかの死を空想させるほど強みがあった。倫理は想像の余地をほとんど与えないけれども、良心は与える。だからアイダは男を衰弱性の疾患に苦しませておけた――彼女は頭の中で、一人の男が苦しむことでほかの人々にいい結果がもたらされると想像できたのだ。良心は、サイラス夫妻とエドウィーナのどこにあったのか。彼らに想像力があったら、三人家族になる道を見つけられただろう――いや、四人家族だ。モリーかミリーかモードというあの少女がいたから。でも、サイラス夫妻はエドウィーナを失望させた。彼女の生活をまっぷたつに分けておくよう求めたのだから。そして彼女のほうも失望させた。生活を他人に預けるのは子どもだけだ。子どもの頃は子どもらしいとも子どもっぽいとも言われたことがなかったエドウィーナだが、それでもサイラス夫妻と対等の者にはなれなかった。別の展開になっていたら、サイラス氏の死を招くスキャンダルはなかったかもしれないが、もちろんそれはないものねだりにすぎない。エドウィーナは十四歳半のままではいないのだし、いつまでも若い人はいない。サイラス氏が人生の多くのことを危険にさらしたのは、若い女の子たちのためなのだ。二人がほかの学校で教えた長年の間、サイラス夫人は彼と同じ女の子を選ばなくなっただろうか。彼女の秘密の恋と彼の秘密の恋が衝突しないように。

「その点、私は運がいいわ。ほら、私の専門分野では倫理さえ守ってればいいんだもの。というより、科学においては倫理と良心はめったに矛盾しないって言ったほうがいいかしら」ディトマス博士は言った。

でも、ディトマス博士の人生にあるものが科学だけのはずはない、とアイダは思った。科学の〈外側〉にある老女の良心に探りを入れる質問を考えようとしたら、皿の脇にあったタイマーが鳴り出した。

「それは何のため」とディトマス博士が尋ねた。

アイダは立ち上がり、スプリンクラーのためにセットしておいたのだと説明した。「下へ行って止めてくる」

「階段に気をつけて」

「ええ。大丈夫」

ディトマス博士が耳を澄ましていると、アイダの堂々たる危なげない足音の後で、地下室から鼻歌が聞こえてきた。アイダはきっと革命家は永遠に若いというあの歌か、何かその手の歌をうたっているのだろう。歌の趣旨を正しいと思っていないのに。そこが、科学と人生のちがいだ。科学では妥当と考えた仮説だけを追究する。人生は、それではすまない。

三　契約

アイダはディトマス博士の仕事を引き受けたとき、休暇をもらう必要が出てくるとは思わなかった。でもいま、どのように願い出るのがいちばんいいか考えていた。ディトマス博士は気難しい雇い主ではないけれど、それでも雇い主ではある。もちろん緊急事態は起こるものだ。でもアイダが務めを果たせない状態になるような緊急事態は、大惨事が身内を襲ったときだろう。そういうことが起こりえないとは誰も言っていない――アイダはキッチンの棚の扉をたたき、それから考え直して庭へ出て、オークの木の幹をたたいた（木をたたくのは厄除けのまじない）。アイダは迷信深い女ではないけれども、英語で学んだ慣用句を使うときはいつもよけいな努力を必要とするような気がした。自分は人の言うことを小学生やオウムみたいに真似しているのではなく、本気で言っていると実感するためだ。〈木をたたく《ノック・オン・ウッド》〉（幸運を祈るまじない）、〈指で十字を作る《フィンガーズ・クロスド》〉（お門違いの非難をするという意味の慣用句）、〈間違った木に吠える《バーク・アップ・ザ・ロング・ツリー》〉（お門違いの非難をするという意味の慣用句）、〈私は《アイム・》全身が耳《オール・イヤーズ》〉（熱心に聞くという意味の慣用句）。このうち最後の言葉を、アイダは気に入っていた。彼女は熱心に耳を傾ける女の見本だった。その言い回しを使うときは、誠実な態度をわかってもらうために耳のあたりで指を揺らした。

「昨夜《ゆうべ》はよく寝られた？」とアイダは尋ねて片腕を出したが、ベッドの端に座ったディトマス博士がおおむね独力で立ち上がれる程度しか支えないようにした。

「よくはないけどね。永眠は間近だなんてばかげた話をさんざん聞かされたら、文句も言えないわ」

「夢は見た？」

ディトマス博士は口をつぐんだ。夢は見たけれども、漠然としすぎて意味をなさなかった。「思い出せない」

アイダはうなずいた。前の晩はよく眠れなかった。休暇を数日もらう件が気がかりで目が冴えていたが、そのうち浅い眠りに落ちて、現実とは何のつながりもない混沌とした夢を見た。「中国の伝説に貘《モー》っていう怪物がいてね。その怪物は人間の夢を食べて生きてるの」

「どういうこと」

「夢を食べるんだよ。見た夢を思い出せないなら、それは貘《モー》が食べたからかも」

「貘《モー》はいい夢を食べるの？　悪い夢を食べるの？　その怪物に夢を食べられるのは運がいいことな

の？　それとも不吉？」

アイダにはわからなかった。その怪物のことをどこで知ったのか思い出せない――学校で学んだのではなかった。革命では共産主義思想より古いものは何でも反革命的なので破壊するべきだと決まっていた。おおかた彼女と話すのが好きな老人の一人から学んだのだ。彼女はその頃ですら全身を耳にして聞いていた。「夢は全部じゃないかな。怪物が特殊な食べ物だけを食べるとは思えない」

「驚くかもしれないけどね。たくさんの生き物がとても特殊なものを常食にしてるのよ。たとえばゼブラ・スワロウテイル（トラフタイマイというアゲハチョウ）なんて、ポポーの葉しか食べない」ディトマス博士は言った。

「獏《モー》は怪物だよ。シマウマ《ゼブラ》じゃなくて」

「ゼブラ・スワロウテイルは蝶の一種。要するにね、さらなる調査なしには、怪物が何でも食べる生き物か、特殊なものしか食べない生き物かはわからないわよね」ディトマス博士はトイレの脇の手すりを両手でつかんだ。アイダはその理屈を確かにそうだと認め、トイレのドアを後ろ手に閉めて、廊下に置かれた自分用の椅子に座った。いつもの日なら立ったままディープ・ストレッチをやるところだが、今日は精神を集中させる必要があった。急を要する話し合いが待っているのに、なぜ夢を食べる怪物の話で回り道しているのかわからなかった。

「獏《モー》は何匹もいるのかもね」アイダがトイレの中へまた入ってくると、ディトマス博士はそう言った。「いい夢を食べるのもいれば、悪い夢を食べるのもいるわけよ。怪物一匹だけで全人類の夢を食べ切るなんて無理そうだもの」

「サンタは一人しかいないけど、世界中の子どものところへ行くよ」

「サンタは現実にいるものじゃないから」

アイダはうなずいてから、唐突に言った。「もし私が数日休むことになったら、誰か来てくれる人がいる?」

アイダに何を訊かれているのか理解するのに、ディトマス博士はちょっと時間がかかった。やせがまんをやめて介護人を家に入れなければならないと思い知ったとき、ディトマス博士は友人や同僚から薦められた女四、五人と面接した。都合よく夫が中国に戻っていて、子どもたちは車で行ける範囲内に住んでいるがそれぞれ独立しており、三人の医科大学院生に家を貸しているアイダは、理想的な選択肢だった。二、三人の介護人がさまざまな時間帯にやってくるのは、アイダ一人に住みこんでもらうよりもわずらわしいだろうとディトマス博士は考えた。これほど体が衰えた段階では、見知らぬ他人のことはできるだけ知りたくないし、知られたくもない。彼女はアイダに多めに報酬を払い、おかげで週末や祝日の手当てについて話し合う必要がなくなった。アイダは去年の十二月に一日休みをとっただけだ。クリスマス・イブに娘の一家を訪ねるためで、その夕食のときには息子もいた。アイダは必要とされれば緊急事態や惨事でもないかぎり留守にしないと約束していた。「何か恐ろしいことでもあったの?」ディトマス博士は訊いた。「ご家族は皆、大丈夫?」

アイダは家族全員が無事だと答えた。ややこしいのは、恐ろしいことは何も起きていないということだ。アイダが休みを請わねばならないような緊急事態はまだ緊急事態になっておらず、運が全員の味方をすれば緊急事態にならないのだ。

ただし問題はこれだった。運が全員の味方をするよう求めるなんて、高望み?

「カリフォルニア？　カリフォルニア州のどこ」とディトマス博士が言った。

お茶のポットに保温カバーがかけられていた。窓辺には、庭で摘んだフランスギクやアジサイを挿した花瓶が置かれている。勝手に育って花を咲かせる育てやすい花だ——ディトマス博士は自分を追いこむほどの熱心な園芸家ではなかった。こんろの蒸し器の中で、茶碗蒸しの器が二つ保温されていた。この屋根の下でディトマス博士とアイダが共有している生活は、静物画のように素朴でこざっぱりしたものかもしれないが、人生そのものが静かなまま続くことはめったにない。

「アラメダ。サンフランシスコの近く」

「シカゴのオヘア空港か、デンバー空港で乗り継ぎをするの？」

アイダは飛行機のチケットはまだとっていないと話した。ディトマス博士のことをすべてきちんとしておきたかったのだ。

いまやこの命は先細りなのだから、きちんとするといったらざっくばらんでないと、とディトマス博士は思った。そして、こういう場合を専門に扱う業者は見つかるだろうと予想した。「乗り継ぎするならオヘアはひどい空港だから、デンバーの乗り継ぎを考えたほうがいいわ。あそこの空港には、悪魔みたいに見えるあの巨大な馬がいる。見たことある？」

アイダはディトマス博士が何の馬の話をしているのかわからなかったが、休暇の申し出にディトマス博士がいらついても不安がってもいないようだったので、ほっとした。「いいえ」と彼女は答えた。

「信じられないかもしれないけどね、その馬は自分を作った人間を殺したの」とディトマス博士は言い、アイダの顔を見た。「ああ。そうだ。言うの忘れてたけど、その馬は彫像よ」

アイダはその馬に嫌な感じを抱いた。「シカゴにしようかな。でも私がいない間どうするか、考えておかないとね。もしよかったら、あなたと同居してくれる友達がいないか聞いて回ってもいいよ。それか、あなたにお友達か親戚の人がいるんじゃない？」

「いつ休暇をとる予定なの」

「それがね、ちょっとややこしくって。私が行くのはなんでかっていうと、友達の娘さんが初産を迎えようとしていて、それで友達がね――実は私のまたいとこでもあるんだけど――私に立ち会ってほしいと思ってるからなの。出産予定日は四週間後。でも赤ちゃんが予定どおりに生まれるとはかぎらないでしょ」

ディトマス博士はしばし考えこんだ。「あなたが助産婦をやるの？」

「ちがうちがう。友達の娘さんは病院で出産することになってる。友達は、もしもの場合にそなえて私にいてほしいの」

「もしもの場合ってどんな場合。何か問題が起きてるの？」

カリフォルニアの病院は、裸足の医者をしていた頃のアイダよりも百倍うまく困難な状態に対処できるだろう。彼女は辺鄙《へんぴ》な地域で働いた二十年ほどの間に数多くの赤ん坊をとりあげ、緊急時には帝王切開をおこない、死なせたのは赤ん坊二人と母親一人だった。お粗末な記録ではないけれども、それは運が味方してくれたおかげだ。田舎の女は妊娠中ずっと重労働をやるので、悪い事態になっても仕方がなかったのだ。ときには牝牛が死んだ子牛を生むこともあるし、牝羊が難産で死ぬこともある。「ちがうの。ただ友達を支えるためだけに行くの」

「その人が出産するわけじゃないんでしょ」

「いえ……そう！　そう、あなたの言うとおり。でも、ちょっと支えてあげる必要があるの」

ディトマス博士はアイダを見た。混乱した犬が首をかしげるように。「かなり変わってるわよね。あなたの友達は神経がやわなの？」

「全然。あの人の神経は頑丈。あれより……」アイダの言葉が尻すぼみになった。

「あれって？」

「宇宙でいちばん頑丈な成分は何だっけ。ああ、どうでもいいや。私の友達はね、弱虫じゃない」

「あなたたち二人だけのある種のしきたり？　子どもが生まれるとき、お互いのそばにいたの？　あなたの娘が双子を生んだとき、彼女は一緒だった？」

アイダの脱線は本人の気をまぎらす方法にすぎなかった。そして彼女の人生は、喜んで気を散らしたくなるようなできごとが尽きなかった。ディトマス博士の脱線は、逆の結果をもたらすようだった。闇に包まれた部分がありすぎる過去を、懐中電灯がでたらめに照らしていくのだ。いちばん簡単なのは真実を話すことだろう。でも、真実はどこから始まるのか。「要はね」アイダは言った。「娘さんは出産するにはちょっと年がいってるの。だから友達は私にそばにいてほしいわけ」

「娘さんはいくつなの。私の詮索《せんさく》が不快じゃないといいけど」

不快かどうかなんてことは問題じゃない。アイダなら、ディトマス博士と同じぐらい詮索しただろう。「五十一歳」

ディトマス博士はすぐには返事をしなかった。聞こえているのだろうかとアイダは思った。「普通でも五十一歳といったら、分娩するには年がいってるけどね。初産だと、もっと危険かもしれない」アイダは言った。

「あなたの友達でいとこの人は何歳」

「私と同い年。六か月ちがいなの」

ディトマス博士は頭の中で計算をした。「そんなはずないわ」

「ところがそうなの。十三歳で娘さんを産んだから。あっ、そんな目で見ないでちょうだい。珍しいことだけど、歴史上はそう珍しくないんだよ」

ディトマス博士はうなずいた。人生でとても大事な決断に関して、その母親と娘はまちがいなく極端な道を選んでいる、と言いたかったが、そんな意見は冷めているどころか無情に聞こえるかもしれない。「どうやらいちばん安全なのは、出産予定日の二週間前にそこへ行って一か月とどまることね。出産予定日の前後二週間ずつ——それが赤ん坊に出し抜かれないようにするいい策みたい」

「えっ、とんでもない」アイダは言った。「それじゃほんとにおかしいと思われる。ほら、友達の娘さんはデイブ・デイビッドソンていう人と結婚しててね」

「それがどうしたの。デイブ・デイビッドソンて誰」

「別に誰でもない人。ううん。もちろん誰かではあるよ。だけど、アメリカ人のデイブ・デイビッドソンにしてみたら、義理の母親が一週間や二週間じゃなくて半年来るんだったら、納得のいく理由がいるでしょう。私なんて長くても二、三日しかいられない」

ディトマス博士はため息をついた。これまでは、アイダは自分と同じ種類の女に属していると思っていた。過去を持つけれども、その過去は自分が支配し、ジレンマや面倒にまでこじらせない女だ。彼女は時計を指す仕草をし、書斎へ行って少し読書をしたいと言った。「あなたの休暇については散歩のときに話しましょう」

アイダはのんびり動いてみたが、キッチンのカウンターをもう一度拭いたり、冷蔵庫のマグネットの位置をいくつか変えたりするのにかかる時間はかぎられている。ディトマス博士は余計な部分がない人生を生きていた。彼女の毎日を邪魔する夫も子どもも孫もいない。とはいえ、それでも病や老いという余計な部分は避けられないけれど。

アイダにあまり悪癖はなかったけれども、だらだら過ごすのを楽しめないのは悪癖とみなされるかもしれない。少なくとも大きな短所ではある。彼女は働き蜂の宿命に生まれついた。ただし、と彼女は思った。いまのところこの働き蜂にあまり務めはなく、女王蜂は死ぬまでだいたいのことは自分でできるだろう。もし妊婦が五十一歳ではなく、公的な書類すべてに記載されているようにまだ四十一歳なら、カリフォルニアへの旅はうれしい気分転換なのに。

友達の燕子《イエンズー》が十三歳――十三歳と十か月――で出産したとディトマス博士に話したとき、アイダは嘘をついていたわけではない。厳然たる事実だが、その後の五十年間でほとぼりが冷めていた。アイちょうど若さや健やかさが衰えるように、かつては衝撃を与え名を汚す力を持っていたスキャンダルも、いまではよそ者に語られるただの物語だった。

「友達のことを話すけど、誰にも言わないって約束してくれる？」散歩に出るとき、アイダはディトマス博士に問いかけた。

友達にそんな約束をとりつけてから会話を始めるのは、若い女の子だけだ。ばかなこと言わないで、とディトマス博士は言いたかった。彼女とアイダは決して親友などではない。「何も話してくれなくていいのよ」

「わかってる。でも話したいの」

「なぜ」

「誰にも話したことないんだよ。でも秘密をね、せめて一度は話さなきゃって思うことはない？」

「秘密でなくなるようにするため？」

アイダはちょっと考えた。「ううん。それでもやっぱり秘密ではあるんだけど、もっとまともな秘密になる」

「意味がわからない。ミダース王とロバの耳を思い出したけど」（ギリシャ神話に登場するミダース王は『王様の耳はロバの耳』という童話のモデルになった）

ミダース王とは誰のことか、アイダにはわからなかった。いつもなら質問して話を聞かせてもらうところなのだが、今日は別の人のことで全身を耳にするわけにはいかなかった。「秘密の始まりはこう。友達が妊娠したのは私のせいなの」

その頃、彼女たちはそろそろ十三歳になろうとする十二歳で、地元で唯一の小学校を卒業したばかりだった。アイダは中学校に入ることになっていたが、すでに頭一つ大きくて女性らしい体つきだった燕子《イェンズー》は進学しないことにしていた——夏が過ぎたらお針子の見習いになるのだ。「ほら、時代がちがったから。子どもたちは早くから働いてた」

ディトマス博士はうなずき、人類史のほとんどの期間、遊びは子どもが一日かけてやる仕事ではなかったと教えた。

蝶のつがいがフジウツギの周りで追いかけっこをしていた。「昆虫も遊ぶの？」アイダは尋ねた。

「遊んでいるように見えても、何か目的があって働いているでしょうね。でも今回だけは昆虫のことを忘れましょう。話を続けてちょうだい」

その夏に、とアイダは語った。燕子《イエンズー》が小学校の教師である温《ウエン》氏とこっそり交際を始めた。彼は歴史と地理を教えるだけでなく、男子が木工を、女子が織物を学ぶ職業訓練クラスでも教えていた。

「年とった男なの？　結婚はしていた？」ディトマス博士が尋ねた。

「当時の私たちから見れば男は誰だって年をとってたよ！」アイダはくすくす笑いながら言った。「笑いごとじゃないと思うけど」

「ああ、わかってる。でも私たちが世間の人は全員年寄りだと思ってたと知ったら、ちょっと笑えるよ。実際にはそれほど年をとってなかった。三十一歳だったの」

ディトマス博士は不快そうな声をあげた。

「独身だったよ」

「だからって埋め合わせにはならない」

「これはわかって。その交際は……何て言うんだっけ」

「合意のもとだった？」

「そう、合意のもとだった」

「あなたの友達は十二歳だったのよ」

「ほぼ十三歳。ジュリエットがロミオと恋に落ちたのはその年だったって聞いたことあるけど。ロミオは何歳だったのかね」アイダは言った。

「三十一歳よりははるかに若かったと思うわ」

「私の友達は――こういう人のことは知ってるはずだよ――自分が求めてるものは何かわかってる

タイプの女の子だったの」

「妊娠も含めて？」

「それね」アイダはいつになく沈んだ表情で言った。「だけどそれは、私が悪いんだよ」

「そんなばかな話は聞いたことがない」とディトマス博士は言った。

人生にはそれなりの道理がある。外部の人間には愚にもつかないように見えても、内部の人間にとっては、それでも道理なのだ。その夏、燕子《イエンズー》が交際していたからか、自分の将来の見通しがついたからか、アイダは鍼療法と瞑想に関する古い本をじっくり読み始めた――誰にもらった本だったのか思い出せない。本の最後の章で、生殖について書かれていた。あいまいにぼかした言葉で書かれ、注意書きがたくさんついていた。なぜなら呼吸法と――一部は脚、一部は人に見せないことになっている部位への――一連のツボの指圧という施術は、古代の仏教と道教の尼僧に用いられたとされていたからだ。肉欲を抑え、月経を引き起こし、「不幸なできごと」による受胎を防ぐために。

「じゃあ、やり方を友達に教えたけど、その魔法で妊娠を止められなかったって言うの？　ばかげたこと以外の何ものでもないわ」ディトマス博士は言った。

「わからないことを批判しちゃだめ」とアイダは言った。

「科学者としての意見よ」

「科学で説明できることばかりじゃないの。でも、私たちが使った方法が妊娠を防げなかったのは確か。私が経験不足で正しい呼吸法を教えられなかったか、私が教えたツボの場所を彼女が正確にはわかっていなかったか」

「というより、あなたたちがほんの子どもだったからかもね。二人とも、子どもだった」

二人とも大人みたいな気でいた、とアイダは思った。その年頃の二人を憶えている——幼さは示していなかった。ただ経験不足だったにすぎない。

「それからどうなったの」

「その男が彼女と結婚した」

「喜んでしたの？」

「とっても。彼はいい人だったよ」

ディトマス博士はすぐには口を開かなかった。

「彼を非難してるんだね」アイダは言った。

「その人のことを知らないんだから、非難できないわ。まだ生きてるの？」

「ううん。数年前に亡くなった」

「いい結婚生活だった？」

「そうだったと思う。二人は結婚した直後によその省へ引っ越したの。あれこれ噂を立てられないようにするためだけに」

きっといつまでも変だと思われるだろう、とディトマス博士は思った。一世代上の男に嫁ぐ幼な妻。でも、こういうことを裁く権利など自分にあるだろうか。見知らぬ他人の人生はいい物語になるものだ。「じゃあ結局は丸くおさまったのね」

アイダはためらいがちにうなずいた。「しばらくはね」

「あら、ほかに何があったの」

「彼が死んだから、友達は未亡人になった」

「そのとき彼女はいくつ」

「四十歳」

ディトマス博士は暗算した。結婚は二十七年続いたのだ。男は六十歳近かった。「そうね、悲しいことではあるけど、でも悲劇とまでは言えないんじゃないの」と彼女は言った。

「うん、悲劇じゃないね。でも、私が話したい本当の秘密を言うとね」

「何ですって。秘密っていうのは、友達が年のいった男と付き合って十三歳で子どもを作ったことじゃないの？」

「それは、いわゆる前触れにすぎないの」

「前置きという意味？」

「ああ、それそれ」アイダは言った。「前置き」


本当は燕子《イエンズー》が温《ウェン》氏と結婚していた長年の間、アイダはあまり連絡をとっていなかった。だからその結婚をいいとか悪いとか、よくも悪くもないとか言う根拠などないのだ。しばらくの間は燕《イエン》子《ズー》が里帰りで戻ってきたときにまだ会っていた。でも彼女の祖父――アイダの大おじ――が亡くなったら、燕子《イエンズー》は戻ってこなくなった。アイダはあまり気にしていなかった。その頃には医療の教育を受けるという人生の大志を抱いていた。彼女はその地方でいちばん若手の裸足の医者になり、それから結婚して子どもを産み、ついには家族全員をアメリカへ移住させ、新しい国でやり直すという夫の大志を受け入れた。

アイダがそろそろ移住しようという頃、一年前に未亡人になっていた燕子《イエンズー》が里帰りして、アイダに頼みごとをしてきた。そのとき四十一歳だった燕子《イエンズー》は恋をしていた——今回は本物だという——そしてアイダに娘の出生証明書を作ってもらい、娘が二十八歳ではなく十八歳ということにしたいというのだ。

ディトマス博士は息を呑んだ。「どうしてまた」

「その頃、娘さんは深圳《シンセン》で働いてたんだけど、燕子《イエンズー》はその男に娘は専門学校に通ってるって言ってたの。十三歳のときに出産したなんて、新しい旦那になる人にはちょっと言えなくて」

「なぜ言えないの」

「かんばしい評判にはつながらないもの」

「じゃあ自分の出生証明書を十歳年上に変えることはできなかったの?」

アイダは笑った。「まともな女がそんなことするわけないよ。男は四十一歳の未亡人とは結婚していいかもしれないけど、五十一じゃねえ。ずぶとい婆さんになるじゃない」

五十一歳の女など自分たちに比べればひよっこだ。それをディトマス博士はアイダに思い出させたいとは思わなかった。「あなたは手を貸したの?」

「うん。あれだけ年月がたっていても、まだ妊娠は自分に責任があると感じてた」アイダは言った。

「ばかげてる」

「初めての手術に失敗した外科医は、ずっと罪悪感を抱くはずだよ」

「あなたは十三歳で、まだ医者になってなかったでしょ」

アイダは手を振った。若いことは言い訳にはならない。でもディトマス博士はわからなくていい。

「お友達はその作戦に協力するように、娘をどう説得したのかしら」

「あなたは燕子《イエンズー》のことを知らないから。あの人はやろうと思ったことはやり遂げるんだよ」

「だけど娘のほうは……」

「娘さんには会ったことないの。アメリカ人と結婚して、数年前にカリフォルニアに引っ越したときはほっとしたよ。中国に行ったときにそれを燕子《イエンズー》から聞いてね。全員にとって最善の結果になったって話し合ったんだ。これでもう、やっかいさがわかったでしょ」

「娘の夫も医者も、全員が四十一歳だと思ってるわけね」

「そのとおり」


ずいぶん前、父親がホスピスで死にかけていて、異母妹とその家族がロサンゼルスからミシガンまで来る途上にあったとき、ディトマス博士は一人きりで父親と朝を過ごした。何の邪魔も入らないその時間は、母親の死によって成人期へあまりにも早く送り出されて以来、二人で一緒に過ごしたもっとも長い時間だった。父親はすでにほとんど口がきけなくなっていた。それで彼女はベッドの脇に座って、鞄から科学雑誌を取り出さないように努め、人生の一日ごとや一分ごとにやることがなくてもいいのだと自分に言い聞かせていた。人生のすべてに目的がなくてもかまわないのだと。

ホスピスには、医療機器の信号音のような雑音はなかった。そういう機器は生き続ける人たちのためにある。父親は末娘とその家族だけを待っていた。死を待つ男を見つめていたら、ディトマス博士は疲労感を覚えた。それまで感じたことがなく、その後二度と感じることがないような疲労感だった。

もしかしたらうたた寝をしたのかもしれないが、憶えていない。ただ、いつだったか父親が、何かをささやいてきた。声を聴き取ろうと、彼女は身を寄せた。死の直前の臭いを吸いこみたくなかったので、息を止めながら。

「エドウィーナ?」

「何」

父親が片手を差し出した――実際にその仕草をしたというよりは意図を示した――それで彼女は、手を握らないわけにいかないように感じた。

「手遅れにならないうちに子どもを作ったほうがいい」この老人が発するには長い言葉だった。言い終えるまでに幾度か息継ぎをする必要があった。

ディトマス博士は、人が死に近づくとこれまでの人生が一気によみがえってくるという話を聞いたことがあった。もしかしたら意識が清明な最後の時間にあまりにも多くの物事がなだれこみ、そのすべてが注意を奪い合うので、父親は混乱しているのかもしれなかった。二十代の彼女の姿を見ているのだろうか。その頃の彼女は若くてきまじめな科学者で、ぴんと背中を伸ばして気難しい顔をし、一族の集まりに出ているときですら科学を忘れようとしなかった。「ばか言わないで。私の年齢では子どもは作れないわ」

父親はあきれたように目をむいた。すぐにでも彼女の主張を否定する気でいた。

「パパ。私は五十六歳なのよ」

「じゃあサラはどうなんだ」

ディトマス博士は首を振った。奇跡的に身ごもれるようになったアブラハムの妻のことではなく、とっくの昔にいなくなった記憶にない隣人のことを彼が口にしたかのように（旧約聖書でアブラハムの妻サラは不妊なのに神が告げたとおり高齢出産した）。子どもの頃によく聞いた言い回しで言えば、主の御前《みまえ》に立たんとしている男と口論しようというのではなかった。父親が彼女のために聖書の規準は正しいと擁護してもかまわない。彼女はその規準に合わせるのを拒否する。でも、ときどき思い出して鼻で笑うこのできごとが、いま彼女をそれまで感じたことのないような妙に優しい気持ちにさせた。自分は父親よりはるかに利口だとずっと思っていた――でも、彼から距離を置くことに成功していなければ、それに何の根拠があっただろう。彼は意識のある最後の瞬間に、彼女に望む何かしらの幸せについて考えていたのだ。

「ほら、サラは九十か九十一歳のときにイサクを生んだじゃない」昼食のときにディトマス博士はアイダに言った。「だからあなたのお友達の娘もたぶん大丈夫」

「サラっていうのは誰のこと」

「聖書に出てくる人」

「そういう作り話を信じちゃだめ。でも、あなたの意見は正しいね。五十一歳なら大丈夫。お医者さんたちが何も問題ないようにちゃんとやってくれる。たとえ本当の年齢を知らなくても」

ディトマス博士はその妊婦のことを考えた。子どもはずっと母親のことを十歳若い女だと思い、記憶することになる。でも長い目で見れば、そんなごまかしなどどうということはないのではないか。もしかしたら彼女は百歳まで生きて、九十歳の人間として違和感のない時期に自然な死を迎えるかもしれない。「あなたのお友達は二番目の夫とまだ結婚してるの？」とディトマス博士はアイダに尋ねた。

「訊くと思った！　そこがこの話の妙なところでね、五年後に離婚したの。たいしていい旦那じゃなかったんだよ。彼のために娘の年齢を変えようと、あれだけ苦労したのにね！」

そしていま、真実を知らず、永遠に知ることはないかもしれないほかの人たちは、その事実によって人生を変えられてしまう。でもディトマス博士はアイダにそう言ったとき、感傷的になっている自分に気づいた。

アイダは首を振った。人の人生はいつでも変えられてしまう。現実のことと非現実のことのせいで。その区別ははっきりつけなくたっていい。「ほら私って楽観的な人だから。何もかもうまくいくと思ってる」

「だったらなぜお友達はあなたに来てもらいたいの」

「わかりきったことじゃない？」

「私には全然わからない」

アイダはディトマス博士に説明できたらと思った。秘密をしっかり守りすぎると、その秘密は守った人間を罰する力をより強く発揮するかもしれないことを。アイダは燕子《イエンズー》から話を聞かなくてもわかっていた。彼女は娘の出産がうまくいかなくなるのを恐れているのだ。そして、何十年も前のごまかしが報いを受けろと要求しに戻ってきたのをお互い知っているから、娘と目を合わせるのが怖いのだ。アイダがいても、起こるかもしれないまちがいは修正できない——アイダがいても何の結果も変えられない——でも、おしゃべりで楽観的で励ましをくれるアイダがそばにいて、恐ろしい想定外の事態にも想定内の事態にもきく毒消しになれば、燕子《イエンズー》の孤独感が癒されるのはわかっていた。そして母と娘が守っている秘密が、いさめのために運命の人差し指を左右に振っている感じがしなくなることも。

もちろんアイダは母娘のため、そして赤ちゃんのために行くのだ。それなのに、こういうこと全部を声に出して言うと、彼女の意図とは逆の効果を及ぼすかもしれなかった。うっかり運命をそそのかすいわれはない。「言えるのはこれだけ。私があなたに秘密をそっくり打ち明けたくなったのと同じ理由で、彼女は私にそばにいてほしいの」アイダは言った。

ではは秘密を語り直せばそのたびに薄められ、そのたびに秘密の持つ何がしかの力が削《そ》がれていくということか。ディトマス博士は、なぜ自分はそういうふうに考えたことがなかったのだろうと思った。彼女は何の秘密もない女のふりをして生きてきたが――秘密をいくつか明かすには遅すぎるだろうか。「あなたの言うとおりだと思う。何もかもうまくいくわ」とディトマス博士は言った。彼女は友人にメールを送り、派遣業者の名前を教えてもらっていた。アイダが旅立とうとする頃に誰かを家によこしてもらえるよう、その業者に連絡をとればいい、と彼女はアイダに話した。

「おかげで安心」とアイダは言い、それからディトマス博士を変な目つきで見た。

「何なの」

「ああ、言おうとしたのはただ……えーと、もう考えちゃったんだから、口にしたほうがいいね。私がカリフォルニアに行って留守の間に、死なないでね」

「それはちょっと約束できないわね」ディトマス博士は笑みを浮かべながら言った。

「わかってる。でも声に出して言ったから、もう大丈夫だよ」アイダは言った。

「貘《モー》っていうあの怪物に食べられる悪い夢みたいなものね。言い伝えでは、悪夢を見たら怪物を呼び出せるんでしょ」

「ほんと？　どうして知ってるの」

「今朝ちょっと調べたの」ディトマス博士は言った。

「いつもあなたは、どんなことでも全部知りたがるよね」とアイダは言った。

「職業病ね」

でも、この老女が決して知らずに終わることは、まだある。たとえば、アイダがディトマス博士の姿を初めて見かけたときのこと。数年前の凍えるような朝、ジョギングするには道路が滑りやすくなっていたので、ショッピング・センターのシカモア・モールで早朝の散歩をするたくさんの年配者の中に交じった。そこのスケートリンクに、相棒というよりも影のように若者を脇につかせてスケートをしている、白髪を団子にまとめた老女がいた。茶色いレギンスをはき、ウェディングドレスにしてもいいほど美しいバレエ用の白いチュチュを着ていた。アイダはジョギングの途中で立ち止まって、スケートをする老女を見つめた。そして感じたことのないような切なさを覚えた。もしちがう人生を送るよう生まれついていたら、自分があの女だったかもしれない。とても自由で、とても堂々とした、とても優雅な女。このときは、いつか二人が契約を交わして大事に守り、老女があの世へ旅立つときに、自分がそばにいることになるとは思いもしなかった。

非の打ちどころのない沈黙

年に何度か中国の主要な祝日がある頃に、ある男からミンへメールが送られてきた。ミンは男とこれまで二度会ったことがある。毎年十一月には――彼は十一月三日の誕生日を祝った後で必ずそれを彼女に思い出させ――自分の写真も添付し、彼女の写真をねだるのだった。ここ十二年の間に、彼の孫の数は四倍になった。いちばん年長の孫は大学を卒業し、ニューヨークでいい仕事を得た。その下の孫二人は大学生だ。あと数人いるが、だいたい西海岸にいる。末の孫は生まれつき威厳ある容姿の少年なので、ジュリアス・シーザーにちなんでJ・Cとあだ名をつけた。二〇一二年に妻が亡くなったが、彼は年寄りを悩ます――高血圧やもの忘れなどの――普通の疾患もなく、おおむね健康だ。彼のメールにはほかにもいろいろ詳しく書かれていた。ハワイで一週間の休暇を過ごしたこと。ファーマーズ・マーケットに新顔の夫婦がいて、小学校の教師なのに週末にブルーベリーを売っていること。気に入っていたレストランが賃料引き上げのせいで閉店したこと。ほかのたいていの人ならとっくの昔に送り主に手厳しい返事を書き、メールを送るのをやめるように告げていただろう。それでも送ってきたら、ブロックをしただろう。

「先週、八十四歳になった」と、いちばん最近のメッセージには書かれていた。「申年《さる》の生まれなんだ。誕生日に撮った家族写真を添付するよ。私の記憶力にまだ問題がなければ、君は子年《ね》だった。

だから四十四歳だね。君の写真を送ってくれないか。いまの姿がわかるように」

午前三時。こんな時間に、シアトル郊外の長男の所帯から五分ほどの高齢者施設に住む男が、サンフランシスコの南に住むミンにメールを書き送ってきた。ミンは慢性の不眠症であり、眠れないときに携帯電話をチェックすれば症状が悪化する。男がミンの年齢の計算で夜の隙間を満たすだけでも嫌なのに、眠れないときにメッセージに待ち伏せをされるなんて、はるかに嫌なことだった。放っておいてほしいと男に告げようかと考え、頭の中でこんな言葉を思い描いた。あなたは迷惑な人。恥を知りなさい。

でも朝になって双子を車で学校へ送りながら、ミンは返事をしなくてよかったと思った。もしかしたら今月か来月あたり、男は死ぬかもしれない。でなければ今年か来年あたりに。ミンは彼のメールが来なくなる日が待ち遠しかった。沈黙で戦いに一度は勝利することになる。

「ママ、あんたがまちがってるってエミーに言ってよ」とディアナが言った。

「ママ、あんたがまちがってるってディアナに言って」

昨日、娘たちは学校の教材園のひよこが二匹増えたと話していた。パンケーキとワッフルだ。そう名づけられたのは、園芸の先生が二匹を見分けられなかったからだ。エミーは小屋の掃除をしたら、二匹のちがいがわかるようになったと言い張った。ディアナは、エミーがパンケーキと呼んでいるひよこはもともとワッフルだったかもしれないと抜け目なく言ってのけた。

ミンは二人とも正しいと言ってから、「ある意味ではね」と付け加えた——娘たちの意見が合わないときに彼女がよく使う言い回しだ。二人はすぐに連帯して反論してきた。

「話題を変えようか」とミンは言った。

「アミーリアがね、催涙スプレーを香辛料だと思ってたって言うの」ディアナが言った。

「アミーリアのミドルネームは何かのパスタの名前なんだよ」とエミーが言った。

「ちがうよ。チーズの名前だよ」とディアナが言った。

「両方かもしれない」とミンは言った。ある意味ではね、と彼女は思った。すべては何か別のものでありうる。

「ケビンは共和党支持者なの」とエミーが言った。

きっとミンの耳に届いていないことが何かあるにちがいない。「どうしてわかるの」

「トランプに手紙を書いたんだよ」とエミーが言った。

「それでね、〈トランプさんへ。僕はあなたの支持者です。でも、もっといい人になってくれませんか。そうすればもっとたくさんの人が好きになるでしょう〉って書いたの。ほかの全員がヒラリー・クリントンに宛てて書いたのに」ディアナが言った。

ミンはバックミラーで双子を見た。二人は自信ありげにうなずき返してきた。いろいろ訊いてみたら、昨日「選挙結果について考えよう」という課外活動のときに、三年生全員がクリントン氏かトランプ氏のどちらかに手紙を書いたことがわかった。


ケビンの母親のサンドラは、学校の駐車場でミンと出くわしたとき泣いていた。ケビンが共和党支持者だという話を聞いたか、とサンドラに尋ねられ、ミンは聞いたと答えた。「あの子の手紙は展示しないでくれって先生に頼んだの。まず私に相談してくれたらよかったのに。共和党支持者だとどうなるか、あの子にはわからないもの」サンドラは言った。

「これといった問題は起きてないよ」とミンは言った。「子どもの全員が親に言うでしょうね。まだ言ってないとしても」サンドラはそう言ってから、親の一団が近づいてくると、「コーヒーを飲みに行きましょう」と誘った。

サンドラとミンは二年前から学校のホスピタリティ委員会（懇親会などを催して学校関係者をもてなす親の組織）で奉仕活動をしていた。その前はシラミ駆除班だった。サンドラは食料品店で経験したごくささいな出会いでも、始めと中と終わりがある一つの物語に仕立てることができ、ミンはそれを聞くのが好きだったので、二人は仲がよかった。ミンはサンドラに会うと母親を思い出した。若くして夫を亡くしたものの、物語ることへの愛着を失わず、いつもよく笑っていた。

物語を語る母親の才能を、ミンは受け継がなかった。双子が幼稚園にいたとき、ミンは先生から責められた。「娘さんたちは読書が得意です。でもこの国には、一人で読める子どもにも読み聞かせる伝統があるんです。絆を深める体験です」

「この国には」というのは、カリフォルニアの進歩的な学校の人間が言いそうなことではない感じがした。それでミンは先生の意見を気にしないことにした。読書をするとき、娘たちはミンが読んで聞かせるよりも臨場感のある実演を一ページごとにやる。もし先生にまた言われたら、娘たちの創造性を育てたいのだと言おう。「創造性」というのは何にでも使える合言葉だ。

さてコーヒーを飲みながら、サンドラは選挙の投票日の夜について詳しく語ってくれた。「開票が始まる前から胃に穴が開きそうな気分だった。二階へ上がって、ケビンのハロウィーンの衣装をいじってたの。どこかがおかしいと思ってね。ピカチュウの耳の一つが曲がって見えて。ママ、もうハロウィーンは終わったよってケビンは言ったけど、私はそれを寄附できるように直しておきたいって答えたの。でもやればやるほどおかしくなっちゃって。それからチャックが入ってきてね、雄叫びを聞かされたの。勝つぞ！　勝つぞ！　ケビンはどうしてテレビがついてないのって下に下りていったけど、チャックはえんえんと叫んでた。奴が勝つって言っただろ？　そう言わなかったか？　おまえは俺を信じなかったよな。私が下へ下りていかないかぎり、一晩中そうやって叫び続けるのがわかってたから、私は下りていって、もう寝る時間だってケビンに言ったの。ケビンは、まだ早い時間だからパパとテレビを観たいって答えたんだけど、そうしたらチャックが言うの。こりゃまたおまえ、どうしたってんだ。この子が夜更かしして一緒に祝ったっていいだろう」

ミンの家では声を張り上げたりしなかった。彼女も夫のリッチも選挙結果の話をしないし、一瞬たりと平静を失わない。ミンはリッチがトランプ支持者であることをサンドラに明かしたことがなかった。チャックは掃除用品を扱う会社を経営していた。三世代にわたる家族経営だ。リッチは北京の貧しい地域で育ち、かなり以前に中国名を捨て、技術系ベンチャー企業に勤めていた。どちらの男も相手のことを敬意を払うに値しないと思うだろう。自分たちの夫は両方ともトランプに投票したこの郡の二割に入っているとサンドラに話したところで、何になるだろう。屈辱が人を親しくさせることはない。

サンドラはチャックに面と向かってわからずやと言ってやったら、同じぐらいひどいことを言い返されたと話していた。ミンはリッチに侮辱するような発言をしたことはない。彼がミンと結婚したのは、きつい言葉を使わないタイプの女だからだ。二人が選挙の話をしたのは一度だけ——最近は、子どもや買い物リストや休暇の計画といった安全地帯からあえてはみ出すような会話をすることはめったにない。リッチはトランプを擁護する熱烈な長い演説をぶち、ミンがただクリントンに投票するとだけ告げると、洗脳されていると言った。そして「女は髪が長ければ長いほど浅はかだ（頭髪長見識短）」と、気に入っている中国語のことわざを引用した。それは彼の父親も、その前は祖父も、気に入っていたことわざだった。

「誰かの死を願いすぎて、願っただけでその人が死にそうな気がしてくることはない？」とミンはサンドラに言った。

「きっとそう感じてる人はあなただけじゃないよ」

「ああ……」とミンは言い、トランプのことじゃないと明かした。

「誰の話なの。リッチじゃないといいけど」

「まさか」

「じゃあ誰」

老人が早く死ぬのを望むなんて薄情だ。すぐにミンはいま読んでいる小説のことを話し、その登場人物の首を絞めたくなると言った。下手な嘘だった。悩みを抱えていなかったら、サンドラはもっと問いつめてきただろう。ケビンの味方だと表明する子どもが誰もいないのは気の毒だ。父親がトランプ支持者だと口にしないようミンは双子に注意したが、そんなばかなことやるわけないでしょ、という答えが返ってきた。

ミンにメッセージを送るのをやめようとしない男は、ある意味では彼女の結婚の原因を作った。でもその考えが浮かぶたび、リッチと結婚するよう誰からも強制されたわけではないと彼女は自分に言い聞かせた。

ミンは十九歳のときに初めてその男に会い、将来義理の父親になるかもしれない人として紹介された。北京の有名大学の言語学の教授で、アメリカに三人の息子がいた。仲人の話では、マイクロソフトに勤めている長男をミンの相手にどうかと一家は考えているが、それがうまくいかなくても息子はほかに二人いるとのことだった。

ミンは学業の面ではあまりぱっとしなかった。若い女性に秘書の仕事を教える職業訓練校に通い、卒業後は百貨店に勤めていた。どうしてこの息子さんたちはアメリカにいるのに中国で奥さんを見つける必要があるの、と母親に尋ねたが、目の見えない人に道を訊いてるよ、と母親は答えた。だけどおまえほどいい子はアメリカにはいないんじゃないかねえ。

母親にとってアメリカが魅力的にうつっているのが、ミンにはわかった。ミンの父親は彼女が中学二年の頃に亡くなった。十八歳のときから働いている製鉄所の事故のせいだった。父親の死後は母親が新聞の売店をやって稼ぐ金で、ミンと母親はつつましい暮らしをしていた。父親の事故の補償金を、母親はミンの結婚持参金として貯金していた。

ミンはいっときだけ女子学生らしく熱を上げたことはあっても、誰かと交際をしたことはなかった。彼女は器量よしだった――人目を引く感じではないが、古典的な容姿をしていた。明時代の絵や時代劇映画に出てくる人物のように、なで肩で首が長く、つるんとした肌をしており、目と鼻と口が整っていた。

ミンは、非の打ちどころがない娘の役目を負って生まれてきた、と思いながら成長した。そしていつか非の打ちどころがない嫁になり、妻になり、母親になるのだと。結果的にはこのどれにもならなかったが、不足しているのはどこかわからなかった。完璧な人間がいないのはわかっていた。

でも、本や映画に出てくる女たちの欠点には、意味があったり魅力があったりするように見えることが多い。学校のほかの母親たちが不幸そうなときは、もっともな理由があった。夫が不倫しているとか、子どもに病気の診断が下ったとか、学校の寄附金集めオークション委員会で権力が移行したとか。

ひょっとしたら誰もが巨大な人形の家で生きているのかもしれない。中にはエミーとディアナの人形みたいに、いくつもの筋書きや劇的な事件や刺激的なできごとのある複雑な過去を持つ者もいるし、ミンが幼い頃持っていた唯一の人形のような者もいる——硬いプラスチックでできていて、曲がらない腕や脚が球状のソケットで胴体につけられていた小さな子。ミンはその人形を律儀に持ち歩いていたが、その子の物語を作ったことはなかった。冬の夜、人形が一度だけ惨事に見舞われた。ミンが人形を窓辺に置いていたら停電になり、アパートの気温が下がった。すると彼女にも両親にもわからない理由で、人形の脚の一本がソケットからはずれ、戻せなくなったのだ。

一本脚の人形をミンは手放さなかった。切断された脚に悲しみを感じた記憶はない。人形は人形なのであって、彼女は感傷的な子どもではなかった。

ミンは教授に会うぐらいはかまわないだろうという意見で母親と一致した。十九歳の彼女は、一部の親が息子に理想的だと考えるタイプの若い女だった。きれいでおとなしく、苦労を知っているので夢見がちな箱入り娘ではないが、かといって陰気というわけでもない。父親を亡くしているというのに。

日曜日にミンと母親は仲人のマンションの部屋で男と会った。一緒にお茶を飲んでいたら、やがて仲人がミンの母親と近所の公園を散歩してこようかと提案した。ミンは一人で男と取り残されたが、彼に認めてもらうにはどうすればいいのかわからなかった。彼は映画に出てくるような教授らしい感じで、金属フレームの眼鏡をかけ、白髪をきっちり分けていた。彼は質問をするとき、彼女の父親なら使わないような言葉を使った。あなたの世界観はどのようなものか。自分の潜在力を最大限に活かすため何をしているか。彼女が言葉に迷っていると、彼は自己を啓発し完成させる過程は、舟を漕いで川をさかのぼるようなことだと言った。それから『新概念英語《ニュー・コンセプト・イングリッシュ》』という教本のシリーズを取り出し、自分はどのレベルだと思うか、ミンに尋ねた。彼女はその教本のことを聞くのは初めてだったが、男は眼鏡越しにこちらを見て、もしアメリカに行きたいならすぐにでも英語の勉強を始めたほうがいいと言った。

ミンは面接に落ちたのだと思った。別にどうでもよかった。

男はソファに座っている彼女の隣に来てシリーズ二冊目の本を開き、「個人的な会話」という題の最初のレッスンを、彼のあとについて言ってみるよう求めた。二人で本の上へかがみこむときに肩や太腿が触れそうになったので、彼女は体をこわばらせた。

父親のような思いでふるまっただけかもしれないと、ミンは後で思いこもうとした。彼は教本を彼女に渡し、今度の週末に電話をよこすようかたくなに求めた。そして家庭教師をしてやれるように予定を調整すると言ったが、仲人とミンの母親の前ではそのことを持ち出さなかった。その代わり、息子は夏に里帰りするので、そのときに若者同士でちゃんと会えると告げた。

ミンは一度も電話しなかった。家に電話はなかったし、公衆電話を使うのは嫌だった。教授が仲人を通じて緊急に話したいと求めてきたときですら、返事をしなかった。彼から借りた本は古新聞の束の下に埋もれた。数週間たつと、男と一度も会ったことがないような気分になれた。男の指は別れの挨拶をするとき、彼女の腕にちょっと長めに触れていた。

ある日、ミンはいい嫁の候補ではないと教授が判断したことを、母親から告げられた。知的な一族に迎えるには勤勉さや聡明さに欠けるというのだ。この決定は、仲人を通じて母親に伝えられた。

「あの人が持ってきた写真を見た？」ミンの母親が言った。「息子はまだ三十前なのに、もう禿げてるの。この教授があなたでは頭のいい孫ができないって心配してるんなら、私だって同じぐらい心配。マイクロソフトの息子なら見た目の悪い孫ができるってね」

友人や隣人の間で「片親のいない子と未亡人」として知られるミンと母親は、その肩書にふさわしいおごそかな態度を崩さないようにしていたけれど、周りに誰もいないときはいろいろなことで笑い合えるのだった。


数日後の夕食の席でエミーが、ケビンは共和党支持者として評判だという話題を持ち出した。どうやら同級生たちの間ではその評判がすでに固まってしまったようだった。「皆、気の毒だと思ってる」とエミーは言った。

「私は思わない。気の毒だと思うのは、あの子が好きだからでしょ」ディアナが言った。

「おまえたちは、男の子や政治について話せる年にはまだなってないと思うがな」リッチが言った。

「すごい年齢差別」とエミーが言った。

ミンにはリッチのいらつきが伝わってきたが、彼はエミーには冷たい視線を投げただけで、それからディアナのほうを向き、今日はどんな一日だったか尋ねた。リッチは長年の間に円《まる》くなった。長子のイーサンが子どものときはもっと厳しくて怒りっぽい父親だった。イーサンは大学を卒業したらすぐにシンガポールに移住してしまった。ミンは息子がいないことを身を切るように感じはしなかったが、母親として息子を恋しがるのがもっとうまくなるべきだと思っていた。二十一歳でイーサンを産み、そのため早くやることになった母親業は、長年のうちにぼやけた記憶になってしまった。息子のことは愛したし、いまでも愛している——これだけは確かだけれども、好きかどうかはわからなかった。好きにならずに愛することができるものなのだろうか。イーサンとリッチは緊張をはらんだ関係ではあったが、二人の世界観は似ていた。二人から見れば、人生でどんな行動をしようと、その代償を計算できないのは人格における欠点だ。そして、ほかの人間を利用しないのは罪だ。

将来の義理の娘が誰になるかはわからないが、ときおりミンはその女に同情し、もっと賢い選択をしてくれたらと願った。

十年前、離婚の危機にあった夫婦関係に対するリッチの解決策は、また子どもをもうけることだった。離婚したら全員に災難がふりかかる、とリッチは冷ややかに説いて聞かせた。イーサンはいらぬ騒動を思春期に経験することになるし、リッチは経済的な損失に直面することになるし、ミンもそうなる——彼は自分の損失を最小限に、彼女の損失を最大限にするためなら何でもやるだろうから、これは確実だった。リッチはすべて本気で言っていることをミンは知っていた。養育費を払わなくてもすむようにするため、彼は資産を中国に移すだろう。さらに、イーサンの親権を求めて争う。でも、彼女はお金も息子も欲しいと思っていないことを、リッチは知らない——短い間だが、彼女はそんなふうに考えて妙な慰めを見出していた。イーサンが前に通っていた保育園のパートの簿記係として稼ぐ給料で、なんとか質素に暮らしていくことはできるのだ。

でもそんなにあっさり子どもを手放すなんて、どういう母親なのか。夫を愛せないなら、せめて子どもをもっと愛するように努めるべきだ。もしかしたら、赤ちゃんをもう一人作るのは悪い考えではないのかもしれない。

母親業というのは、よくある自動更新の契約みたいなものだ。何もせずにいるとクレジット・カードに請求が来る。でも、自動装置に人生を乗っとらせてなぜいけない。

「クリントンが当選していたら、どんな危険性があったか説明してみなさい」リッチが娘たちに言った。

ミンは黙って食べても平気だが、リッチは夕食には会話が必要だと信じていた。子どもたちが実社会で秀でるための準備だ。「それを想像できないなら、この席で政治の話をする資格はないぞ」

エミーは舌を出した。リッチのお気に入りであるディアナは——双子のもう一人と母親を合わせたより頭がいいと彼に言われたので、気に入られていることを知っていて——両手をあごの下で組んだ。「どんな危険性なの、パパ」

「たとえばな、男子が学校で女子トイレを自由に使えるようになっていた。そんなことを歓迎できるか」

「政治の話はしないことにしたんじゃなかったかしら」とミンは言った。

「子どもたちにものを教える必要があるときは別だ」とリッチは言った。

ミンはふいに立ち上がってキッチンに行き、忘れ物でもしたかのように冷蔵庫の中をかき回した。キッチンのカウンターにはワインの瓶があった。リッチがそれを持ち帰り、彼女にラベルを読んで聞かせ、金額を告げた。特別なものが欲しくてね、と彼は言った。選挙結果を祝うために友人夫婦が土曜日に訪ねてくるからな。彼女は瓶をそっと押してカウンターから落とそうかと考えた。彼は怒鳴り声を上げたくなったら、まず娘たちに寝室に行くように命じるだろう。こちらが偶然だと言っても、そんなことを信じる人間はいないし、たとえ偶然だったとしても許せないと応じてくるだろう。ただのワインでしょ、こんなささいなことで許してもらう必要ない、と彼女はやり返すだろう。彼はまた何か口にするだろうが、会話をエミーにさえぎられるだろう。この子はディアナほどうまく嵐をやり過ごすことができない。二人とも何を言い争ってるの、とエミーは訊くだろう。するとリッチは口調をやわらげるように努め、大人の会話をしているんだと言う。エミーが何の話かと訊くので、私たちの根本的なちがいについて、とミンが答える。離婚するのかとエミーは訊くだろう。とんでもない、と二人は口をそろえる。

でも、映画で観たことがあるようなこんな筋書きは、この家庭では決して起こらない。ミンとリッチはどちらも相手にいっさい幻想を抱かずに結婚した。ある程度の幻想があって始めたわけでもないのに、その結婚へ愛の入る余地があるだろうか。二人は現実主義的な人間だった。結婚は天候のようなものであって、それを思いのままにしたり変えたりしようなどと欲をかくことはしないで結婚生活を送っていた。そしてお互いのことを、予報を出せるほどよく知っていた。

教授に会った数週間後、ある若者があなたに会ってみたいそうよ、と母親から告げられた。彼はアメリカで働いていて、いま里帰りをしているところだという。「それで今回は」と母親は言った。「ご両親のことを聞いておいたの。うちみたいな人たちで、知識人じゃないんですって」

メールオーダー花嫁。自分はそれだったとずいぶん後になってからミンは考えた。とはいえリッチとは八か月の間、手紙と電話を使って遠距離交際をしていた。彼のことは嫌いではなかった。でも彼の手紙を読み返したことはなかった。そこには指示が書き連ねてあることがよくあった。ある手紙には「身なりは人を表す」と書かれ、さらにブランドものの服や靴で装うことの重要性が語られていた。「自分の地位や自信を高めるためだ」という。別の手紙には「豊かになろうと強く望まない者は恥を知るべきだ」と書かれていた。「特にアメリカでは」と。英語を学び、計算力をつけ直すよう、彼は電話でミンを促した。彼女をコミュニティ・カレッジの会計のコースに入学させるつもりだったからだ。そうすれば高い年金がもらえる安定した公務員の職を見つけることができるし、もしやる気があって優秀なら、もっと給料のいい会社や事務所に入れる。

リッチはミンと似た家庭環境で育った。彼の父親は公共浴場のボイラー室で働いていて、母親は高校の食堂で働いていた。リッチは多くの幼なじみと同じように、中学を出たら工場で見習いをやっていたかもしれない。その道を進むのを思いとどまらせたのは、五年生のときの担任教師だった。リッチはミンに長距離電話をしたときに初めてその話をし、その後は彼女と子どもたちを相手に語るのを楽しんだ。

その話はこうだ。リッチと友達数人がある日の午後、学校をさぼった。翌日、先生はいつものように宿題を多めに出して罰するのではなく、その男子たちを教室の前方に立たせ、ほかの生徒たちに彼らの二十年後や三十年後を想像してみるように求めた。

誰も口を開かずにいたら、先生は男子たちのほうを向いた。「最後にはあんたたち全員が、夏の晩によく裏通りに座ってる男たちみたいになる」彼女は言った。「下着姿でベルトの上に三段腹をはみ出させて、ビールかたばこを持ってて、それでいい気分になるには妻や子どもを怒鳴りつけるぐらいしかやれることがない。親があんたたちのことを恥じないなら、きっとあんたたちの子どもが恥じるようになる」

リッチはいつもこの先生の言葉で話を終えるのだが、ミンはそこで終わる話ではないことを知っていた。彼の父親がそういう男の一人だったのだ。彼女の父親も似たようにみなされる人だった。もし北京にとどまっていたら、そういう男と結婚していたんじゃないだろうか。幻想はいっさいなかったと言うのは、まちがっているのかもしれない。

リッチは彼女に環境の変化をもたらした。ミンが彼にもたらしたのは子孫を持つ可能性だった。彼をほめたたえ、崇拝してくれるような。

ミンとリッチが電話で結婚することに決めたとき、本当にいいのかと母親は問いかけた。ミンはいいと嘘をついた。リッチから結婚の話をされる前から意思を固めていたが、それは教授の訪問のせいだった。母親は売店にいたのでミンが玄関のドアを開けたら、教授がまるで彼女を待たせていたかのように部屋に入ってきた。彼は古い家具や十二インチの白黒テレビをじろじろ眺め、それからこちらを向いた。「電話を待っていたんだよ。約束を守らなかったね」

この男に会ったこともないふりをするのが、急に子どもっぽいように感じられた。教本をまだ持っているのを彼は忘れているだろうと期待するのもまた、子どもっぽいように思えた。ミンは新聞の束の下から教本を引き抜いて、まともな謝罪の言葉を口にしようとしたが、彼にさえぎられた。

「英語の勉強をみてやるために、定期的に会う時間を決めようと思って来たんだ」

ミンは彼に礼を述べ、その必要はないと言った。

「なぜ必要ないんだい。育ちのせいで自分の水準を下げてはいかん」

「私は息子さんにふさわしくないと思ったんですよね」とミンは言った。

「ああ、気が変わったんだ。君は翡翠《ひすい》の原石みたいなものだ。わかっていない人間にとってはただの石だろうが、君はちがう。私のように価値がわかる人間が、君を磨き抜かれた名品にしなくてはならん」

ミンは後ずさりしたが、教授は近づいてきて彼女の肩に手を置いた。親指が鎖骨に触れていた。

「わかったかい。私には、君にしてやれることがいろいろあるんだ」

「すみませんけど、何もしていただかなくていいです」

「なぜだ。うちの院生ですら私からこんなふうに目をかけられることはない」

ミンは首を振った。彼の指が肩をいっそうきつくつかんだ。「でもいま、お付き合いしている人がいるんです」と彼女は言った。

「付き合っているとはどういうことだ。ほんの二か月前には息子との結婚に同意していたのに」

「していません」

「だったらなぜ私に会った。付き合っているその男は誰なんだ。いいか、私は君をアメリカに行かせてやれるんだぞ」

「お付き合いしている人はアメリカにいます」ミンは言った。「その人と結婚します」

男の目に浮かんだ怒りは、心配している父親の怒りではなかった――十九歳のミンにすらそれがわかった。その憤慨は、裏切られた恋人の憤慨だった。「じゃあ君は私のことを利用していただけなんだな。だがいま、もっと役に立つ人間を見つけたわけだ。君のような若い女に道義心なんてものはないことぐらい、わかっていたはずなのにな」

ほかの女なら面と向かって彼を笑い飛ばし、頭がおかしいと言っただろう。ほかの女なら手を振り払い、ドアを指さしただろう。「ご期待に添えず、すみません。どうすることもできないんです」とミンは言った。

「できるとも。私が英語を教えてやることはできる。息子と結婚しなくてもいい。ただ会いに来ればいい。うんと言いなさい」

彼の訴えの情けなさに、ミンは哀れみで身をすくませた。彼から渡された権力を受けとりたくなかった。それは権力というよりも義務、それどころか負い目だった。彼に見出されたとたん借りを作ってしまったのだ。それでも彼を哀れに思わずにはいられなかった。あなたはばかなまねをしています、と言いたかった。私は地位も影響力もないただの女の子なのに。なぜこんなふうに自分から恥をかくのですか。

これまで長い間、ミンはそのときのことを必死に考えまいとしてきた。でも男からメールが届くと、若い頃の自分にこう言い聞かせたくてたまらなくなることがよくあった。ばかなまねをしているのは彼じゃなくてあなたでしょう。こんな愚かなことをしない男性と結婚したほうがいいと思って、結婚を急いだのはあなた。狂った目をしない男性がいい夫になるとあなたは思ったのだけれど、もしかしたら結婚はもっと病《やまい》のようであるべきなのかもしれない。夫婦はともに快復できるよう、その病にかかることで合意する。ともに快復できる夫婦もいればできない夫婦もいるものの、二人はそれぞれ別の苦しみや希望を持ったままでいることはできない。

「いいか。娘たちと政治の話をしないでもらいたい」その夜、双子が床についた後でリッチが言った。

ミンは黙っていた。

「うちの子たちにあの左翼のホラ話を聞かせたくないんだ」

同じ会話がサンドラの家でも交わされているだろう。でも、それは感情的な言葉を手榴弾のように投げ合うような、もっと熱い戦いだろう。

でもサンドラはチャックと離婚しない。ミンがリッチと離婚しないように。

「それから、はっきりさせておくが」リッチは話を続けた。「君がどっちに投票したか娘たちに訊かれたら、トランプに投票したと答えるか、それが嫌なら投票しなかったと言ってくれ」

娘たちはすでに夫の真実を世間に明かさないよう心得ているのだから、ミンは一矢報いたような、つかのまの喜びを感じた。数年たてば、娘たちは十代の若者になる。エミーは感情をすぐ表に出す神経質な人間になるだろう。ディアナのほうが内気だが、父親の権威をくつがえす気になれば、より如才なく、しかも破壊的にやってのけるだろう。ミンはただ辛抱して、双子が大人になるのを待っていればいいのかもしれない。ミンの母親も、父親が亡くなったとき同じように感じたのだろうか。子どもが成長すれば、親が解決してやれない問題を解決してしまうと。

子どももまた、自分では解決できない新たな問題を見つける。無害な男が死ぬのを待ってもいいが、男は支配の手をゆるめないだろう。自分の人生の一部だとでも言わんばかりに。

彼の言葉を借りれば「またつながるため」に、教授が初めてミンにメールを送ってきたのはイーサンが小学生の頃だった。この前の夏、と教授は書いていた。十年以上前にアメリカに移住して以来初めて北京を訪れ、ふと思いついてミンが以前住んでいたアパートの建物に立ち寄った。驚いたことに、と書かれていた。建物はまだ取り壊されておらず、彼女の母親はまだそこで暮らしていた。「昔の痕跡をこれだけ見たら、君とまた連絡を取り合おうという気になってね。音信不通になった友として」

孤独か望郷の念から書き送ってきたものとミンは自分に言い聞かせ、無視しつつも思いやりを持とうとした。ただ沈黙を守ってさえいればいいのだ。でも、いまになってわかった。冷静に沈黙を保っても、威厳を見せることにならない。翌月も、それからしばらくたってもまたメールが届き、いまの自分が彼の記憶している若い女とそう変わらないことを思い知らされた。彼の頭の中では、いまだに若くてきれいで従順なのだ。沈黙していても、彼の尽きせぬ想像を止める役には立たない。

その晩、眠れないミンは前の晩に来た男のメールを開いた。そして読みやすいように大きな書体で書いた。「メールを送るのをやめてください」

それから考えを改めて削除し、こう書き直した。「くたばれ」

母親に疑わせて

ナラントゥヤーは午後の間ずっとルーブル美術館で動物の数をかぞえていた。前の日はモンパルナス墓地で石や大理石や青銅の天使の数をかぞえたのだが、ゆっくり昼食をとってから始めたし、気に入ったものをいろんな角度から撮影したので、敷地の四分の三まで進んだところで十一月の雨まじりの黄昏を迎えた。順番どおりにすべての数をかぞえる単純な行為に、ナラントゥヤーは慰められた。もしかすると一人きりでパリにいながらにして、モンゴルの草原地帯にいた先祖たちとようやく一体になれたのかもしれない。先の運命が読めない先祖たちは、数をかぞえられる家畜を見るときっと安心感を覚えただろう。でも、こんな感傷的な思いはまやかしのような気がした。ナラントゥヤーの両親は内モンゴル自治区フフホト市出身のモンゴル人で、人種的には中国人と区別できる人はほとんどいない。両親は三十五年前、中国の舞踊団が最初にサンフランシスコに滞在した後、舞踊団の党支部書記ら数人とともに逃亡した。ナラントゥヤーの母親はソプラノ歌手で父親は馬頭琴《モリン・ホール》の奏者だったが、二人でカリフォルニア州セントラル・バレーにある小さな町の中華料理店の経営者に転身した。ナラントゥヤーはアジアに足を踏み入れたことがなく、モンゴリアン・ビーフ（モンゴルとは関係ないアメリカの中華風肉料理）並みにアメリカ製だった。

ナラントゥヤーは後で案内所に行って、ルーブル美術館にいる動物の――絵画に描かれたもの、彫像になっているもの、現実のものや神話のもの、隅に隠れたものや、キャンバスで目立っているものなどの――正確な総数を教えてもらえないかなと考えた。猫や犬や馬や鳩や兎や鶏や猿やライオンや魚をくまなく探して午後を費やした人間は、自分の記録がどれだけ正しいのか知るぐらいの権利はある。でも案内所の女性に「ここに動物は何匹いますか《コンビヤン・ダニモ・ソン・ティシィ》」と尋ねても、理解を示そうとしないかもしれない。女性は迷った人に道を教え、まっとうな質問に答えるためにいる。ナラントゥヤーは霧雨の降る夕暮れの中へ踏み出し、考えた。もういいや、人生には案内所がないんだもの。ナラントゥヤーが一人でパリに来たのは、生きている男一人と亡くなった男二人のためだった。旅行ガイドには、パリの人口は二百万人を超えると書かれている。二百万人の異邦人に交じってみると、その三人の男はただの塵にすぎないように感じられた。

パリ旅行のために買ったノートに、ナラントゥヤーはいくつかリストを作っていた。

ありふれたこと。たとえば見るべき名所、行くべき美術館、食べそこねてはいけないフランス料理、お土産を買うためのチョコレート店。

望んでも達成できそうにないこと。たとえばメールを使わないこと、インスタグラムやツイッターを覗かないこと、ニュースのウェブサイトを見ないこと。これらは毎日やりそこねていた。

達成できること。たとえばルーブル美術館で動物の数をかぞえること、墓地で――塑像や彫刻の――天使の写真を撮ること。栗の実を二十二個集めて、小さな墓に埋めること。

ジュリアンが亡くなったのは、ナラントゥヤーが戦没将兵追悼記念日《メモリアル・デー》（五月の最終月曜日）を含む週末に地元を離れていたときのことだった。二十二歳一か月。事故だった――少なくともナラントゥヤーの両親はそう思いたがっていた。彼はオレゴン州で何人かの友人とキャンプをしていた。薬物の過剰摂取。若い命を最短で一つのデータ要素に変えてしまう道。彼女はその後の数週間、友達にロシアン川へのハイキングに誘われたときも、同僚たちの金曜午後の飲み会も断った。一時的に孤立するのは悲しみのせいだと勘違いされても気にならなかった。ジュリアンより十一歳年上のナラントゥヤーは、両親よりも弟の面倒をみた。最初は家族経営のレストランで背中におぶい、それから帰化証明書をもらった両親がなお外国人扱いされている国を、渡り歩けるよう彼を手助けした。

ナラントゥヤーはその週末を、これまで何度かしたようにトマレス湾を見渡せる別荘でマークと過ごしていた。曲がりくねった道の突き当たりにあり、糸杉や松の木に囲まれたその家はマークと妻のキムのもので、いちばん近い隣家でもかなり歩かなければならないほど離れていた。ナラントゥヤーとマークがそこで週末を過ごすときは、ビーチには行かなかった。風呂に浸かり、ソファの上で愛し合い、知的な会話がいらない映画を観る。霧が出てくるとマークが火をおこす。夏に暖炉の炎の前でワインをちびちび飲んでいると、ナラントゥヤーはロマンチックな人間ではないのにロマンチックな気分になった。子どもの頃は親のレストランで長時間労働をしていたけれど、自分は生まれつき怠惰だと言ってはばからなかった。彼女にとって完璧な週末とは、ソファにゆったり座ってバルコニーの餌台にハチドリが来るのを待ち、ＳＮＳの投稿をチェックし、何も考えないことだ。

仕事帰りの一杯を飲みながら始まった不倫——マークは同じビルの二階上にいる次長だ——この不倫は有効期限付きだった。キムはシンガポールにおり、母親が未亡人になったばかりのうえ手術を受ける必要もあったので世話をしていた。ナラントゥヤーとマークが一緒にいるときには、マークの結婚生活と同様、ジュリアンの死もそこへ入りこむ余地がなかった。この不倫に愛の出る幕はない。二人とも裏切り者だ。彼は妻に対して。彼女は弟の思い出に対して。

ナラントゥヤーはパリのユニベルシテ通りのレストランで、一階の小部屋の隅にある席に案内された。白のハウスワインを飲みながら、その日初めてSNSを覗いてみた。そこには七面鳥やパンプキンパイや色鮮やかなテーブル装飾が、ミスコンテストの出場者一同みたいにずらりと並んでいた。それからもう一つ並んでいたのは、過去の――好まれないし好ましくもない――男のことで声を上げる女たちだった。でも、もっと曖昧な状況どころかささいなできごとまでもが、ときに深刻な衝突に変えられてしまうこともある――それで思い出されるのは、ナラントゥヤーが個人的な選択だと考えても、それが自分以外の人たちにとってさまざまな意味合いを持つことだ。大学にいた頃、彼女は研究室で働きながら学ぶ学生だったが、理科系の分野における女子や有色人種の学生について、その描写のされ方に対する抗議活動に姿を見せなかったと、院生に問いただされたことがあった。「我々があなたたちのために闘うのをただ座って待っているだけじゃだめ」とその院生に言われた。さらに学友の一人から「知的にも道徳的にも受け身」と言われたが、彼女は自己弁護する代わりに彼の髪を見て、流行りだからと団子にまとめているのが嫌だなと思っただけだった。

マークの受難が始まったのは秋だった。二人のインターンに苦情を申し立てられたのだ。ただちに会社で彼がその若い女性たちとどんな触れ合い方をしたのか詳しい調査が必要とされた。頰へのキス、背中をぽんぽんたたく仕草、場違いにすぎなかったかもしれない冗談。会社の規模は醜聞がすぐに広まる程度には小さかったが、一つの噂がいくつもの噂に拡大される程度には大きかった。極楽鳥花のようにいつも優雅で、非の打ちどころのないふるまいを続けるキムを、ナラントゥヤーは見守っていた。その結婚生活に何が起こっているか想像がつかなかったが、トマレス湾の別荘以外のことにまで好奇心を広げなかった。自分が彼らの結婚を破壊するようなことをしているとは思っていなかった。すべての結婚は破壊できるけれども、ひびは常に内側から入るものだ。

ある日ナラントゥヤーは、マークがいる階の会議室を使う口実を見つけた。でも彼には出くわさなかった。後から思えば、姿を見たいと思うなんてばかげていた。彼に何を言えただろう。私は道徳的にも知的にも受け身な人間だから、心配いらないとか？　怠惰なだけに、口がかたいとか？

レストランに若い女が入ってきた。二人のウェイターと給仕長が両頬にキスをし、窓辺の席に案内した。彼女は薄化粧をして、自分にだけ聞こえる曲でも聴いているかのように目を伏せて笑みをちょっと浮かべていた。腰かける前に、とても軽そうなカシミアのショールを体に巻いた。ナラントゥヤーにいちばん近い席にはイタリア人の男女がいて、その向こうには白髪のアメリカ人と彼のデートの相手がいた。どちらのカップルも——そしてナラントゥヤーも——女が席に座るのを見つめていた。彼女はワインがただちに運ばれてくると、ほほえみをグラスに向け、それからグラスのステムを持つ自分の指に向けた。体全体が他人からの視線を意識しているのに、目は合わさない。ナラントゥヤーはやじを飛ばしたい衝動に駆られた。

でも、ナラントゥヤーはやじを飛ばしたりしない人間だった。俗人を笑うもっといい方法は、調子を合わせて憧れているふりをすることだといつも思っていた。愉快になれるのが自分しかいないとしても気にしない。よく人々からいい人——それどころかおとなしい人——とみなされるが、それも苦にならなかった。他人にはこういう人間だと思いこませておけばいい。それが的外れであればあるほど、楽しめる。

彼女のこういうところを知る人はほとんどいなかったが、ジュリアンは見抜いていた。彼はナラントゥヤーにこう言ったことがある。彼女の最大の性格的欠陥は、何も深刻にとらえないことだ。それだけならまだしも、ほかの人たちが深刻に考えていることをいつも冗談にしてしまい、その冗談を誰とも分かち合おうとしない。そのぐらいけちくさいんだ、と彼は言った。だけど何も分かち合いたくない、と彼女は言った。私は貧しい育ちだもの。彼は、僕らはどっちもそうだろ、と言った。

ナラントゥヤーは彼の発言を訂正しなかった。子どもの頃、彼女には何もなかったが、彼には何かがあった。人生に欲が入りこむには、ちょっとあるだけでいいのだ。それが自分とジュリアンのちがいだとナラントゥヤーは思っていた。何かを強く望むには、それを深刻にとらえねばならない。もっと努力をすべきだ、とジュリアンから助言された。大根やキャベツみたいに人々を見過ごしていても、たまには一人の男に注目して、君の夢を邪魔していると彼に感じさせるんだ。彼のことを、わずらわしく思うべきかありがたく思うべきか迷っているように眺めるんだよ。

ジュリアンはいつ小さな男の子でなくなり、人生のあらゆる面の達人になったのだろう。ナラントゥヤーは運がいい――母親代わりになったとはいえ母親ではなく、彼は大人になってから親友になった。

ジュリアンは両親の音楽の才能を受け継いでいた。向こうみずなところもだ。両親は中国の芸人としての比較的楽な生活を捨てた。父親は楽器を大包丁とへらに取り換え、母親は舞台の中央をカウンターの後ろに取り換えた。ジュリアンはカリフォルニアの州立大学に行くこともできたのに、高校を卒業したら音楽の道に進むことを決意した。彼は学校のミュージカルでいつも主役を演じていた――それでじゅうぶんではなかったのか。彼は歌と踊りが得意だった。祖先の人々もそうだった。厳しい暮らしは表現力を生み出す。でも祖先の人々は牛や羊で生計を立てていた。音楽家になることに人生を捧げるなど、ナラントゥヤーには理解できなかった。それでも、ときおり口実を見つけては、彼のために小切手を数枚切った。きっと両親も同じことをしていただろう。

ジュリアンが死んだ後、母親がナラントゥヤーに言った。「母親の最大の過ちは、赤ん坊を生むことなんじゃないかね。子どもはいつだって親が与えてやれないものを欲しがるんだから」

子どもが欲しがるのは、世界が与えてやれないものだとナラントゥヤーは思ったが、自分を疑うのは母親の宿命なので、母親は疑わせておけばいい。

「結婚や出産は急がなくていいんだよ」と母親は言った。以前はそんな見方をしていなかったのに。ジュリアンの死後、父親はよく涙を流すようになったが、ナラントゥヤーと母親はあまり泣かなかった。真の遊牧民の子孫なのかもしれない。狼が牙で羊を切り裂くときや、鷹がかぎ爪で子羊を連れ去るときに、涙など流して何になる。群れは一匹減るが、だからといって残された者の暮らしが楽になるわけではない。

若い女の前菜《オードブル》が運ばれてきた――ほかのすべてのテーブルに注文された料理が届く前であり、彼女が注文をする前だ――すると彼女はウェイターの目を覗きこみ、彼の手首に軽く触れた。そしてフォークとナイフを整え、携帯電話で料理の写真を数枚撮り、さらに数枚撮影するためにワイングラスの位置を変えた。

イタリア人の男女は視線をお互いへ戻した。この年配の男女は口より目のほうで多くを語っているようだった。アメリカ人は部屋中に聞こえるほどの声で相手に話をしていて、たまに英語の慣用句を説明するためにそれを中断した。ナラントゥヤーは料理が届くまでの短い間に、次のようなことを知った。彼はオハイオ州で生まれ、人生のほとんどをテネシー州で送った。高校卒業後は軍に入隊した――一族の男性は全員そうしてきた――そして後に工場経営で成功した。作業工具を製造する工場である。それをちょうどいいときに売却した。その後、医療器具の事業に乗り出し、最終的にはゴルフをやるために引退した。とはいえ「ゴルフをやるといっても限度があったんだ！　はっはっは、思いも寄らなかったよ」彼はまた働き始め、友人のリムジンサービスの会社で運転手を務めた――お金を稼ぐためというより、人々と会話をしながらあちこちドライブするためだ。これまででいちばん簡単でいい仕事だった――そして友人が心臓発作を起こしたので、その会社を引き継いだ。自分の体にもバイパスが三本入っているが、元気そのものだ。「もし若々しくいると決めたら、年寄り気分でいちゃいけない。わかるだろう？」

相手はうなずいた。彼はグラスを持ち上げて彼女のグラスにチンと触れさせた。これが初めてのデートだな、とナラントゥヤーは思った。女は三十代前半のように見えた。肌が青白くて、黒っぽい髪にウェーブがかかっており、化粧が濃かった。にこやかだったが、口数は少なかった。「雨のパリを歩いた記念すべき日に乾杯」と彼が言った。ということは、とナラントゥヤーは思った。一日を一緒に過ごしたのだ。そして夜はもっとお楽しみの計画があるにちがいない。

パリへの旅はジュリアンにあげるつもりのクリスマス・プレゼントだったけれど、いま自分で使うのだと、ナラントゥヤーは友人たちに嘘をついた。それはいい考えなのか。早すぎるんじゃないのか。そう首をひねる友人も中にはいたが、ナラントゥヤーは周囲の不安をかきたてるタイプの人間ではなかった。旅行についてもっと説明を求められるとしたら、気持ちを整理する時間が必要だからだと答える。まるで乱雑になっているかのように。ナラントゥヤーはきれい好きなわけではないが、内面はすっきりしていた。

「ポルノ映画の主役をやろうと思ったことあるかい」ある週末に、マークから訊かれた。

「は？」と言うと、彼はその質問をくりかえした。ナラントゥヤーは冗談を言われているのかと思った。すると彼は、君みたいな人はその業界をかじってみるとうまくいくかもしれない、と言った。

「どうして。どういうこと」

「ただそんな気がするだけだよ」

「いまの仕事のどこがいけないの」と彼女は尋ねた。

「どこも悪くない。だけど僕らは皆、まるでちがう人生を夢見てるんじゃないか？」

彼女はマークがキムとの夕食の最中に、フォークを置いてこう言うところを想像した。サラダはうまいし、サーモンは最高だよ……で、ポルノ映画で主演しようと思ったことは？ ナラントゥヤーは笑った。「何がそんなにおかしいんだい」と彼が知りたがったので、彼女はほかの女にもその質問をするのか尋ねた。

「まさか！ たいていの女はすぐに腹を立てるからね」

いい悪いは別にして、冗談にはそう簡単に腹を立てられないな、とナラントゥヤーは言った。

「でも冗談じゃないんだ。人を観察していると、本人にふさわしい場にいるのか疑問に感じることはないか？ 君は自分も含めて皆を驚かせるかもしれない」

ナラントゥヤーの望みは、自分も世間の人も驚かさないことだった。そして自分も驚かされないこと。ただしそれは、いつも自力で防げるわけではなかった。

「でも、逃げたらだめじゃない」大学時代の親友のエリンは、ナラントゥヤーのパリ旅行の計画を知ると、そう言った。エリンはサンフランシスコの食肉加工業地区にある別のベンチャー企業に勤めていて、ときどき昼食をとりながらお互いの恋愛について情報交換した。学生時代の友人の多くが結婚や子育てに歩を進めていたが、エリンはナラントゥヤー同様、母親にはならないと誓っていた。エリンは気候変動を心配していたし、ナラントゥヤーはジュリアンがすんだ後でまた子どもを育てることなど想像もできなかった。

「数日、どこかに行きたいだけだよ」と彼女は言った。

「こんなときに？　逃げずにその男へ抗議の声を上げるのは自分の責任だと思わない？　何て名前だっけ」

不倫が終わり、彼の受難が始まった後、ナラントゥヤーはエリンにマークのことを話した。でも話さなければよかった。ジュリアンが生きていたら、マークについての気がかりは彼だけに漏らしたかもしれない。

「どうして私の責任なの」とナラントゥヤーは尋ねた。

「そいつは若い女を餌食にしてる。ただ可能だからってだけで彼が妻を裏切って不倫した女は、あなただけだと思うの？」

では彼は捕食者なのか？　というと、マークはいっときの代用品《プレースホルダー》でしかなかった。彼の前に付き合った四、五人のボーイフレンドと同じだ。でも何の代わりなのだろう。深い愛。気どった気分のときは、自分にそう言い聞かせる。そうでないときは、男は皆似たようなもので、お互い同士の代用品だと考えた。マークを悪い男に仕立てるいわれなどない。おまけにマークは彼女の中に、ジュリアン以外の人々には見えないものを見ていた。でも、こういうことを世間の人に言ったらどうなる。排除されるだろう。潮流は、呑みこまれても抵抗しない者だけを運んでいく。

アメリカ人と相手の会話はマーチ・マッドネス（アメリカの大学対抗バスケットボール大会が三月に始まり、国中が熱狂すること）の話題に移った。男がその概要を説明したが、女はわかっていない様子でほほえんでいた。近くのテーブルの若い女がフォークを置いて言った。「お話の邪魔をしてごめんなさい。加わらずにはいられなくて。私は大学にいた頃、コーチK（デューク大学の名コーチだったシャシェフスキーのこと）のもとで働いていたんです」

「本当に？」男は膝を打った。

若い女はアメリカ人から質問攻めにされたが、そのほとんどに答え、デートの相手の前で恥をかかせまいとしているように見えた。そのカップルの席に前菜《オードブル》が運ばれてくる頃には、アメリカ人は二つのテーブルの中間地点まで移動していた。椅子はデート相手からそれるように斜めになり、彼は若い女のほうに身を乗り出していた。これほど食事の邪魔をするつもりはなかったと若い女は二度謝った。

アメリカ人は若い女の素性を尋ねた。そして答えが返ってくるたびに自分のテーブルから彼女のほうへ離れていくようだった。ノースカロライナ州とシアトルで広報の仕事をして、パリには二年前から住んでいます。いいえ、アメリカから去った特別な理由はありません、ただこれまでにない経験をしてみたかっただけです。もちろんパリは大好き。ええ、アパートの部屋も素敵で、このレストランからすぐそこなんです。彼女が一人旅をして夜行列車に乗り遅れた話をしたら、彼はグラスを掲げて「脱帽ですな。いつも見事に難を逃れられるものと見える」と言った。

エスカルゴをつついていたデートの相手はしばらくするとコンパクトを取り出し、鏡を見た。男は彼女をちらっと見て嫌気がさしたような目をし、また若い女のほうを向いて、パリで特に体験すべきことを教えてほしいと求めた。彼はフランスにあと二週間滞在する予定で、その後はスペインとポルトガルへ行くという。「未体験のことを試すほどわくわくすることはありませんからな。だがそれは、あなたがいちばんよく知っているでしょうが、はっはっは」

イタリア人の男女はぽかんとして眺めていた。ナラントゥヤーもそうだった。かなりありふれた展開だとはいえ、近くで見たら愉快にならずにはいられなかった。若い女は男が低俗であることを容易に見抜けるし、彼の相手より自分のほうが若くてきれいで魅力的なのも容易にわかる。でもこの雨の晩に彼女は、悪意か孤独感にかられて捕食者になったのだ。

アメリカ人は前の年に旅したスカンジナビア半島について熱心に語っている最中に、ワインをシャツの胸のあたりにこぼしてしまった。デートの相手がはっと息を呑むと、彼は怒ったような目つきを彼女に向けてから、一言断って洗面所へ行った。若い女がデート相手のほうに身を乗り出して、小声で何か言った。女は二人とも笑った。それから男が戻ってきて、いない間に空気が変わったようだと言った。

「俺の話をしていたのかい。何かたくらんでるのかね?」彼は女たちに尋ねた。「さあ、教えてくれよ」でもデート相手は首を振って、シャルキュトリ（豚などの食肉の加工品）の皿を彼のほうへ突き出した。

イタリア人の女が夫にウィンクをし、それからナラントゥヤーにもウィンクした。最高の芸に言語の知識はいらない。ジュリアンが亡くなってから何日もの間、ナラントゥヤーの頭にくりかえし歌がよみがえってきた。レストランが閉店した後で母親が、父親と座りこんでその日の稼ぎを計算しながらうたっていた歌だ。愁いを帯びた旋律だった。ナラントゥヤーは何の歌なのか、何語で書かれた歌なのかさえ、尋ねようと思ったことがなかった。標準中国語《マンダリン》とモンゴル語の両方が混ざっていると母親は教えてくれたが、ナラントゥヤーには聴き分けられなかった。母親によれば、中央政府と戦う部族の反乱の歌であり、どの節も北の海と南の陸の間を雁《がん》が渡るところから始まっているとのことだった。

アメリカ人と相手の主菜《アントレ》が運ばれてきたので、男は椅子を自分のテーブルに戻さざるをえなかった。声高な会話がまた始まったが、相手の女が話についていけなくなると、彼はいらだちを隠さなくなった。

若い女は近くに立っていたウェイターに合図をした。彼は皿を下げ、コーヒーを持って戻ってきた。料理はほとんど手つかずだったが、インスタグラムの投稿にはまちがいなく登場するだろう。隣のテーブルの男と、顧みられない相手の女は抜きで。

ナラントゥヤーはハンドバッグからノートを取り出し、走り書きをしてから、そのページを破りとって折りたたんだ。といっても、若い女にどうやって渡そうか。でもナラントゥヤーはついていた。若い女はコーヒーを二、三度すすってから、アメリカ人と相手におやすみの挨拶をし、レストランの狭苦しい奥の一角へ歩いていった。ナラントゥヤーは二分ほど間を置いた後で洗面所に入っていった。若い女は化粧用パフを顔にあてていた。

「すみません。お隣のテーブルの殿方から渡すよう頼まれました」とナラントゥヤーは言った。

若い女が動きを止めたのは短い間だけで、すぐに軽い笑みを浮かべた。彼女はナラントゥヤーに礼を言い、その短い手紙をハンドバッグに入れた。ナラントゥヤーは席に戻り、注文した魚料理を味わった。このレストランのおすすめメニューだといろんなウェブサイトで証言されていたのだ。
イタリア人の男女は料理について言葉を交わしていた。さっきより静かになったアメリカ人は、ワインをがぶ飲みしていた。若い女はアパートの部屋に帰ったら、手紙を読まずに捨ててしまうかもしれない。でも、たぶん読むだろう。尊敬できるところがほとんどない人間からであっても、手紙は手紙だ。

ナラントゥヤーはこのことを誰かと分かち合いたかった。若い女が手紙を読むところを目に浮かべた。「ポルノ映画の主役になることにご関心は?」という質問をナラントゥヤーは書いたのだった。「ぜひお電話を!」という奨励の言葉も。彼女はアーニー・ヤングという偽名とともに、ホテルの名前も書いておいた。ナラントゥヤーが泊まっているホテルではなく、その向かい側にある高級ホテルの。

若い女はその軽い笑みを浮かべたまま手紙を捨てるかもしれない。さもなければ心をかき乱されるかもしれないし、興味をそそられるかもしれない。彼女の頭にどんな思いがよぎろうと、それをナラントゥヤーが知ることはない。人生というのはそうしたものだ。大事なのは努力をしたということだ。

戦没将兵追悼記念日《メモリアル・デー》の前の土曜日、ナラントゥヤーがジュリアンのことで電話を受けたのは夜中だった。両親は何かよくないことが起こっているとしか言わず、それが何なのかは口にしようとしなかった。あなたの車を借りて朝までに家に戻ってもいい？　彼女はマークに尋ねた。すると、いいとも、僕はウーバーを使って帰るから心配いらない、と彼は答えた。安全運転でね、とマークに言われたので、ナラントゥヤーはそのとおりにした。高速道路は空いていたが、彼女はスピードを出すような人間ではない。たとえ緊急時でも。

ベニシア＝マーティネズ橋には濃い霧がかかっていたので、ヘッドライトの前がほとんど見えなかった。車が橋のたもとに近づいて初めて道路に黒い影があるのが見えた。だが手遅れで、バンパーにどんと重みのあるものがぶつかるのを感じた。有料の橋で車にはねられた動物だろうと彼女は思った。変なの。でもその夜はすでに変どころではなかった。ジュリアンが死んだ――彼女は直感でそう感じていた。母親は電話口で何も言おうとしなかったが、その向こうで父親が泣いているのが聞こえてきた。ああ、子どもが世に出ていけば、親は疑いを持つ定めにある。でも疑うこともできなくなったら、いいこともなくなる。

翌日、ナラントゥヤーは両親を乗せた車をオレゴン州まで走らせながら、前の晩にベニシア＝マーティネズ橋で一人の男が死んだニュースを耳にした。警察によれば、最初に轢《ひ》かれたのはいつなのか不明とのことだった。監視カメラには男が橋へ歩いてくるところは映っていなかったが、その夜に百二十台の車がとおり過ぎた。午前二時に誰かが、橋に野生動物か家畜がいると警察に通報した。だが矛盾する証拠が後でいくつも出てきた。四、五人が車のバンパーに人間の髪がついていたと報告してきたのだ。ニュースによれば、犠牲者の正確な身元が判明するまで――仮に判明するとしても――長い時間を要するという。

ナラントゥヤーも警察に連絡すべきか考えていたのだが、轢いたときにはもう男は死んでいたのだ。ジュリアンは彼の死を悼んでくれる家族がいて幸運だ。あるいは確かに死んだと知らせてもらえるぶん、幸運なのは家族のほうかもしれない。橋で死んだ男にまだ母親がいても、息子の連絡を待ちながら心配する以外に何ができるだろう。なんて不運なこと――いや幸運だろうか――心配して待つ行為がいつまでも終わらないなら。レストランの若い女がアパートの部屋に戻って、他人の想像の中で自分の上品な服がすでに脱がされていたのを知っても、母親はＳＮＳに表示されている素敵な生活を送る娘の姿を思い描くことしかできないだろう。

ナラントゥヤーは洗車してからマークに車を返した。ほかの女との不倫なら、こういう秘密のせいで終わってしまうかもしれない。ほかの女なら弟の死に動揺し、未来のない関係を切ってしまうかもしれない。でもナラントゥヤーは、キムが戻ってくるまでの数週間、マークにいとおしさを感じていた。いっときの代用品は、さらなる失望を先回りして防いでくれる。愛の代わりの不倫、子どもの代わりの弟、別の人生の代わりの人生、別の死の代わりの死。つまり実にいろいろあるのだ。疑いが一つ消えたことの苦しみ方は。

ひとり

ウェイトレスは注文をとりに来ると、煙のほうはどうですかと尋ねた。スーチェンは大丈夫とぼかして答えたが、ウェイトレスが何の煙のことを言っているのかわからなかった。肘一つ分しか離れていない隣のテーブルに男が座っていた――テラスはテーブルをやっと六つ置けるぐらいの大きさで、そのうち三つが空いていた――彼はきっとやりとりを見守っていたのだろう。ウェイトレスがいなくなると身を乗り出し、北のほうで森林火災が起きていて、それは州道からほんの数キロのところだと教えてくれた。

十月の空は青く、じっと動かない雲のかけらが少し浮かんでいるだけだった。レストランはモニーズといい、その区画のいちばん奥にあった。道はテラスの前を過ぎると狭《せば》まっていき、未舗装の小道になって空き地で消えていた。町と山々の間には、まだ緑のままの茂みや草地以外にたいしたものはなかった。葉がほんのり黄色く色づき出したポプラの木々の上で、スキー場のリフトが遊んだ状態になっていた。スーチェンは少しも煙を感じ取れなかった。

テラスの三つめのテーブルにいた年配の夫婦も森林火災の話をしており、その声が周りの関心を誘うほど大きかったので、スーチェンの隣の男はすぐに口を挟んだ。夫婦はおそろいで生まれたてのひよこみたいな淡い黄色のポロシャツを着ていて、髪の色があせて互いに似た砂色になっていた。

北へ谷を二つ越えたところに住んでいるんですけど、と妻が言った。そこにはもう秋が訪れて色とりどりに染まっていますよ。この火事がなければ最高の季節でしょうに。一人で食事していた男はそれに共感を示し、防火について考えを巡らしながら話し出した。森林火災というのは人類がアメリカを所有するはるか前から——いや、それを言うなら地球を所有するはるか前から——あるものであって、自然の一部を抑えこもうとしたって無駄ですな。年配の夫婦は耳を傾けていたが、同意することも笑顔を絶やすこともせず、見知らぬ人間に恥をかかせないよう気を配っていた。スーチェンはグラスの氷の間に浮かんでいるレモンのスライスを見ながら、その男が自分の連れであるかのように頬を染めた。夫婦は家まで車を走らせながらどんな言葉を交わすだろう、と彼女は考えた。世間の人に礼儀正しく接する夫と妻は、こういう気まずい状況に対処する方法を知っているにちがいない——これまでに会った似たような人のことをそれとなくほのめかすか、男の意見を穏やかに否定するのかもしれない。言葉にせずともわかってもらえるというのは、どんな感じなのだろうとスーチェンは考えた。誤解や仲たがいの心配なく、沈黙に心地よく浸れるというのは。

単なる欲だな、とレイはあざけるように首をふりながら言った。結婚に夢見ていたのはこういうものだとスーチェンが話したときのことだ。もちろんあなたの言うとおり、と彼女はすぐ同意してから、あざけりの的にされているにもかかわらず彼の口ぶりを真似して言った。女が服や宝石や子どもを欲しがらない場合、何か別の形の不合理な欲を抱くものじゃない？　彼はそれには答えず彼女にワインを注ぎ足し、自分にも注いだ。彼が中国に帰国する前の晩だ。

次に会話をしたときは彼の旅の話だった。機内に持ちこむ荷物の中に朝入れなければならないいくつかの物について、それから彼が残していく服などの所持品をどうしたらいいかということについて。いちばん無理なく傷つかない道を選んで他人になろうということは、最後の夕食で話題にしなかった。彼が仕事仲間と北京のナイトクラブやカラオケ・バーに出かけるときには、二人の結婚生活のことはもう気にならなくなっているだろう。薄暗くした照明で若い女たちはきれいに見え、自分を選んでもらいたがっている。いずれ彼は一人の女を選ぶだろう。それはナイトクラブの女ではなく、もっと一緒にいて楽しくて信頼の置ける女だ。子どもを持つという考えに反対しない女で——わがままなところがあっても——そのわがままをもっと容易に理解でき、かつ満たしてやれる女だ。

離婚届の書類は六か月後に届いた。二人の以前の家からそう遠くないところにスーチェンが借りた小さな平屋の家に郵送された。彼女はすぐに署名をして送り返したが、結婚指輪はどうするか迷った——細くて飾り気のないかまぼこ指輪。十六年前に結婚したとき、二人には贅沢な指輪を買う余裕がなかった——結局、パスポートやグリーンカードをしまっておくビニールのケースに指輪を入れた。彼女はそのケースを車のトランクに入れて持ってきていた。

夫婦が立ち去った後、男はスーチェンにウォルターと名乗った。ウェイトレスがスーチェンにサラダを持ってきたら、彼はコーヒーのお代わりを頼んだ。六十代後半から七十代前半ぐらいに見え、髪も髭も白髪交じりでふさふさしている。明るい青のシャツは首までボタンが留められていて、汗でしわになっていた——暖かい日だったし、テラスに風はあまり来なかった。母校の同窓会が主催するイベントのためにシアトルから来たんです、と彼は言った。地域で最高の額の寄附者として妻と招かれましてね。

スーチェンは洋梨の一切れを突き刺して、妻の死か離婚の話をされるのかなと考えた。でも、そのどちらだろうとたいした差はない。状況が変わったせいで、男は初雪が降る前のスキーリゾートで一人で食事をすることになった。町の外にはハイキングができるコースや魚釣りができる川があるのだが、こういう活動は相棒のいる人々か、一人でいるのが好きな魂を持った人々のものだ。昼食どきをかなり過ぎたレストランのテラスで、彼が会話を求めているのは孤独だからだ。それと同じで、彼女が家の冷蔵庫を空にし、自分の持ち物を特大サイズの黒いビニール袋五つに詰めこんで、早朝に福祉団体グッドウィルの前に置いてきたのも、孤独だからだった。スーチェンは家賃を余分に一か月分まかなえる小切手と、契約不履行を謝罪するメモを家に置いてきた。隣に住む家主の女性は七十代の未亡人だった。祝日になると子や孫が訪ねてきて、彼らの車が私道を埋め尽くして通りまであふれ、家の明かりが夜遅くまで消えない。家主は次の感謝祭の夕食で、逃げた住人のことを子どもたちにどんなふうに話すだろう、とスーチェンは考えた——あるいはその頃には忘れ去られていて、募集広告を見た代わりの住人がすでに来ているのかもしれない。

ウォルターにどこの出身か尋ねられ、ロサンゼルスと答えた。でも、そもそもどこから来たのかを問われているのは知っていた。最近スーチェンは、中国とは答えない。他人と無用なつながりを持ったり、その国に旅した隣人や友人や知り合いがいる人を見つけたりしても意味はない。彼女が最後にそこに行ったのは八年前で、母親の葬儀のためだった。その前はさらに二年前で、父親の葬儀のためだった。きょうだいたち——弟と妹——とは連絡をとっていない。子どもの頃は威圧的だった彼らの態度は、大人になって憤りに達した。

弟と妹は事故の後で何らかの説明を受けたはずだ。スーチェンの写真が県や省の新聞に載ったとき、両親はそれを事故だと言い張った。五人の少女たちの写真とともに並べられた彼女の写真にだけ、黒い縁取りがなかった。写真は少女たちが中学に入学した前年に撮られたものだった。入学手続き用の一般的な二・五センチ角の白黒写真だ。スーチェンの母親は新聞が家に入ってくるや片っ端から捨ててしまったが、後でスーチェンはガラスケースに新聞を掲示している中心街で事件のことを読んだ。愚かしい悲劇と書かれていた。そして彼女のことは寡黙《かもく》で妙に大人びた生存者と評されていた。彼女の通知表は優秀さも欠陥も示していなかったが複写され、悲劇が大人には予見が不可能だったことの証拠となっていた。彼女の家庭はちゃんとした家庭で本人は普通の子だったことを裏づける近所の人たちのコメントも添えられていた。ほかの少女たちの情報も掲載されていたが、さほど具体的な書き方ではなかった。まるで死んだ者は理解されるより尊重されるほうがふさわしいとでもいうように。

いまだったら、とスーチェンは思った。いまならば精神分析医のところへ行かされるだろうが、二十九年前には学校に戻ることを許すべきかとか、別の選択肢——たとえば少年院や精神病院——のほうが適切かといったことが話し合われた。スーチェンは近所の人たちや同級生たちの目に恐怖と畏怖を見てとった。まるで彼女が珍しい伝染病にでもかかっているみたいだった。結局この事件は、一家が別の省へ引っ越すことで終わりを告げた。きょうだいたちは、子ども時代が彼女のせいで分断してしまったことを憶えているだろうかと、スーチェンはずっと考えてきた。引っ越してから、両親は昔の家の話を禁じてしまった。

スーチェンがウェイトレスに会計を頼むと、ようやくウォルターは自分の伝票を手に取った。ウェイトレスはスーチェンに同情の視線を送ったが、何も口には出さなかった。

ここには二日前からいましてね、と言いながら、ウォルターはスーチェンのあとを追って通りに出た。ウェイトレスはアントワネットっていう名前なんですよ、と彼は続けた。アイダホ州ボイシ育ちで、故郷の州から出ようとしないタイプの子です。店の支配人はコロラド州に住んでるオーナーの姪なんです。考えてみたら、とウォルターは言い足した。おかしな話ですな。スキー王国の州を選んで住んでいるのに、別の州のスキーリゾートでレストランを開くことにするとはね。

スーチェンは角で立ち止まり、ウォルターが先に横断歩道に入るのを待った。そうすれば彼女は別の方角へ行ける。するとウォルターも立ち止まり、道路に区画線がない広い道を指さした。「無法な開拓時代にできた道が、あなたがいたロサンゼルスの道といかにちがうか。百年や百五十年前を想像してごらんなさい。この同じ道で皆が馬車を駆っていて、たぶん忙しすぎて通行人の私たちのことなど意に介さなかった」

スーチェンは太平洋岸を車で五日間走ってから内陸へ折れた。当初は国境を越えてバンクーバーへ入る予定だった。はるか以前に北アメリカへ初めて旅をしたとき、テキサス州オースティンへの乗り継ぎのため、そこで八時間を過ごしたことがある。フェリーの時刻表を調べ、この季節なら最後のフェリーがバンクーバーのホースシュー・ベイを出る頃にはきっと日が暮れていると思った。車はスーツケースと法的書類を入れたまま駐車場に置いていくつもりだった。最初は事故かと思われるだろう。女が足を滑らせて暗い海に落ち、二度と上がってこなかったのだと。しばらくしたら警察がパズルの簡単な部分のピースを拾い集めてくるだろう。でもそのときには彼女は手の届かない存在になっていて、決断について説明を求められずにすむ。昔、生き残った者として自分が生還したことだけでなく、五人の少女の死についても説明させせられたときのようには。

スーチェンはホテルの部屋のドアに「起こさないでください」と書かれた札をかけ、バルコニーに出た。そこにはしっかりした木製に見えて、そこまでの重さはない小さなテーブルと椅子二脚がこぢんまりとおさまっていた。彼女は自分がいまいるところに、休暇旅行に来たカップルが座っている様子を想像した。沈黙が続くかぎり、ワインの瓶は手つかずのまま。彼女とレイはこんなバルコニーで夫婦関係を終わらせてもよかった――雪が降る季節の穏やかな日なら、最後の共通の思い出は目の前の白い山々や、たゆまずにするすると昇降するスキーリフトや、斜面を滑り降りる小さな色とりどりの点々になる。遠くから眺めた活動だ。二人がアメリカに来たばかりの頃、レイは地元の中国人のコミュニティで活動すべきだと主張した。後に投資銀行の職を確保すると、もっと主流のアメリカ人らしい生活を熱心に求めた。何年もの間スーチェンは、海の上を舞う凧みたいな人生を送るレイの紐を引きながら、波打ち際に立っているような感じを抱いていた――それとも立場が逆だろうか。でも、たとえどんなに頼もしい人間の手だろうと、しまいにはぴんと張った紐を握り続けるのが難しくなることもある。スーチェンは同じ年頃の夫婦たちが子どもを作り始めるのを遠くから眺め続けてきた。そしてレイが海外にいるほかの中国人とともに財をなすため母国に戻るようになったとき、彼女はその旅についていかなかった。じきに彼は北京にいることのほうが多くなり、ロサンゼルスには一か月おきに何かの義務感から帰ってきた。

通りの向こうへ落ち葉が秋風に吹き寄せられていった。スーチェンはこののんびりした町が激しい炎に包まれるところを想像しようとしたが、目に浮かばなかった。火事にも竜巻にも地震にも破壊されない場所というのはあるものだ。ちょうど災難から無傷で逃れる幸運な人たちがいるように。

昔、夫や数少ない友人たちに自ら創作した顚末を明かしたら、彼らからそういう人間だと思われた。ボート遊びの事故。大学でレイから言い寄られていた頃、彼にそう話した。ボート遊びの事故のせいで十二歳から十三歳の少女五人の命が奪われ、残った一人はずっと溺れかけているように感じている——彼の目に心配と哀れみが浮かんだので、彼女のもの悲しい雰囲気をそのように解釈しているのだとわかった。幸福な子ども時代とわかりやすい思春期を過ごした男なら誰しも、人生の理不尽さに出くわした最初の衝撃を恋に落ちた兆しと勘違いしかねない。断固として守りたいという欲望を、愛したいという欲望と混同する。君にはすり減らされた、とレイは夫婦関係が終わりかけた頃に言ったが、とげのある言い方をせずにはすまなかった。どんな人間にとっても、結婚生活の俗な面に信頼も興味も持たない妻に耐える十六年は長い、と彼は言った。それで彼女は、彼は別れることでようやく青春を卒業するのだろうかと考えた。きっと次の妻には、運命や死といった理解できないあらゆる謎との綱引きでレイが勝ちとった戦利品の意味はないはずだ。

通りの向こう側で男が立ち止まり、スーチェンに向かって手を振った。もさもさした髪と青いシャツに見憶えがあったものの、人ちがいだと思ってほしくて、しばし無表情でいようとした。しかしウォルターは何の迷いもなく無人の通りを渡ってきて、声を張り上げた。コーヒーでも飲みませんか。彼女は三階の手すりに両肘をのせて立っていたが、そこから見ると彼は白髪やあご髭があるにもかかわらず、小さな子どもが十中八九もらえないはずの許可をもらえるのを待っているみたいに見えた。地面に二人とも立っているなら丁重に断ったところだが、上を向く彼の顔を見下ろしていると、どんな口実も言うほどのことではない感じがした。彼女は待つように合図した。寝室に入ると、エアコンがきいた空気のせいでプールの冷たい水に入ったばかりのように体が震えた。不案内な町をさまよって、レストランのテラスやホテルのバルコニーに人なつこい人間を探し求めるウォルター。そんな彼のことを考え、コーヒーを受け入れたのは老人がその顔から消せない寄る辺《よべ》なさのせいだと自分を納得させようとした。

ウォルターは土産物店の奥にあるカフェに彼女を連れていった。暇な男が一人、地元の見どころを集めた本を何の気なしにぱらぱらめくっているだけで、土産物店の店頭にはほかに誰もいなかった。ミニチュアの彫り物の船や魚の模型が、振り返られることもなく棚で古びていた。店の奥は天井から照明が一つぶらさがっているのを別にすれば薄暗く、そこに白木のテーブルが二、三置かれていた。カウンターにいたウェイターの年配の男はウォルターを見ると挨拶の会釈をした。午後三時。山にいる人々にはハイキングや魚釣りの喜びに浸れる最高の時間だ。この後は日差しが弱まり暮れていく。でもこの店では時間が立ち往生させられ、昼はいつまでも夜になれないようだった。本を拾い読みしていた男がスノードームを持ち上げて揺らした。彼は携帯電話が鳴るとぱっと生き返ったようになり、ふいに立ち去った。スーチェンは反射的にハンドバッグに手を入れて携帯電話を探りあてた。

「電話を待っているんですか」ウォルターが尋ねた。

スーチェンはうなずき、それから首を振った。まだあきらめずにレイが望むような妻になろうとしていた頃、一年間女性グループに交じってみたことがある。グループは月に一度、土曜日に地元のカフェで会い、噂話をしながらブランチをとっていた。しばらくたつと彼女は携帯電話でアラームを設定するようになった。それが鳴ったら、大事な電話なので失礼しなければならないことを詫びるのだ。女たちの疑惑の目には気づいていた。子どもはおらず、夫はゴルフを自分たちの夫と楽しんでいる女――そんな彼女に緊急の用など、秘密の情事のほかに何がある。このことを自分の夫に話した女がいるとしても、あるいはレイに話した夫がいるとしても、スーチェンにはわからない。その後まもなくそのグループメールに返信するのをやめてしまい、最後には招待もされなくなった。

ウェイターが来て注文をとった。スーチェンはアイスティー、ウォルターは変わった名前の栄養ドリンクだ。ウェイターの顔は日に焼けて濃い褐色になり、皺が深く刻まれていて胡桃《くるみ》の殻を思わせた。でもその目は、ほのかな明かりの中でもピューマの目のように鋭い光をかすかに放っている。やせた体には大きすぎるTシャツを着ていて、ほぼ白くなった髪をまとめて頭の上で団子にしていた。口を開くと、のんびりした話し方をする。彼はウェイターがなじみ客とするようなおしゃべりをウォルターとは交わさなかったが、それでも態度には親しみを示すものがあった。

「あの人はインドに四十年以上いて、ほんの二年前に帰ってきたばかりなんですよ」男がカウンターの向こうに戻っていくと、ウォルターは言った。「コネチカットで育って、しばらくヒッピーをやっていた。だけどいまの彼ときたら――老いた賢人にしか見えない。この国には決して生み出せないものですな」

ほとんど一生と言ってもいいほどインドで過ごしてから、なぜ戻ることにしたのだろうとスーチェンは考えた。誰かの過去の一部を知ったら、もっと理解したくなるものだと思った。でもウォルターは町を歩きまわってほかの人々の過去を知っても、それで好奇心から世界をもっと理解しようとするのではなく、ただ驚くだけなのだった。

「ここにいるのは今夜だけ？」とウォルターは尋ねた。

「はい」

「私も明日発つんですよ。イベントは今夜ですが、自分の時間をちょっと作ろうと早めに来たんです。混まない時期には、いいところですから」

あまり言うこともないので、スーチェンは本当に静かで素敵な町だと応じた。

ウォルターはしばし間を置き、イベントを主催するのはＨＢＯ（アメリカのケーブルテレビ放送局）の人気番組を製作した二人だと言った。スーチェンが一言詫びてテレビは観ないと言うと、ウォルターはがっかりしたようだった。私もテレビをよく観るわけじゃないが、ロサンゼルス出身ならこういうことには詳しいだろうと思ったんです、と言った。スーチェンが黙っていると、これからどこへ行くのかと尋ねてきた。

旅人に誰もがあたりまえに訊く質問だ。フォーチュナという町で髪を紫色に染めたウェイトレスがスーチェンを「ハニー」と呼び、どこへ行くの、と訊いた。海沿いの町でも、もう名前を忘れた自動車整備士が、パンクしたタイヤを交換してから同じことを訊いた。どちらのときもバンクーバーと答え、どちらのときも相手が移動距離の長さに感心した様子を見せた。一日に何時間かけなきゃいけないのかウェイトレスに尋ねられたときは、あまり急いでないから、と言った。少しつかえながら話す自動車整備工に、バンクーバーは素敵な街だっていうけど、そんなに長く運転したくないな、と言われたときは、街の見物というよりも長距離ドライブ《ロードトリップ》なの、と答えた。人けのない浜辺から太平洋を眺めることに多くの時間を費やしていることは、誰にも言わなかった。砂粒が粗く細長い浜辺もあったが、もっと北へ行くと浜辺の多くは岩だらけで、黄昏どきは陰鬱だった。カモメが飢えたように上空で円を描き、枯れた海草を波が置き去りにしていく。こういう浜辺を見ると、スーチェンはアイルランドのぎざぎざの海岸線や、ノルウェーのフィヨルドの入江に北海から打ちつける波の様子を思い浮かべた。どうしてそういう場所が浮かんでくるのかわからなかった。ただ、これらの場所を自分が訪れて、想像した光景を確認したり修正したりすることはない。ほかの多くの大陸の、多くの場所もそうだ。前の日の朝、海岸から離れることに決めた。ロッキー山脈を越えて西部の州の大きな空を見たいのだと確信した。水のあるところならいつだって見つかる。自分にそう言い聞かせた。でも、道路地図で川や湖の場所を調べているときですら、先延ばしをしていることはわかっていた。

「そうだ、今夜のイベントに一緒に来ませんか」

スーチェンはとっさに目を上げたが、ウォルターの顔に何かたくらんでいるような感じはまるでなかった。社交の場に出られるような服がないので、とスーチェンは言った——最善ではないが最初に思いついた口実だった。

ウォルターはスーチェンをちょっと見やった。いま着ているブラウスとスカートで大丈夫だと言いたがっているのがスーチェンにはわかった。それに、口実を編み出しているところだと悟られているのもわかった。「何か気に病んでいることでもあるんですか」彼は優しい声で尋ね、深緑色の飲み物の上に身を乗り出した。

きっと一人で旅をしているせいで、すぐもの思いにふけってしまうんでしょう、と彼女は答えた。

「妻が今年亡くなりましてね。白血病で。結婚して三十五年でした」とウォルターは言った。

「おつらいでしょうね」スーチェンはそう言って、アイスティーを覗きこんだ。彼はそのことを、出会った町の人たちに教えているのだろうか。たとえば、死からかけ離れていて同情を示せないレストランのウェイトレス。それから親切ではあるものの、その死をかけがえのないものと認めるほどの愛着を、はかないこの世には感じていないであろうこのカフェの年配男性。

「もう長くないと知ったとき、妻は離婚を申し出ました」

「どうしてなんですか」スーチェンはそう言いながらも、答えはわかっているような気がした。妻の思いを彼女は想像した。ウォルターと妻である自分が年をとるのを見守り、彼の死を受け入れるのを待ちながら、その後独り身になることでじゅうぶん報われると思っていたのだろう。自分が病気になって、失望したにちがいない。人生は秘密を隠しとおさせてくれるほど情け深くなかった。最終的には、生きているうちに一人になりたいという望みが、まもなく妻を喪《うしな》うことになる夫に対して不可解な要求をする罪悪感に勝ったのだろう。

「その答えがわかったらいいんですが」ウォルターの声はかすれていた。でもスーチェンが見上げたとき、彼は手のひらをじっと見つめていたが、泣いてはいなかった。薬指にしていた結婚指輪は、古びてはいても輝きを放っていた。「子どもたちが言うには、人は病気になるとおかしな行動をとることがあるそうです」

「離婚には同意したんですか」

「いや」身構えたような口調になった。「するわけがない」

「奥さんはそう望んでいたと思いましたけど」

一週間のうちに二回頼んできましたよ、とウォルターは言った。でも、二回ともだめだと答えたら、口にしなくなりました。

死のほうが長く続く悲劇だというのに、どうして小さなできごとにこだわるのかとスーチェンは訊きたかった。でも妻の死を受け入れてからも、離婚の申し出をされたことに彼が長い間さいなまれることになるのはわかっていた。死者は亡くなるとき、生きている間信じさせてくれていた嘘を奪いとっていく。後に残された私たちは、別の人生に踏み出さなくてはならない。死者はもう自己欺瞞に手を貸してはくれないのだから。五人の少女たちが溺死しなかったら、彼女たちとスーチェンはどうなっていただろうとよく考える。妻や母親になり、疎遠になっていただろう。ふたたび集まることがあったにせよ、俗世の務めに気をとられて、自分たちの計画の思い出を話題にすることもなかっただろう。でも少女たちは、いないがゆえにスーチェンの世界で誰よりも存在感のある人たちだった。彼女は自分のために生きているだけでなく、少女たちが生きなかった人生のために生きていた。たとえば平日の午後に映画館で座っているとき、流す涙はスクリーンのロマンスのせいではなく、少女たちの誰かを悲嘆に暮れさせたかもしれない実際の恋物語のためだった。それからパーティーで知らない人たちとしぶしぶ交流するときは、この世で手に入れられず残念だと思うべきことはあまりない、と少女たちに言い聞かせていた。ファーマーズ・マーケットで異国風の名前や香りの果物を選ぶのは、故郷の小さな町の少女たちが聞いたことも味わったこともなかったからだ。レイとセックスするときは、目に哀れみを浮かべて彼を眺めている少女たちを眺めていた。彼が自分たちの死のようにはスーチェンの気持ちを動かせないのを、彼女たちだけが知っているから。

「生き残るほうになったのを幸運に思うべきですよ。人生には死よりも不思議なことがたくさんありますす」スーチェンは言った。

ウォルターが目を上げた。彼女の言葉が残酷なので傷ついているのだろうとスーチェンは思った。

彼女は白い紙ナプキンを広げてストローでつつき出した。輪郭がぼやけたアイスティーの色の水玉ができていった。「私は十三歳のとき、五人の友達と心中することにしたんです」ウォルターと目を合わせないようにしながら、彼女は首を振った。「どうしてか訊きたいでしょう。皆がそうでした。実はそのとき、私はその疑問に答えられませんでした。いまだに答えられないんです。衝動的な行動ではなかったとしか言えません。私たちは話し合って計画して、あとちょっとで最後までやり遂げるところでした」

あとちょっとで。その言葉にウォルターがたじろぎ、それから一瞬目に希望を浮かべるのをスーチェンは見つめた。彼女たちが立てたような計画は簡単に失敗することもありえた。どの時点で中止してもおかしくなかった。たとえば暦を調べて日を選んだとき（自殺によいとされている日がなかったので、旅立ちによい日で甘んじることにした）。あるいは小遣いを貯めて高い酒の瓶を買い、選んだ日の前日に貯水池の向こう岸の背が高い草むらに隠したときに。昼食後に出発したら、草地は五月の陽光にあふれていた。学校の生徒たちは授業に戻っていったのに、彼女たちはずる休みをしてうきうきし、名もない青や白の花を摘んで、波止場の近くに無造作にまき散らした。白転車で町を出ていく大人が道から声を張り上げ、どうして学校にいないのか問いただすこともありえた。町の世捨て人の梁《リアン》おじさんは貯水池のそばの小屋に住んでいたが、彼が昼寝から早めに日覚め、若い盗人たちが彼のボートをおぼつかない手つきで漕ぎながら沖へ出ていくところを目撃することもありえた。

少女たちは二人ずつ交代で漕ぎ、やがて町や道からすぐには見えないところまで来た。漕ぐのをやめると、動く彼女たちの重みでボートがわずかに揺れた。水面はボートのへりにすれすれのところまで来ていた。しばらく座っていたら魚が跳ねて水面を乱し、二羽の白鷺が一羽ずつ悠然と飛び立ったのをスーチェンは憶えている。少女たちはボートを漕いで戻り、両親や教師たちからの問いかけに向き合う決心をして、非行を理由に追加された土曜の午後を学校で過ごすこともできた。ところがそんな筋書きをスーチェンは思いつかなかったし、ほかの誰かが考えたとしても口にしなかった。学校の在籍番号が底に赤く印刷されたおそろいの六つのほうろうカップに酒を注ぎ分けながら、彼女たちはくすくす笑っていた。飲むように互いを励まし合うときには笑ったり咳きこんだりしていたが、その後は涙ぐみながら飲んだ。どうして。何もかも終わったとき、両親はそう尋ねた。五人の少女たちの親もそう尋ねた。彼女が死んでいたらよかったと思っていたことはまちがいない。それで自分の娘が生き返るように。学校の教師も記者もそう尋ねた。そしていま、目の前に座っているほとんど知らない男性も尋ねた。「どうして」ウォルターの声は夢の中のように遠く聞こえた。

「それから?」

「ほかの五人は溺死しました」スーチェンは、誰も泳ぎを知らなかったことは話さなかったし、彼女たちは酒を飲み干してから泣いたけれども、それは恐怖や後悔のせいではなく、もう何もすることがなくなったからだったことも話さなかった。彼女たちが水に入るとボートはひっくり返った。それからの混乱状態はほんの数秒で終わったような気がする——友の一人でも声を上げたりもがいたりしていたのを思い出せないから、たいした混乱ではなかった。何年もの間、あの別れの瞬間を理解しようとしたが無駄だった。思い出せるのはただ、二つの頭が上下に浮き沈みして、それからボートの下に消えたこと。別の二人の友達が腕を組んでいたこと。そして六人でいちばん年下の美《メイ》が水面の下に沈んだときに、こちらへ向かってきた波。スーチェンはなぜ最後の瞬間になってオールをつかんでしまったのか、どうしてもわからなかった。水は冷たく、歯がガチガチ鳴っていたが、手はオールを放さなかった――正真正銘の弱虫だったのかもしれないし、動物的な本能に負けてやみくもに生にしがみついたのかもしれない。尋問する者たちが一人にしてくれないので、私たちはそうするしかなかったんです、と彼女は答えたが、誰も理解してくれなかった。昔話によると、生と死の境には忘川《ぼうせん》という川が流れていて、橋の上で夢婆という老女が旅人にお茶を出すという。そのお茶を飲んで橋を渡れば、こちら側の世界のことはすべて忘れてしまう。ぼんやりした思いつきから具体的な計画に話が進んでいった五週間の間、少女たちは夢婆のお茶を飲まないようにしようと何度も誓い合った。この世と同じように、彼女たちは来世でも一緒に旅するのだ。家族などの地上の重荷から解き放たれて、互いを愛し、理解し合いながら。

「でもどうして。どうして若い女の子が六人でそんなとんでもないことをやる気になったんですか」ウォルターの気遣わしげな目が、怒りと失望の視線に変わった。

「答えがわかればいいんですけど」とスーチェンは言った。後に、少女たちの親や教師たちが考えられる解釈を探る中――一人の少女の親が離婚していたとか、一人の姉の不毛な不倫が私生児の誕生で終わったとか、学校の勉強が難しいとか、安っぽい恋愛小説から悪影響を受けたとか、ホルモンや思春期の精神状態には揺れがあるとか――スーチェンはさげすむように黙っていた。斃《たお》れし同志たちと世間の人々の間に立つ最後の戦士として。

ウォルターは座ったままそわそわしていた。知りたい気持ちをうまく表す言葉を見つけられずにいた――というより、もしかしたらただ会話を終えたくて仕方なかったのかもしれない。若い女の子が一人で自殺しようと決めたのなら、人々は哀れんで首を振っただろう。でも六人の少女たちが一緒にあんな道を選んだら、人々は理解を超えた絆に脅威と拒絶の意思を感じた。本当のことを話したら、レイは何と言っただろうとスーチェンは想像した。人生を分かち合ってくれる男は嘘以上、沈黙以上のものに値すると思い、長年の間告白しようかと考えていた。でも、美美《メイメイ》が送ってきた波の意味を推しはかったことがないのを、つまり美美《メイメイ》は喜びに満ちた旅に一緒に来るよう合図していたのか、それとも浮かんでいた最後の一人である自分に助けを請うていたのかを知ろうとしないことを、どう説明すればいい。レイは新しい国での新しい生活——結婚、友情、子ども——が絶望から救ってくれると主張したことがあるけれど、友達とその思い出を生きていくための闘いの犠牲にするぐらいなら、救われることなど望んだりしない。

スーチェンは午後の陽光を見上げた。陽光は長方形のドア枠に縁どられ、ウォルターと彼女を迎えるのを待っていた。もしかしたらウォルターはもう一度夜のイベントに来るよう誘ってくるかもしれない。それを彼女は受け入れるかもしれない。そうしてまたぐずぐずと引き延ばす。海岸から離れて回り道をしたみたいに。二人が別れるとき、どちらもなんとなく癒されたような気がするだろう。彼のほうは、妻に関する困惑をもしのぐ愚かしい悲劇を持つ別の人間につかのまのぬくもりを与えたことによって。彼女のほうは、レイを解放してよかったのだと知ったことによって。レイは世間の見知らぬ人々の中に仲間を探し求めるような老人にならずにすむだろう。

幸せだった頃、私たちには別の名前があった葬儀管理士がすぐまいります。呼び鈴を鳴らすと、インターホンから女の声が聞こえた。ジアユーとクリスは玄関ポーチに立って一分待ち、さらにもう一分待ってから、柳編みの二脚の椅子に腰を下ろした。椅子の間には小さなテーブルがあり、鉢植えの黄色い菊の花が置かれていた。雲一つない晴れの日で、空の青が深かった。二匹のリスが芝生で追いかけっこをし、まだ色づいていない木々の間に隠れた鳥たちが声高にさえずり、この閑静な地区で競って大騒ぎをしていた。シェイクスピアのどの戯曲も、本当はこういう壁のない待合室を舞台にしているのかもしれない、とジアユーは思った。人生は、死への控えの間だ。

四か月後、そんな考えは無駄に大げさだと思えた。シェイクスピアについて語る資格などジアユーにはない。彼の作品を最後に読んだのは北京の大学にいたときで、ほとんど役に立たない英文学の学位をとるためだった。さてエバンが死んだ直後の、陽光がさんさんと降り注ぐ日々のことを考えていたら、ジアユーは気づいた。一回目の訪問だけでなく、その後何回も彼女とクリスがインターホン越しに声を聞いた女は、一度も姿を見せたことがない。この葬儀場に受付はなかった。ドアが開くたび、葬儀管理士の握手に迎えられた。

ジアユーが初めて電話をしたとき、ものやわらかい話し方をする男がエバンの生年月日を尋ね、答えを聞いたら「ああっ」と言った。

でもインターホンの声の主は、名札を必要としない誰かさんという受付係だった。そして彼女は並みいる客に毎日会わずにすんでいた。死に求められなければ、客たちはこの建物に足を踏み入れることはなかっただろう。以前のジアユーはどこのオフィスでも受付係に関心を寄せたことはなかった。でも、会ったことのないこの顔なしの女を、普通の受付係に単純化しようとしてもできなかった。死者も、普通の一般的な死者にされていいはずはない。でも十代による自殺の驚くべき統計結果に関する最近の記事を読んだとき、ジアユーはそれがむなしい抗議であることに気づいた。


死が新たな習慣をもたらした。遺族支援《グリーフ・サポート》グループに参加し、親戚や友人たちからの手紙に対応し、ナオミに懇願の電話をする。ナオミはウィスコンシン州の大学に通う二年生で、葬儀後は親が生活に立ち入ってくるのを制限するようになった。壊れやすいこうした新たな習慣は、初めて手にしたトランジスタ・ラジオを思い出させた。五歳になったときに祖父がくれた誕生日プレゼントだ。五歳の子には贅沢な品だった。でも、挫折を感じさせるものでもあった。彼女の指では、ダイヤルを操作して未就学児向けに午後の三十分番組を放送する局を探り当てるのは容易ではなかったからだ。

そして探り当てても、ダイヤルが正しい周波数にとどまっているのはほんの数分だけで、それから動き出し、盗みをはたらく狐やどんちゃん騒ぎをする熊の歌がじわじわと雑音に変わっていくのだ。

どうして膝にラジオをのせていた少女が、人生の半ばでダイヤル合わせに次から次へと失敗するこの女になったのか。ジアユーは車をガレージの扉の前に停めたまま、扉を開けるボタンを押せなくなることがあった。かと思うと精力的に掃除をすることもあったし、たまねぎを刻むうちにまな板の上に涙の透明な水たまりを作ることもあった。なぜガレージの扉の前でためらったり、欲しくもないたまねぎを無駄使いしたりするのか、といえば、答えは訊くまでもなくわかっていた。行動や感情が常軌を逸していようといまいと、そのすべては悲しみという大きな手のひらの上にあった。

悲しみ？　悲しみとは何だろう。ある朝、ジアユーは目を開けると天井に向かって言った。悲しみよ、私はあなたが何者なのか知らない。だから、私が何者なのか知っているふりはやめて。

彼女とクリスは葬儀の後、すぐに仕事に復帰した。ジアユーは近くの町の公立大学で文化交流事業を運営していた。クリスは地域の病院でメディカル・エンジニアリング部門を監督していた。二人とも最初は懸命にやっていた。クリスは何度か仕事を抜け出したし、ジアユーは二日連続で女子トイレに隠れて泣いた。でも世間からは禁欲的に見えるほど堅実にやっていた。ジアユーは霜が降りる前に庭をきれいにして秋植えの球根を埋め、クリスは灌漑《かんがい》装置に防寒装備を施した。二人して道端の売店で、かぼちゃを例年どおり四つ買った。二人とも毎日ナオミにメッセージを送った。冷たく見える仮面の奥に、自分たちのようにずたずたになった心があるのを知っていた。しばらくしたらナオミは態度をやわらげ、感謝祭の日には実家に帰ることを受け入れた。

二人の心の中では、自分たちを支えていたのは禁欲主義ではなく敗北主義だった。仕事がある日の終わりには、どちらか一人が麻痺状態になった——代わる代わるその状態に陥るのだ——するともう一人が、近くの町の公園までドライブしようと強く促した。そこに行けば二人は、黄昏の中を散歩するただの中年夫婦にすぎない。薄闇の訪れは日ごとに早まり、十一月初旬になるとそれが一気に暗闇に変わる。

ああ、どうして。散歩の沈黙を破って、どちらかが言う。

それに、なぜあの子？

こうなるなんてわからなかった。そっちは？

わからなかった。思春期の問題だと思ってた。

そうだよね。思春期は誰もがとおらなきゃいけない難しい試験なんだろうと思ってた。

皆が合格するわけじゃない。

最近の若者は大変だね。

親の世代よりも大変だよね。

多くの研究者はそう考えてる。新聞で読んだ。

でも、わからない。あの子はその日の朝、水泳大会の話をしてたんだよ。わくわくしてるみたいだと思った。

それから運転免許の話をするときの様子。あの子の誕生日に真っ先にＤＭＶ（免許などを発行する自動車局）に連れていくことにしてた。学校に連絡して、病院の予約があるって言うつもりだった。

学校で何かあったんだと思う？

友達の誰も知らないなら……。

友達がたくさんいれば普通は……。

それに子ども時代は幸せだったし……。

親として幸せな子ども時代にしてあげたよね？

あの子が自分でそう言ってた。
ナオミもそう言ってる。
じゃあ何がいけなかったんだろう。
永遠にわからないよ。
わからないのはつらい。
すごくつらい。
いちばんつらいよね。

五十年前の中西部の町なら、ジアユーとクリスは冷たい目で見られていたかもしれない。でもいまはトウモロコシ農場で育った男と北京の小路で育った女が結婚して、近隣の人々とたいして変わらない家庭生活を送っていても、どうということはない。といってもクリスの母親は、自分にとっては信じられないような奇跡だと結婚式で何度も言っていた。結婚して――この前の夏で十九年――どんな結婚にもあるようなつまずきならそれなりにあった。ジアユーとクリスはナオミとエバンを良識と愛情を持って育てながら、ともに堅実な暮らしをしようと励んだ。そんな二人がなぜこれほどとてつもないことに見出され、捕らえられたのかとジアユーは考えた。とても平凡で控えめで目立たないというのに。子どもの死は別世界のものだった――ギリシャ悲劇や感傷的な映画の。蟻んこが雷に打たれる確率はどのぐらいだろう。さらにその蟻んこが生き残って働き続ける確率は？　それはどんな傷を負ったままで？

ジアユーはパソコンで表計算ソフトのワークシートを開いた。そこに家族、親戚、近所の人、知人など——会ったことのある亡くなった人たち全員を列記してみた。さらにそれぞれの誕生年と死亡年と死因を、思い出せるかぎり書きこんだ。わからない情報は死亡記事で調べられるものの、クエスチョンマークをあちこちに入れた。求めていたのは自分の記憶を試すことだった。逸話を一つ二つ思い出せれば、死者たちは普通の一般的な死者に単純化されなくなる。

たとえばアイリーン・ウィルソン夫人。ジアユーの結婚式で最高齢の出席者の一人だった。ウィルソン夫人は披露宴で、いとこが中国で伝道師をしていたのよ、と言った。

いつのことですか、とジアユーは尋ねた。

一八九一年、とウィルソン夫人は答えた。

祖父がその年の生まれなんです、とジアユーは言った。

まあ偶然ね！　いとこはその年に死んだの。山東省に二か月いたんだけど、首を刎《は》ねられて。ウィルソン夫人は片手を自分の首にあてた。

何ですって。それはとても申し訳ないです。

老女は笑った。ふふん、あなたが謝らなくていいのよ。私は彼に会ったことがないんだもの。誰と会えてよかったかって言ったらね。大おばのサリー。この人は近所の羊を五匹盗んだのよ。当時その罪は絞首刑だったんだけど、女だからって許されたの。

故人について考えることは、記憶の道をたどることとはまるでちがう。記憶の道か、とジアユーは独り言を言った。なんて妙な言い回し。こんな言葉を思いつくのは頭が整理整頓されている人だけだ。

思い出すこと。それは、歳月の目印として木の杭が立てられた並木道を歩くようなことではない。記憶は干し草の山だ。ある逸話を探し出そうとすれば百もの逸話が出てきて、そのどれもが完全なものではない。

そして逸話は次々によみがえってくる。エバンについて考えていても、それが邪魔をする。とはいえ邪魔は成功しない。それに、エバンについて考えるという言い方はまちがっている。考えることは思い出すことと同じく、振り返る行為だ。でもエバンはずっとここにいる。週末に挑戦する手のこんだ新しい料理の中にも、暗い雰囲気を変えようと花を生けて家中に置いた花瓶の中にも、心の痛みをほとんど軽くすることはない音声案内付き瞑想アプリのうつろな声の中にも。

彼女はパソコンにワークシートを開いたままにしておいた。一人一人の名前には、死の物語しかないわけではない。たとえば文《ウェン》姉さんの夫。文《ウェン》姉さんは北京で隣に住んでいた一家の末娘で、ジアユーよりも十四歳年上だった。文《ウェン》姉さんが警官と交際を始めたので、ジアユーは毎週日曜の朝に小路の入り口で彼を待つようになった。そしてバイクで彼が現れるなり、すぐに駆け戻る。文《ウェン》姉さんはすでに庭に立ってエンジン音に耳を澄ましていたけれど、それはどうでもいいことだった。ジアユーは、来た来た来た、と叫ぶ役をやりたかった。縁結びの吉兆を伝える鵲《かささぎ》みたいに（中国で鵲はめでたい知らせを届ける縁起のいい鳥）。

五十歳。肝臓癌。男の名前の脇にそう記入したとき、ジアユーは年配の男になった彼を目に浮かべることができなかった。一度彼と文《ウェン》姉さんはドライブに連れていってくれた。ジアユーはサイドカーに乗って目の前の金属のバーにつかまり、文《ウェン》姉さんとその彼氏を見上げた。彼女は杏色のワンピースを着ていて、彼は白い制服を着ていた。「幸せだった頃、私たちには別の名前があった」

どんな文脈だったかもう思い出せないが、学生時代にこの台詞を読んだことをジアユーは憶えていた。恋する若いカップルと、その恋物語をただ見たかっただけの子ども——（シェイクスピア作『ジョン王』第五幕第四場より）皆、いまではどうなったか。死んだ男、未亡人、そして子どもを失った母親。

　でも子どもを失った母親は私が初めてではない、とジアユーは絶えず自分に言い聞かせていた。たとえば、いとこの明《ミン》がいる。彼女の赤ん坊ははしかで二歳にならないうちに死んだ。その子はジアユーの記憶から消えかけていたが、古いアルバムを開けば写真があるはずだった。

　赤ん坊が死んで多くの親戚が涙を流したが、いまとなってはどれだけの人がその小さな女の子の物語を語れるだろう。明《ミン》はその後また子どもを産んだ。健やかな男の子だった。娘より息子を大事にするおばは、ジアユーの母親にこう言ったことがある。かえってこれでよかったって思えるわね。あの子が死んだから弟を作れたんだから。娘が生まれても悲報にしかならないこともあるでしょ、とおばは言った。一人っ子政策じゃどうしようもないわね。

　それから盈盈《インイン》がいる。それぞれ別の小学校に進学する前は、ジアユーの遊び友達だった。二人の母親がともに北京第二聾《ろう》学校で教えていたので、仕事を終える母親を待つ午後、校庭で一緒に遊んだものだ。一つ年下の盈盈《インイン》は臆病な女の子だったので、ジアユーはマッチ箱に隠しておいたイモムシで驚かせたり、手の甲にカブト虫を放したりしてからかうのが好きだった。盈盈《インイン》が泣くのをジアユーが慰めて、それから仲直りする。その間ずっと周りにいる生徒たちに気づかないふりをしていた。生徒たちの大半は政府の支援を受けている寄宿生だった。ずっと年上で、中には十代後半の生徒もおり、実習を終えて学校を去る準備ができていた。

　いま思えば、二人でちょっと演技をしていたのではないだろうか。ジアユーは盈盈《インイン》を泣かせる口実を探し、盈盈《インイン》は大声を出せることなら何でも喜んで飛びついた。そうすれば自分たちと生徒たちを別ものにすることができる。一部の生徒たちはジアユーと盈盈《インイン》を囲んで半円を作り、にこりともせずに二人の少女をじろじろ眺め、身ぶり手ぶりで意思を伝え合っていた。自分と友人のことが語られているかと思うと、ジアユーはわくわくした。彼女も盈盈《インイン》も、その沈黙の世界に入るには半円の中心にいるしかなかった。指一本動かさずに語り合いながら。

一年前、ジアユーの母親から電話で盈盈《インイン》の死を知らされた。卵巣癌。四十三歳。娘が中学校に入ったばかりだった。ジアユーは子ども時代の遊び友達が棺に横たわる女になったところを思い浮かべることができなかった。母親にとっては失った子ども、子どもにとっては失った母親になったところを。でも思い浮かべて何になるだろう。もしかしたら悲しみとは、ただ信じようとしないことでしかないのかもしれない。

初雪が降って解け、それから二度目の雪が降った。後はかぞえても仕方ない。近所の家々にはクリスマスの電飾がとりつけられた。軒下に青や白のつららライト、常緑樹を縁どるオレンジや赤の電球。ある家の前庭ではトナカイがそりを引き、別の家の前庭では大きな翼の天使たちがラッパを吹く。世界はありきたりで、いつか刷新される兆しはほとんどない。もしかしたら悲しみとは、幻想は終わったと認めることかもしれない。

家に飾りつけをしたらよけい悲しくなるかな？　ある晩、二人で灯りのない自宅の前に車を停めたとき、ジアユーは尋ねた。

飾りつけをしなかったらもっと悲しくなるかな？

エバンだったらどうしてほしいと思う？　私にはわからなくて。私はどっちでも納得できる。こっちも同じ。

クリスマス・ツリーはどうする。ジアユーが名前を刺繍した四本の靴下は？　クリスマス・イブにエリクソン夫人の家を訪ねるのは？　エリクソン夫人の孫娘とエバンは一日ちがいで誕生し、別の理由で隣同士の新生児集中治療室にいた。その後、エリクソン夫人はエバンをもう一人の孫にした。ジアユーたちは十五回のクリスマスをエリクソン夫人の一族とともに過ごし、焼いたハムやスカラップド・ポテトやクルムカカ（ノルウェー由来の巻いたクッキー）をごちそうになった。それからクリスマスの賛美歌をうたい、エリクソン夫人が古いアップライトのピアノで伴奏した。ピアノはそのために年に一度調律されていた。

どの問いも袋小路にはまってしまう。近いうちにジアユーとクリスは顔を見合わせ、クリスマス・ツリーを選べる農場へためらわずに車を走らせることになると彼女は思った。そしてクリスが電飾をとりつけ、ジアユーはエバンのものも含めて靴下をマントルピースの上に飾る。彼女たちはエリクソン夫人から招待状が来たら、お決まりの持ち寄り料理である焼き餃子を持っていこうかと問い合わせるだろう。すべてをいつもどおりにやるのだ。「いつも」というのは頼りない言葉ではあるけれど、「いつも」という習わしに従うほかに何ができるだろう。まちがいが起こりやすい人生の月並みな道だ。

表計算ソフトのワークシートは行数が増えなくなったが、依然として心の痛みは軽くならない。死について知っていることを出し尽くせても、それは子どもを失ったつらさを出し尽くす役にはまるで立たなかった。生きていて健康で幸せな人たちのワークシートを作ることになっていたら、はるかに長い一覧表になっていたかもしれない。とはいえ多くの死でも一つの死をうまく解毒できないというのに、多くの生が何になる。

いつかエバンはほかの人の一覧表に登場するのかもしれない、とジアユーはふと思った。そう考えても、慰められることも悩まされることもなかった。ワークシートには華《ファ》がいた。高校の同級生だったが、卒業の前年に自死した。保育園時代の友人の父親もいた。彼は二年前のある晩、退職者の合唱団でリハーサルを終えた後、自死した。ジアユーは高校で華《ファ》と一度も話をしたことがなかったし、友人の父親は黒っぽい縁の眼鏡をかけていたが、それしか思い出せることはなかった。

それでも彼女はしょっちゅうワークシートを見直し、場面や細部を一つでも多く思い出そうと試みた。ときには新たな名前が浮かんでくることもあり、ジアユーはびっくりした。まるで彼女が生き返らせるのを、死者が辛抱強く待っていたみたいだった。勇敢婆さんと呼ばれる老女が隣の小路で一人暮らしをしていて、第二次世界大戦のとき農民のゲリラ兵だったと噂されていた。彼女の死後、それは新聞で裏付けられた。新聞は——戦時中のあだ名で——勇敢少女が十代だった頃の写真も掲載した。髪は短く刈られ、肩からカービン銃を下げ、ベルトに二本のむきだしの短剣をぞんざいに差していた。ジアユーと親友は三年生のとき、よい行いをする年間コンテストで優勝しようと計画し、勇敢婆さんの家に毎日行って家を掃除し、おつかいに行き、簡単な食事を作り、伝説となった彼女の戦時中の思い出話に耳を傾けることにした。行ってみたら最初の二回は手を振って追い払われ、それでもめげずに行くと箒《ほうき》で追い出された。もしあつかましくもまた来たら、兵役についた革命家に嫌がらせをしていると学校に告げ口するよ、と彼女に警告された。ああ、すごく屈辱的。

すごく不当な仕打ち。ジアユーはいまそう思って久しぶりに笑いたくなった。そして思い出した。勇敢婆さんに脅された翌日、親友とミミズを十四掘り出して婆さんの庭に投げ入れたのだった。

ああ、なんて楽しいのだろう。若くて負け知らずだった時代を追体験するのは。

老人や秀でた人の人生をたどり直してみるのもそうだ。一覧表の人々のうち、祖父にもっとも引きつけられる。彼は長く幸せな人生を送り、百一歳で亡くなった。妻にとっていい夫であり、八人の子どもにとって愛情ある父親であり、孫全員にとって優しく公平だった。明《ミン》の小さな娘が死んだとき、彼は涙を見せなかったものの、それ以来ひ孫が生まれるたびに銀の長命鎖——片面に「百年長命」と彫られ、もう片面に「福禄平安」と彫られたペンダント——を贈った（中国には赤ん坊に厄除けとして錠前の形のペンダントを贈る伝統がある）。かよわい存在を守るために。

晩年の祖父は妻を亡くした後、ときどき子どもの一人と生活したり、一人旅をしながらすでに家庭を築いた孫の家に立ち寄ったりして過ごした。ジアユーの母親は末っ子だったので、祖父が訪ねてくるのは八月が多かった。滞在が数週間以上に及ぶことは決してなかった。彼は誰のやっかい者にもなろうとしなかった。

祖父の人生だけはいい記憶の道になる、とジアユーは思った。彼の滞在はたいてい夏休みと重なったので、朝のジョギングや夜の散歩、北京の宮殿や公園などを訪れる多くの外出に付き添った。

彼女はパソコンの前に座っていても、いつも同じだった道順をたどるかぎり頤和園《いわえん》や紫禁城の記憶の道を歩くことができた。円形の楼閣から八角形の楼閣へ。そしてアーチ形の石の橋からアーチ形の木の橋へ。さらに蓮の葉がある鯉の池から蓮の葉がない鯉の池へ。暑い日には家にとどまり、二人で庭のエンジュの木陰に座った。祖父はたらいの水で冷やしておいた錫《すず》の急須から自分で茶を注ぎ、ジアユーは垂れさがる枝に尺取虫を探した。祖父がくれたトランジスタ・ラジオを音を小さくしてつけておいたが、ダイヤルの調節が嫌になると雑音が流れるままにしておいた。ときどき祖父は居眠りをした。そのときだけジアユーは彼にもらった小銭から一枚抜きとり、アイスキャンディーを買いに行くのだった。

　毎年夏になると、母親は祖父が来る前に部屋の用意をしながら、独り言をつぶやいた。来るたびにこの世で来る回数が一つ減る。あのぐらいの年になれば、次があるかはわからない。母親は聾学校で何年も教えたあげく、発言が世間の人に聞こえることを忘れてしまい、考えを声に出して言う癖がついていた。

　ジアユーには全部聞こえていた。過敏な子どもなら心配のあまり眠れなくなったり、不安な気持ちで祖父の動きをいちいち見張ったりしたかもしれない。でも祖父には健康に問題がありそうな気配はなかった。一日か二日たつと、永遠に生きると思わずにはいられなくなった。

　エンジュの木の下では何もかもが秩序よく見えた。ジアユーはたやすく安んずる普通の子どもであり、祖父はいい人生を送ってきた男だった。人生とはそのようであるはずだった。どの世代の者たちも、自分の番が来れば大往生を迎える。でもこの秩序はエバンの死によって乱され、ジアユーを不安にさせた。彼女はエバンが祖父のように長く幸せな人生を送って当然だと思いこんでいたのだから、すべてを当然のことと盲信する似た過ちをしていてもおかしくないんじゃないか。

　それからある日、ワークシートの一覧表に二つの死が加わった。ある母親と娘だ。どちらの名前も知らなかった。ジアユーはこれにはっと驚いて、すでにもろくなっている自分の心臓は体の中でもう安定した動きができなくなると思ったほどだった。その後何日も茫然自失の状態で暮らし、記憶がまちがっているのを恐れて子ども時代の遺物を頭の中で掘り返した。その断片は埃まみれで砕けやすい小さな骨のかけらみたいだった。

女とその娘二人に会ったのは、ジアユーと祖父が晩の散歩をしていたときだった。娘の大きいほうはジアユーぐらいの年で、小さいほうはまだ竹製の乳母車に乗せられていた。娘が二人いたことは確かだ。それと、竹製の乳母車があったことも。ジアユーの祖父と女の子たちの母親が近くのベンチに座っている間、もう一人の子と代わりばんこに乳母車を押して回ったのだ。ジアユーはその春に五歳になっていて、トランジスタ・ラジオをどこへでも持ち歩いていた。数週間遊び相手になるはずの女の子からラジオを見せてほしいと頼まれたので、ジアユーは電源スイッチ、周波数や音量を変えるダイヤル、たためるアンテナを見せてあげた。アンテナは長くなるように引き出し、二人でそれを釣り竿ということにした。この遊びで釣られる魚の役をやる乳母車の子は両手を上げてわめいたが、二人は届きそうで届かないところまでしかアンテナの先を下ろさなかった。このすべてをジアユーはいま思い出した。姉妹の短いおかっぱ頭も目に浮かんできた。それに、自分のお気に入りのワンピースも。袖なしの黄色いスモックが、ひまわりの刺繍で縁どられていた。

その後、下の女の子が乳母車ごと姿を消した。同じ夏のことだったが、正確にいつなのかジアユーは思い出せなかった。ある日、上の女の子と人工湖の脇にある岩によじ上ったら、そこで女の子が妹は死んだと言った。でも、どうして死んだのかは言わなかった。魚になってくれる妹がいないので、その日はジアユーと女の子が遊べるゲームがなかった。二人して岩の上でラジオを聴いたのを憶えている。その高さからラジオを落とさないよう気をつけながら、ベンチに座っている女の子の母親とジアユーの祖父を見つめた。彼に死の知らせを伝えるとき、女は泣いていたのかいなかったのか。高齢の男と若い母親として適切な距離を保ちながらも、彼はその手で女の手を握ることを心に思い描いていたのか。

それからまもなくして、家に嵐が吹き荒れた。母親が祖父にかんしゃくを起こすのを見たのは、それが最初で最後だった。どうしようもない、と彼のことをとがめ、頭がおかしい、と女のことをとがめた。母親は声を張り上げた。こんな年の男と、孫娘でもおかしくないような若い女なんて、世間の人たちにどう思われる。

彼が女に与えたかったのは経済的支援だけではなかったはずだ、とジアユーは思う。誰にも知られないようにお金をあげることもできたのだから。彼が申し出たのは結婚だったのか、それともさほど因習にしばられない縁組だったのか。彼が自分のやもめ暮らしを変えようと思い巡らせたのは、あまりにも多くを失った母親である未亡人への哀れみからか、それとも人生の幕引きが迫る中でひと夏を輝かせてくれた女への愛情からか。いやもしかしたら、たくさんいる子どもや孫でも完全には癒せなかった孤独感からかもしれない。ジアユーはどの問いにもあえて答えを出さなかった。問いを投げかけるだけで過去に別の名前がついてしまうのだから、答えは必要ない。

その夏は以後、何事も起こらなかった。翌年からの夏も同じだった。いつもどおりジアユーと祖父は街を散歩したが、女も生き残った娘も二度と見かけなかった。数年後、その娘がジアユーの学校に転校してきた。こちらはすぐに誰かわかったけれど、女の子のほうはジアユーのことを憶えていないようだった。女の子は母親を亡くし、おじさんとおばさんのもとで暮らすようになったとのことだった。おばさんが母親の遠戚なのだ。夫妻は彼女に新しい名前をつけた。それをジアユーはいま思い出した――記憶は過去を出ししぶっていても、予告なしに堰を切ってあふれ出させることがある。女の子は舒暢《シューチャン》と呼ばれるようになった。二文字で「幸せで苦労がない」という意味の名前だ。女の子を養女にした夫妻はきっと、彼女に何がしかの希望を抱いたのだろう。ジアユーは女の子が実母の娘だったときの旧名をもともと知らないし、永遠に知りえないことに気づいた。

祖父はジアユーが大学生のときに亡くなった。それで初めて、祖母と結婚する前の彼に妻がいたことを知った。その妻は、幼児だった一人息子をジフテリアで失ったときに自死した。知るのが遅すぎたその事実をジアユーは遠い――昔の――過去としてしまいこみ、いまに至るまでその三人家族に思いを馳せることはなかった。もし人生が死への控えの間なら、死もまた控えの間だ――別の人生への。彼女は人工湖の脇にあった岩を思い浮かべた。そこから彼女と女の子はベンチに座った男と女を見ていた。ジアユーは自分の子どもが死んだからようやく祖父を悼《いた》み直せた。今回は妻と子どもを葬った若い男として。でも、手遅れとは思わない。信じようとしないところから始まり、えてして別のところで終わる真の悲しみが遅すぎることは決してない。

すべてはうまくいく

昔あるとき、ある美容院の常連だった。事前に予約したことはないが、めったに待つ必要はなかった——リリーの店には、全員が髪を切りに行くわけではない。リリーがおじちゃんと呼ぶ年配の男たちはカード・テーブルの前に座り、中国語やベトナム語の新聞や雑誌を読んでいた。カウンターの上のテレビはカリフォルニア州のリバーサイドにある局にチャンネルが合わされ、おばちゃんたちが——おじちゃんたちと縁続きの人もそうでない人も——標準中国語《マンダリン》の料理番組やドラマを観ていた。

私は六十歳以下の唯一の客であり、英語を話す唯一の客でもあった。リリーはほかの客とはベトナム語か広東語《カントニーズ》か標準中国語を話していた。初めて会ったとき、私は一歳のときにオランダから来た夫婦にもらわれ、中学生のときに家族でアメリカに移住したと嘘をついた。それでリリーは、話しやすい言語を私が使えなくても許してくれた。洋鬼子《フォーリン・デビル》（西洋人をののしる中国語）に育てられたんだって、と近くにいたおばちゃんに彼女が広東語で言った。するとおばちゃんは言った。半分西洋人だね。髪はまだ中国人だけどさ。

半分は鬼子でね、脳は中国人じゃないんだよ、とリリーが言った。二人とも笑った。私がぽかんとして鏡のリリーにほほえみかけると、彼女はほほえみ返した。何の仕事をしてるの、と訊かれ、私は学生だとまた嘘をついた。彼女は私の髪を一房持ち上げて落とした。髪には白いものが交じり始めている。専攻は何なの、と尋ねるので、学生に戻ったのは作家になりたかったからだと言った。作家になったら稼げる？　それで私は答えた。あんまり。

リリーの店は目抜き通りから数ブロック入ったところにあった。その目抜き通りは、武装した強盗の襲撃があっても地元のニュースにすらめったにならないようなところだった。店は金属の柵に囲われていて、ドアにはチェーンがついていた。リリーは客が来たら錠を開け、客を中に入れるとすぐに錠をかけた。火事になっても誰も逃げられないと、私はそこへ通い出したときに考えた。でも不安にはならなかった。その頃は保育園に通う小さな子どもが二人いたけれど、たとえ周りの人から警告されても、世界から突きつけられるかもしれないいろんな危険に見舞われそうな気がしなかった。もし世界が危害を加える気になったら、備えている人間にもいない人間にも同じようにやるだろう。母親になると、はったりをきかす権利を得られるのだろうか。子育てはギャンブルなので、はったりをきかすしか手がないのだ。

私はその頃、教職の仕事をしている大学の構内で暮らしていた。木や池や小川や噴水のある領域が柵で囲まれ、外界から隔離されていた。家の近くにある花咲くマルメロの木は、創立者の家族に仕えていた召し使いらが一八六〇年代に植えたという話だった。保育園が入っている建物には白い漆喰《しっくい》が塗られ、屋根にスペイン風の瓦が敷かれていて、地中海の時代遅れのリゾートホテルみたいに見えた。アメリカは若い国であり、中でもカリフォルニアは特に若い州だった。この大学は長い伝統のある学府の世界では新参者にすぎなかったが、たくさんの木々や茂みや建物を見ていると、好きなだけのんびりと長い人生を生きられる感じがした。

それでも世界には重大な危機があふれるほどあった。けっこう現実的なものもあったし、けっこう身近なものもあった。一度、放し飼いの闘犬がプールの近くでうろついているところを目撃された、と大学の警備部門から警告が出された。また一度は土曜の夜、教職員の家が立ち並ぶ区域へ武装した男が追われて逃げこんできた。外にパトカーやヘリコプターがいるのに、私たちは明かりを消して『魔法さん』というフランス語の子ども向けドラマを語学学習用CDで聴いていた。ときどき保育園の近くの街角で走行する車から発砲があると、しばらくは子どもたちが屋外活動の時間を奪われた。これだけ脅威があっても、なぜか私はユーカリの木ほど心配にならなかった。その頃くりかえし襲ってきた恐怖は、風の強い日にユーカリの木の枝が頭の上に落ちてくるということだった。子どもたちと自然を話題にし始めた頃の会話で、入植者がカリフォルニアにユーカリの木を持ちこんだのはまちがいだったと私は言った。乾燥する季節には火災を広げる原因になるし、冬の嵐のときには木の枝が落ちる危険がある。でも子どもたちは恐がらなかった。散歩のとき、子どもたちはよく「ワライカワセミが古いユーカリの木にとまってる」（童謡「Kooka-burra」より）とうたった。いつかオーストラリアに行って、コアラとカンガルーとワライカワセミを見よう、と私たちは決めた。

リリーの店に行くときは黒っぽいトレーナーと青いジーンズを着て、後ろポケットに二十ドル紙幣をねじこんでいた。髪を切ってもらった後で大学に戻り、同僚とばったり会ったことがある。おやおや、学生かと思った、と彼女に言われ、なじんでるでしょ、と答えた。絵に描いたような美しい郊外にあるサービスのいい美容院に予約を取ることも簡単にできた。リリーの店は大学からほんの数ブロックのところにあったが、もっと安全な地域へ車を二十分走らせられないほど時間が惜しかったのだろうか。賢者は倒れそうな壁のそばに立たない、と孟子は言った（「尽心」より「是故知命者不立乎巌牆之下」）。いくらスニーカーをはいていて走るのが速くても、銃弾より速く走れる人間はいないことを私は知っていたはずだ。

私は必要以上にリリーの店に通った。迷信深かったら、彼女にまじないでもかけられたのかと思ったただろう。

リリーはおしゃべり好きだった。その暮らしはドラマの連続だった。彼女の夫は十年前から計画を練った末にようやく家に敷いたカーペットにつまずいて転び、つま先の骨を折った。州立大学に通っている末の息子は、ある男が路上で無差別に通行人をナイフで切りつけた朝、寝坊をした。殺されてたかも、とリリーは言った。子ども三人の中でいちばんだらしないんだけど、その子はいまじゃだらしないと得するって言ってる。それから、舅《しゅうと》は死ぬ直前になってカジノというファーストネームの男と友達になった。哀れな舅はね、ちょっとした金儲けの兆しだと思ったんだよ、と彼女は言った。でも結局、カジノは本当の友達じゃなかった。カジノは一緒に賭博をやりに行きさえしなかったの。

私は耳を傾け、ほほえみ、質問をした――これらは私のもっともいまいましい習性なのだが、飽きずに利用した。どの出会いも自分に課した試験だった。人々にどれだけ長く話を続けさせ、私に質問するのを忘れさせておけるか。私には語るような物語はなかった。意見はあったものの、私はバートルビー（メルヴィル作の短編「書記バートルビー」の主人公）並みに意固地だった。人の話について意見を求められると、やめておきましょう、と答える。でもどっちにしろリリーは私の意見も話も気にかけなかった――両方ともおじちゃんやおばちゃんからさんざん聞かされるのだ。彼女はきっと私のような理想的な客を長年待っていたのだろうと考えるのが、私は好きだった。

ここ以外の場では、意見を述べよという要求から完全に解放されることはなかった。あるときには学生が、私が課題にしたJ・M・クッツェーの小説に文句を言った。この本は要は思想の話で心に訴えるものがなくてすごく侮辱的、と彼女が言うので、私から見れば見識に欠けているほうが侮辱的、と未熟にもきつく言い返してしまった。またあるときは、学生がチャールズ・シミックのことを女嫌いだと言った。なぜなら回顧録に母親のことがろくに書かれていないからだ。本はあるがままに読みなさい、自分の好みを求めるのではなく、と私はその学生をさとした。すると学生は、文学というものに対してあなたは陳腐な考えしか持っていないと答えた。「規範となる名作だとあなたが思っているものを、ばらばらに解体するのが私の目標」と彼女は言い、デスクの上のトルストイやチェーホフの本を指さした。「そういうのは現実の人生の話じゃないし」

人生とは何、と私は訊きたかった。現実とは何。でもすぐさま疲労感に襲われた。リリーの店の椅子に座りたかった。彼女は私の髪を切りそろえながら、タピオカ・フローズンドリンク店への投資を夫が決めたことや、近所の人が珍しい金魚の繁殖家になったことや、長男が法律事務所の仕事をやめて料理学校に入るという愚かしい夢を抱いていることを語ってくれた。リリーの人生に規範が入りこむ隙はなかった。もし彼女が何かをばらばらに解体するとしたら、投資に値する家だろう。転売目的で中古物件を買う投資家として。

そんなわけで、私はリリーの店に行った。意外にもその日、彼女は夫や子どもや義理の両親の話をしたがらなかった。というより、恋物語を話そうと決めた特別な日だったのかもしれない。何はともあれ、それまで語ってくれたいろいろな話は、ただの前口上だったのだ。

髪を一回切ってもらう間に話の大筋をつかみ、数回行って詳細を知り、さらに数回行ったらリリーを疑いの目で見るようになった。現実とは何。人生とは何。その答えがわからないとき、私たちは誰もが自分のために物語を作るのかもしれない。リリーの物語はこうだった。

彼女はベトナムに住む中国人の一家で育った。十六歳のとき、隣に住むベトナム人の少年と恋に落ちた。彼も十六歳だ。彼女は美しく、彼はハンサムだった。ところが翌年、両国間で戦争（一九七九年の中越戦争）が勃発し、リリーの父親がわが家はもうベトナムでは安全に暮らせないと考えた。

「トゥアンがうちの親に会いに来てね」リリーは言った。「自分も一緒に国を出たいと申し出たの。私と一緒にいられるなら何でもやるって。でも父は〝君はうちの息子じゃない。君の親の息子だ〟って答えた」

私はその戦争のことを考えた。三週間と六日間続き、いまではほとんど忘れ去られている。私が北京の小学生だったとき、親友が児童誌を購読していて、それが中国とベトナムの国境を舞台にした物語をよく取り上げていた。障害が残った体や爆撃を受けた村や勇敢な兵士の勇ましい顔を描いた挿絵がついていた。でも歴史上、その戦争は人類にとって膝の擦り傷やくしゃみ程度にしかすぎない。リリーから二国間のその歴史を知っているか訊かれたとき、知っているとうっかり口を滑らせるところだった。それから思い出した。私はアジアから遠く離れた国で育ち、人もうらやむような子ども時代を送ったことになっているのだ。

リリーの一家はボートピープルになってベトナムから香港へ移住し、さらにハワイへ、後にカリフォルニアへ移住した。彼女は持ち帰り専用の中華料理店で両親を手伝い、ロサンゼルスで美容院を営む年上のいとこの見習いになり、結婚し、子どもをもうけた。移民のこんなありふれた人生は、そのまま続いていただろう。少女時代の思い出の少年トゥアンのことを先日知らされなかったら。

「私たちの物語はまるで映画なの」とリリーは言った。

「まるで戯曲、でしょ。『ロミオとジュリエット』っていう」

「私たちの物語を映画にしてくれそうな人、知ってる？」

しばらくの間リリーはくりかえしそれを尋ね、毎度私は知らないと答え、期待外れな思いをさせて申し訳ないように感じた。といっても、会いに行くのをやめるほど申し訳ないとは感じていなかった。長年にわたって同じ場所に立ち――髪を切り、ひげを剃り、髪を染め、おじちゃんやおばちゃんの話に耳を傾け――そのうちにリリーはゆっくりした語り口の人になっていた。回り道をしたり、言葉の魔術師のように目くらましやありきたりなごまかしをやったりした。「旦那さんはどこで髪を切ってるの」彼女にそう訊かれたことがある。「ここに来るように言っといて。値引きしてあげる。あなたは最高のお客だから」

話にはもっと多くの人間が登場し、エキストラの一団のように入ってきたり出ていったりした。学校の友人たちの思い出もあり、その中にはトゥアンに思いを寄せる子もいた。二家族の父親同士の友情と長男同士の友情も掘り起こされたが、戦争に裂かれた友情は映画化する価値がほとんどない。両親はベトナムを去ったばかりの頃は娘に同情していたが、じきに彼女が嘆き悲しむといらだちを見せるようになった。

「まあね、責めることはできないよ。愛は鍋に米を入れるわけじゃないし、頭の上に屋根をつけるわけじゃない」リリーは言った。

「じゃ愛は何をするの」と私は尋ねた。

「だからさ、愛はいい映画になるんだよ。映画がなかったら私たち、どう過ごせばいいの」


トゥアンはリリーの一家がいなくなった後、その家の前で三日三晩泣き暮らした。誰も錠付きのチェーンから彼の指を引きはがすことができなかった。三日目の晩が過ぎた頃、兄たちの手でようやく家に連れ戻すことができた。彼は死ぬつもりだと皆が思った。

「三日三晩だよ。うちの玄関から一歩も離れずに」リリーはこのことを幼なじみから聞いた。幼なじみとその妻が最近、アメリカにいる子どもたちを訪ねてきたときに会ったのだ。飲まず食わずで眠りもしないで、三日三晩泣き続けられる人がいるだろうか。でも私にその少年を疑う資格などないし、マイケル・フュアリー（ジョイス作の短編「死者たち」の登場人物）のように傷心をもっと詩的に表現するか、もっと現実的な形で死ぬかしてほしいと思う資格もない。私の知るかぎり、マイケル・フュアリーはジェイムズ・ジョイスの想像の産物だ。同じように少年もリリーの想像の産物かもしれない。私はその頃、深い悲しみを知らなかった。後に長男が亡くなってそれを知ったとき、リリーの若い恋人はそんなに流せる涙があって幸運だったと思った。深い悲しみはしまいに私を干からびさせた。涙は尽きてしまった。そして枯渇はしつこく続いた。

その少年は死ななかった。彼は立ち直って、最終的にベトナムの別の省に引っ越し、中学校で数学を教えるようになった。町の女が彼に恋をしたが、彼は応じなかった。「私が戻ってくるのを待っていたんだよ。別れる前に、死ぬまで私を待ってるって言ってたの」とリリーは言った。

待ち続ける人生が、病気にさえぎられた。その間、女はトゥアンを良妻よろしく看病した。それから二人は結婚し、三人の娘をともに育てた。

「彼には三人娘がいて、私には三人息子がいるっていうのがおもしろくない？　交わした約束がこんなふうになるとはね」

「あなたは戻ると約束したの？」と私は尋ねた。

「もちろんしたよ。でも難民として出ていくんだからね。戻らないことはわかってた」

「だけど、彼は約束を守ったかもしれない」

「さあ、そうなら本当にいい恋物語になるね。だけど守らなくても、そのことで責めたりしないよ。守らないほうがよかった」


次にリリーの店に行ったとき――夏休みの二か月間足が遠のいていた後――彼女は動揺しているようだった。「このところずっとどこにいたの」と彼女は訊いたが、私が答えないうちに話し出した。「友達がトゥアンに橋渡しをしてくれてさ」

「彼に会ったの？」

「ううん。会えっこない。うちらは仕事を休むタイプじゃないし、あの人はベトナムにいるんだし」リリーは言った。「だけど私の連絡先を教えたんだって。そうしたら手紙が来てね、家族についての質問と、向こうの奥さんと娘さんたちのことが少し書いてあってさ」

じゃ、うまくいってるんだ、と私は思った。恋物語が穏やかな結末を迎えたのだ。「それであの人がね、許してくれって」リリーは言った。

あれまあ、と私は思った。

「電話したほうがいいと思う？　電話で話をしてもかまわないか訊いてきたんだけど」

「いいんじゃない？」と私は答えた。

「がっかりさせたらどうしよう。あの人が憶えてる女の子じゃなくなってたって」

「電話だけでしょう。会うわけじゃなくて。相手の声を聞くだけ。思いやりのあることをいくつか言えばいいの。過去の話はしなくてかまわない。悪いのは二つの国であって、あなたたち二人じゃないもの」

「私が憶えてる男の子とちがってたらどうしよう」彼女は言った。

「じゃあ電話はやめたほうがいいかもね。しなきゃいけないわけじゃないんだから」

「でも、しないわけにいかないよ。今回を逃したら、お互い死ぬまで逃すことになる」


電話は私が想像していたようにはいかなかった。私はこんなふうに思い描いていた。リリーと元恋人は青春時代についてほろ苦い会話を交わし、結婚や子どもについては当たり障りのない情報にちょっと触れて具体的なことは何も話さず、幸せも苦難も口には出さない。あるいは大人らしくざっくばらんになって達観した見方をし、愛は年をとるにつれて起こるいろいろな変化を切り抜けられなかったかもしれないなどと語り合う。二人は友達のままでいようと話し合うだろう。家族ぐるみで友達になったらいいとすら言うのでは。

でも私は恋物語を書くのが下手な作家だ。天と地の間には、私のかぎられた想像力でははかり知れないことがある。

リリーがついに電話をかけたら、男は何も言わずにただ泣くだけだった。彼女はすすり泣く声を聞いていた。「あの人は落ち着きをなくしてた」リリーは私に語った。「私も泣きそうな気分だったけど、こう言い続けたの。〝もしもし、何か言うことはない？　私たち、このときをほんとに長い間待ったよね。泣いて時間を無駄にするわけにはいかないじゃない〟って」

それでも泣いているので、だいぶたってから娘の一人が電話を替わった。「父さんにとってはたまらないんです」と娘は言い、リリーをおばさんと呼んだ。リリーがベトナムの家庭生活について質問したら、娘は親しげに答えてくれた。「父さんはあなたのことをよく話します。私たち皆があなたを家族の一員のように感じているんですよ」

この話をするとき、リリーは私の襟足の部分を切っていた。鏡に映る彼女の目は見えなかった。娘の言葉を伝える彼女はうろたえている感じではなかったけれど、私は心を痛めた。彼女の声は映画のナレーターの声みたいに幻想的で、何か恐ろしいことが起こりそうな予感を与えた。開いた窓の前に立つ女優が目に浮かぶ。彼女は明かりが消えた部屋に背を向け、芝居がかった目に冷え冷えとした月光を宿している。彼はあなたに愛されるに値するの、それとも殺されるに値するの？　彼女は自分に問いかける。その顔は迷うあまり硬直している。選択肢は一つしかないわね？

「それからさ」リリーは言った。「これは信じられないだろうけどね。娘さんによると、三人の娘全員の名前に、私の名前の漢字が入ってるんだって。あなたには話したことないよね。私の中国名には〈花〉っていう字が入ってるの。彼はその字を娘たちの名前に入れたんだよ」

私は身震いした。暑い夏の日差しの下から旧トンネルの中へ足を踏み入れたときみたいに。どこからトンネルなんていう考えが浮かんできたのか。と思っていたら、よみがえってきた。北京の自宅アパートのそばに、うち捨てられた核シェルターがあった。中国とソ連の戦争が避けられない恐れが出てきたとき、親の世代がそうしたトンネルをいくつも掘ったのだ。小学校のとき、私はよく学校をさぼってマッチ箱を手にトンネルの中へ入っていった。じめじめしてかびくさい空気、そそくさと走り回る虫や鼠、錆びた釘。私はその釘を宝物としてマッチ箱に溜めこんだ――自分の子どもたちがそんな探検をしたらと思うと、心底ぞっとする。でも私はそのとき楽しかったのだ。

「それから娘さんが言ったの。〝おばさん、今日は父さんは話ができないと思います。とても無理です。父さんの体が心配です。でも母さんと話しませんか？　ここにいるんです。母さんも話したがっています〟」

「奥さんと話したの？」リリーが話を中断するのは物語に参加していい合図だと知っているので、私は尋ねた。

リリーは妻と話した。私もその立場なら話しただろう。

「これを映画にしてくれそうな人、誰か知らない？　言っとくけど、これは恋物語だよ。映画なんだよ」

「映画を作れる人は知らないけど。どうだった。奥さんと話して、それで？」

「奥さんが電話に出たらもう、すぐに声が気に入っちゃった。いい女性と結婚したんだと思った。私のことを姉さんって呼んでくれてさ。奥さんも娘さんが言ってたみたいに、彼が私のことをよく話すって言ってた。それから〝彼がどれだけあなたを愛しているか知らないでしょう。あなたには決してわからない〟って言うの。それで私、急に泣き出しちゃってさ。考えてもみて。彼が電話で泣きわめいたって、私の涙は一滴も出なかったんだよ。そうしたら奥さんがね〝まあ泣かないで、姉さん。喜んでください。あなたは彼が愛したたった一人の人。これまでずっと、ベッド脇のテーブルにあなたの写真を飾っているんですよ〟」

「夫婦の寝室の？」私は尋ねた。

「そう」とリリー。

「嘘でしょ」

「何のために嘘なんかつくの」

人は何のために嘘をつくのか。でも、人はたえず嘘をついている、と私は思った。

「奥さんと話してから、ほかの娘二人とも話をしたの。長い電話だった。それで彼からは一言も聞けずじまい。だけど何がいちばん悲しかったかってさ。奥さんがこんなこと言うんだよ。〝あなたほど美しい人は見たことがない〟って。そんなこと、誰にも言われたことない」

二人して鏡を見上げた。私はリリーをきれいな人だと思ったことはなかった。当時の私はへとへとに疲れた若い母親で、向こうみずにも世界の危険に目を向けず、かたくなにも世界の美しさに目を向けていなかった。それがいま改めてリリーをよく眺めたら、本当にきれいだと思えた。と同時に、すべては彼女の作り話だと思い始めた。ちょうど私がオランダで育った話をでっちあげたように。無害ならこういうことをやるそれなりのわけが誰にでもあるものだ。それでも、私はリリーに腹が立ってきた。彼女はきっと私にまじないをかけたのだ。それでだまして椅子に座らせ、少女っぽい夢を見せて動けないようにしたのだ。人生にすり減らされなかった夢を。

「私の話をあなたが書いたらどうかな。そうしたら誰かが映画化するよ」とリリーは言った。

私はすぐにリリーの店に行くのをやめるべきだった。彼女は私のことを見抜いていたのかもしれない。話を聞かせて――私が椅子に座るたびにそれを求めていたことを、きっとわかっていたのだろう――本当の話をね、リリー。

話をしてあげる――彼女は受け入れた――しかも、それを嘘みたいな話にしてあげる。

私たちはその後、もう一度だけ会った。彼女は自分と少年の写真を見せると約束していた。彼が夫婦の寝室に飾っている写真だ。写真は何の証拠にもならないと私は思ったけれど、ほかに髪を切りに行けるところはなかった。別の美容院を見つけるのは新たな人間関係を結び、新たな友情を築くようなことだろう。でも私はいい人であれ悪い人であれ、知らない人とは距離を置くことをひたすら望んでいた。そして現実であれ非現実であれ、人生を忘れることを望んでいた。私はいい母親として子どもたちを育てたかったのだ。その時期は毎日が長く果てしない感じがしていて、ときどき子どもの成長が待ちきれなくていらだちを感じ、それからいらだったことに罪悪感を覚えた。

リリーが見せてくれた写真――これをどう言えばいいのだろう。それから何年もたって息子が死んだ後私はたえず心の痛みを感じたが、それは写真のリリーと少年を見たときに感じた思いに似ていた。そしていま息子の写真を見ている人たちを、同じ痛みが襲っているのだろうと思った――息子は亡くなったとき、リリーとトゥアンが恋に落ちたときと同じ年頃だった。

でもリリーの椅子に座っていたときは、その痛みはまだ星雲のように遠く、絵空事みたいだった。彼女が封筒を開けると、中にセピア色を帯びた白黒写真が二枚のティッシュに挟まれて保管されていた。写真の少女は白いアオザイを、少年は白い絹のシャツと白いズボンを着ていた。彼女は美しく、彼はハンサムだった。でも二人を描写するのにそんな言葉は使うまい。二人は若く、顔には陰がなく、体は未熟で大人よりも子どもに近かった。獣や神を鎮《しず》める生贄として、長老の手で抜かりなく準備された二匹の子羊のように見えた。この写真を撮影した直後に死んだと聞いても、誰も驚かないだろう。悲劇に生まれつく子どもたちもいるのだ。

「どう思う」リリーは私の顔をじっとうかがいながら訊いた。

「へえ」と私は言った。

「私たちの恋物語をあなたが小説にしたらどう」

悲劇がずるずる長引くとむしろ喜劇になるのか、それともますます悲劇的になるのか。

私はリリーの物語から恋愛小説は作れなかった。書くもので私が失望させたのは彼女が初めてではない。子どもたちが保育園に通っていた頃、各学期の始めに緊急支援袋《ケア・パッケージ》を送るように求められた。壊滅的な地震に備えて保育園に常備しておくことになっていたのだ。袋の中には長期保存のきくいくつかの軽食、家族の写真、小さなぬいぐるみ、それに子どもたちへの短いお便りを入れなければならなかった。親が保育園にたどり着けなくても心配はいらない、というお便りだ。すべてうまくいく、と書くことになっていた。最後には何もかもまるくおさまると。

私はいつも軽食とぬいぐるみと家族写真は用意したが、子どもへのお便りは書けたためしがなかった。子どもたちにどう話せばいいというのか。もし先生がこれを読んでくれたら、それはママとパパが迎えに来るのが遅れているという意味なんだよ。それと、ママもパパも二度とあなたのもとには戻ってこないって意味でもあるかもしれないんだけど、最後には何もかもうまくいくからね。

私たちは命にかかわるような地震には見舞われずに、彼らの子ども時代を切り抜けた。緊急支援袋は子どもたちが卒園するときに返してもらった。とはいえ、親の務めである簡単なお便りも書くことができないのなら、そんな作家が書く言葉に何の意味があるだろう。

数日前のこと、私の規範を解体すると誓っていた以前の教え子からメールが届いた。彼女は南米を旅しているとのことで、私たちの意見のぶつかり合いから学んだことを二、三挙げていた。「あなたは私たちにこう言いましたね。偉大になろうと望まなければ、そこそこよくなることもできない。あなたがそう言ったときに悲しげに見えたのはなぜだろう、といまでも考えます」と書かれていた。

私はどんな状況でそんなことを言ったのだろう。それに、何が悲しかったのか。彼女が現実の人生とは何かを教えるために書いてきたのであれば、筋がとおっていると拍手を送っただろう。でもそうではなく、彼女の長いメールには私から何を教わったかが語られていた。当時は私も若かった。人にものを教えることなどどうしてできよう。すべてはうまくいく。すべてはうまくいく。あらゆることはうまくいくことになっている。それなのに私は、子どもたちを慰める嘘のお便りすら書けなかったのだ。

謝辞

クレシダ・ライションがこの短編集の全作品を読み、そのうち九作品の編集を担当してくれたのですから、私は最高に運のいい作家です。そしてデボラ・トリーズマンとマイケル・レイといういずれ劣らぬ一流の編集者が、長年にわたって私の仕事を支えてくれています。皆さまに心より感謝いたします。

セーラ・チャルファント、ジャクリーン・コー、チャールズ・バカンをはじめとするワイリー・エージェンシーの皆さん、私を引き受けてくださってありがとうございます。

ミツィー・エンジェル、ナー・キム、ローレン・ロバーツ、マイロ・ウォールズ、エマ・チャックをはじめとするファラー・ストラウス&ジルーの皆さん、そしてキシャニ・ウィジャラトナ、ミシェル・ケーン、ジョー・トムソンをはじめとするフォース・エステイトの皆さん、私の作品を引き受けてくださってありがとうございます。

エドマンド・ホワイト（私のエグランタインにとってはルパート）、モナ・シンプソン（LMWM）、最愛なるエリザベス・マクラッケン、愛と友情をありがとうございます。

この短編集の作品は、十四年かけて書かれました。この間に私は友人のウィリアム・トレヴァー、恩師のジェームズ・アラン・マクファーソン、父、そして息子のヴィンセントを失いました。彼らはいまもこの本の紙面に生きています。

ダーポンとジェームズ、そばにいてくれてありがとう。

訳者あとがき

本書はイーユン・リーによって英語で書かれ、二〇二三年九月にアメリカで刊行された短編集 *Wednesday's Child* の全訳である。

著者のリーは二〇二二年にPEN／マラマッド賞を受賞した。これは特定の本に対してではなく、短編小説におけるこれまでの優れた業績に対して贈られる賞だ。選考委員の一人はリーのことを、「どの物語も、発掘されたばかりの新発見のように感じさせる才能を持つ」と評した。

本書は二〇二四年のピューリッツァー賞フィクション部門の最終候補三作品に、二〇二三年のストーリー賞の最終候補三作品に、また同年のロサンゼルス・タイムズ文学賞フィクション部門の最終候補五作品に残った。さらに、本書所収の「かくまわれた女」は二〇一五年のサンデー・タイムズEFG短編賞を受賞した。

著者のリーは約二十年に及ぶ作家活動の中で、〈中国のチェーホフ〉という異名をつけられるほど短編の名手とうたわれてきた。しかし長編小説を五冊出した一方、短編集はこれでまだ三冊目だ。つまりここに収録されている全十一作品のうち、もっとも古い作品は二〇〇九年に発表されている。つまり本書は十四年もの歳月をかけて作られた短編集と言える。この間に文芸誌等に発表された数々の優れた短編が本書からは割愛されており、その数は十近くに及ぶことを考えると、この短編集はミュージシャンがたまに出すベストアルバムのようなものだ。

激動という形容がふさわしい人生を送ってきたリーはすでに五十代の壮年期を迎えているが、特にこの十年余の間、その身には多くのできごとが起こった。それは初となる児童書とノンフィクション作品の発表や、アメリカの市民権の獲得、西海岸から東海岸への転居と所属大学の変更といった社会的な立場の変化だけにとどまらない。私的な面で大きな打撃となるできごとが次々に襲ってきた。自らの自殺未遂、わが子の自死、さらに父親や敬愛する友人らの死に次々に直面したのだ。とりわけ子どもを失った悲しみは大きかったが、それでも創作を教える教職から作家として受けるインタビューにいたるまで、通常どおりに仕事を続けてきた。もちろん執筆もやめなかった。それどころか母親と自死した息子の対話を中心にした小説を発表するなど、悲劇と正面から向き合った。

そんな中でつづられた作品にはしばしば死の影がつきまとう。中には子どもの葬儀のために、両親が葬儀場を訪問する深刻な場面から始まる作品もあり面食らう。

リーは昨年文芸誌『パリス・レヴュー』に掲載された対談の中で、彼女の作品は暗すぎるといつも世間の人々が言っている、と友人の作家から聞いた話を持ち出し、こう語っている。「それで私は、〝何より暗いのは、人生が暗いにもかかわらず明るいふりをすること〟と言ったのです。私はウィリアム・トレヴァーに共鳴する作家の一人です。ジョン・バンヴィルは彼を評してこう言いました。〝トレヴァーは、美しい町に来たらあたりを見回して、《この町ははたしてどれほど美しいのか。書いてみて、どこがおかしいのか見てみよう》と言うのだ〟と。目に見えないところに、心をかき乱すやっかいな何かが本質的に存在しているという確信があります。その部分を覆い隠すよりも、発見するために書きたいのです」

リーの作品には、死や孤独など人生の暗い面が扱われているものが多いのは確かだ。しかし読んでいる間は気が滅入るほど陰鬱な感じは受けない。それどころか、ところどころに軽妙なユーモアさえ感じられ、ときには吹き出してしまいそうになることもある。このユーモアはイーユン・リー作品の大きな特徴でもある。明らかに本人もそれを自負しているようだ。

「何より残念だと思うのは、私の書くものにはおかしみがあると言う書評家がとても少ないことです。皆さんには私の作品のユーモアを見てもらいたいのです。笑える能力はもっとも重要なことの一つです。そして私はいつでも笑っています。どれほど悲しいときでも、そうせねばなりません。また私は、悲しみと不幸は大きくちがうとも考えています。不幸と喜びは両立しない場合が多いのです。不幸というのはむしろつらい状態に似ていて、それはよくないことです。そして、私は不幸だとは感じていません。悲しいのです。とても悲しいとは言えます。悲しい過去があるのです。でも不幸ではありません。なぜなら悲しみと喜びは両立しうるからです」

つらい現実に直面しながらも、自らの内面を客観的に分析する冷静な心のありようはどこからもたらされるのか。彼女は悲しみとの向き合い方についてほかにもいくつか語っているので、後で改めてご紹介する。

では作品を一つ一つ見ていこう。その前に、各作品が最初に発表された時期と掲載誌を列記しておく。


【各作品の初出】

「水曜生まれの子」（Wednesday's Child）　二〇二三年一月、『ニューヨーカー』誌

「かくまわれた女」(A Sheltered Woman) 二〇一四年三月、『ニューヨーカー』誌
「こんにちは、さようなら」(Hello, Goodbye) 二〇二一年十一月、『ニューヨーカー』誌
「小さな炎」(A Small Flame) 二〇一七年五月、『ニューヨーカー』誌
「君住む街角」(On the Street Where You Live) 二〇一七年一月、『ニューヨーカー』誌
「ごくありふれた人生」(Such Common Life) 二〇二二年六月—九月(三回連載)、『ゾエトロープ オール＝ストーリー』誌
「非の打ちどころのない沈黙」(A Flawless Silence) 二〇一八年四月、『ニューヨーカー』誌
「母親に疑わせて」(Let Mothers Doubt) 二〇二〇年七月、『エスクァイア』誌
「ひとり」(Alone) 二〇〇九年十一月、『ニューヨーカー』誌
「幸せだった頃、私たちには別の名前があった」(When We Were Happy We Had Other Names) 二〇一八年十月、『ニューヨーカー』誌
「すべてはうまくいく」(All Will Be Well) 二〇一九年三月、『ニューヨーカー』誌

さて巻頭の「水曜生まれの子」について。この題名は、生まれた曜日にまつわるマザーグースの童謡のこんな歌詞に由来する。〈月曜生まれは器量よし／火曜生まれはお上品／水曜生まれは悲しみにくれ／木曜生まれは旅に出る／金曜生まれは思いやりあって／土曜生まれは働き者／でも安息日(日曜)生まれは元気いっぱい明るいよ〉

水曜日生まれの子には悲しみが待っているという。主人公ロザリーの娘マーシーは水曜日に生まれ、木曜日に十五歳で自死した。この作品は本書の中でもっとも新しい作品であり、リーの長男ヴィンセントが自死した後に書かれている。リーもロザリーのようにノートを持ち歩いていると発言

していたし、職業は作家というのも共通しているので、ロザリーとリーが置かれた現実は二重写しになって見える。そのためロザリーが頭の中でマーシーの声と語り合うさまは、二〇一九年発表の長編『理由のない場所』を思い出させる。リーはインタビューでこう答えている。

「ある時点でロザリーはつらつらとこう考えます。〝人生はあいまいな言葉や不正確な考えで縫い合わされているもの。いちいちしつこく主張のあら捜しをして何の意味があるの。そのうち縫い目がほころびてしまう〟もちろんこれは口論であって、彼女がマーシーとおこなっている議論の一部です。死者を生かしておくやり方にはいろいろお決まりの手がありますが、ロザリーのような作家にとってそれは、こんなたえまない生き生きとした議論をマーシーとずっと続けることです。口論の中には幸せな口論というのもあるのです。たとえ深い悲しみからしていても」

マーシーは舌鋒鋭い感じが『理由のない場所』の主人公の息子ニコライに似ているが、リーは同じインタビューで、『ガチョウの本』に登場する子どもたちとの共通点も指摘している。

「長男が亡くなった後、恩師のマリリン・ロビンソンが〝ヴィンセントはとても深遠《プロファウンド》な人生経験をした〟と書き送ってくれたんです。私はその言葉についてよく考えます。深遠《プロファウンド》という形容詞は小説の中では使ったことがありません――誤用されやすい言葉です――でもマリリンはすっかり理解したうえでその言葉を選んでいました。私は（『ガチョウの本』の）ファビエンヌとアニエス、そして（「水曜生まれの子」の）マーシーのことを、底知れぬ深みを感じとる力を持った優れた子どもたちだと思います。でもそんな底知れぬ深みを見る力が、とても深遠な人生経験から来ているという事実には、ちょっと慰めがあるかもしれません」

おそらくマーシーだけでなく、『ガチョウの本』の少女たちの中にもヴィンセントが潜んでいるのだろう。

さてここで、駅でロザリーが思い起こすローベルト・ヴァルザーという作家について触れておきたい。彼は一八七八年にスイスで生まれた。ベンヤミンから称賛され、カフカに影響を与えたとされており、死後、ドイツで再評価されている。長年精神病院で療養生活を送っていたが、一九五六年十二月二十五日に雪原であおむけに倒れているところを発見された。心臓発作だった。少し離れたところに、帽子が落ちていたという。

また、ロザリーが旅の目的地としてこだわっていたイーペルという街について。ベルギー西部にあるイーペルは、第一次世界大戦の激戦地として知られる。第二次イーペル会戦の際に、ドイツ軍によってこの地で初めて本格的に毒ガス兵器が使用されたことにより、多くの兵士が命を落とした。

そのような場へ行こうとしている道中の風景の絵に描いたような美しさが作中で強調されている。この短編はほかに比べてかなりカラフルだ。自死したマーシーとの思い出の場面も、色鮮やかな映像が描写されていて印象的である。一方で、これもリーの作品の特徴なのだが、登場人物の見た目はあまり描かれない。

「多くの登場人物についてそうなのですが、その内面から書くとき、彼らが何かを本当の意味で見ているときしか、こちらにはそれが見えないものです。たとえばこの作品の中で、子どもが午後のおやつを作り、三色の果物の玉を食べますね。映像が登場人物を主張する瞬間というのがあると思うのです。それで私はそれを捕まえる。〝ロザリーの髪は長いのか短いのか〟などと訊かないでください。私は知らないのです」

「かくまわれた女」は十年ほど前の作品で、英国のサンデー・タイムズEFG短編賞を受賞した。リーはこの作品を書いたきっかけをこう語っている。

「昔の荷物をひっくり返していたら、アメリカに来てまもない頃にアイオワ・シティのガレージ・セールで買ったノートを発見したんです――五セントで買ったものです。未使用のままで、ノートはきれいな状態でした。そこで一人の登場人物が浮かんできました。彼女は十セント硬貨を渡し、二冊目をくれればおつりをもらわなくていいと尋ねてみるのです。そして、この欲張り、と言って自分のことを笑う。このときから、物語ができるのがわかりました」

主人公のメイおばさんは、深く関わった人を不幸にする血を祖母と母親から受け継いだと信じているらしい。過去にとらわれて孤独な人生を送り、身の行く末が心配にすらなる年配の女性だ。それなのに気さくでお茶目なところがあり、おかげでユーモアにも恵まれた作品になった。リーはさらにこうも語っている。

「ユーモラスな話を書こうとしていたわけではありません。白鷺が出てくる場面を書いたときはメイおばさんと一緒に笑ってしまいましたけれど。登場人物に自分を笑える器があれば、フィクションのユーモアはついてくるものだと思います。(リーの長編『独りでいるより優しくて』の主要な)三人の登場人物のように、メイおばさんも過去に悩まされています。でも内省しすぎたり混乱しすぎたりせずにすんでいるのは、断固として自分は他者に害をなさないと単純に決めているからです。その決意によってはっきりした明確な立場に置かれるからです。『独りでいるより優しくて』の三人から明確さは永遠に失われました。ですから三人が笑うときは――例えば泊陽《ボーヤン》の場合は他人を笑うのですが、それは笑わないことよりも悲劇的だと思えます」

「こんにちは、さようなら」には、新型コロナウイルスの感染対策で外出がままならない状況が家庭や人生の問題にも影響を及ぼすさまが描きこまれている。

四十代後半の中年女性二人が、そんないろいろな問題について語り合う。そのうちに過去の思い出が顔を出す。でも、どちらかというと過去にとらわれない生き方をするニーナは、物語の前半でこんなことを考える。〈過去や未来のことがはっきり見えたからといって、何か得るものがあるとは思えない〉これについて、リーはこうコメントしている。

「私はニーナの処世術に憧れます。これはいい知恵です。それでじゅうぶんなのです。しかも中年期の実利的な考え方です。完璧なことなど何もないのであって、多くの状況に欠陥や制限があり、思い通りにすることは誰にもできません。でもこういう処世術でなんとか切り抜けられるなら、極端な手段を使ってめちゃめちゃな状況にするよりましです。だから彼女は子どもたちと対決するより気をそらすほうが得意ですし、ケイティが夫と結婚すると決めたときに懸念を口にしませんでした。ニーナに憧れるのは、私がそんな知恵を使って生きることも書くこともできないから、という理由もありそうです！　私は物事をはっきり見通す目を持つことにばかりとらわれているのです」

一方で過去のことを細かいことまで語るのがうまいケイティは、次々に記憶をよみがえらせる。

「若者だったジョックの死は悲劇ですが、その死に不確実さの余地はほぼありません。だから若い頃のケイティは彼の死を容易に語れると感じたのです。でも中年に至って初めて彼女はジョックの死ではなく、有限ではない生のほうを振り返ります。このジョックの物語は万引き事件と対になっているように思えます。万引き事件で、倫理的にそうだからという確信から対処しようとする大人たちの策を、ニーナの娘は役立たずではないかと疑います。ジョックは死んでしまったけれども、万引きをした女の子はまだ生きていますね。その子のために準備された物語はありませんが」

ニーナは子どもたちとの付き合い方について悩んでいるが、ケイティの話を聞いて彼女から学べることがあるのを知る。さらに新たな共通点にも気づく。

「ニーナとケイティは悲しみをいつまでも引きずらず、それに〝こんにちは、さようなら〟をするやり方を友達付き合いの中で学んでいる、と考えるのが好きです。引きずらないといっても、悲しみがなくなるわけではありません――疑いも痛みも闘いも、さまざまな形で常にやってくる――でも解決不能なことに対してこんにちは、さようならと言うのは、その状況を認識し、さらにその解決不能なことにあまり干渉させないことでもあります。そういう意味で私は二人を賞賛するし、彼女たちに希望を持っているのです」

「小さな炎」には、リーが敬愛してやまない作家ウィリアム・トレヴァーへの追悼の気持ちがこめられている。トレヴァーは二〇一六年十一月二十日、八十八歳で永眠した。

「最初の下書きを調べたら、そのファイルは二〇一六年十一月二十七日に作成されていました。この十一月には二つのことが起こりました。アメリカ大統領選挙とウィリアム・トレヴァーの逝去です。選挙結果については多くの人々同様、私も悲しみや怒りや嫌悪感などいろいろな感情の交錯に見舞われました。でもトレヴァーへの悲しみについては言葉が見つからなかったのです。一週間後、ベラという名前の人物の物語を書くことにしました。彼の短編（「ピアノ調律師の妻たち」）に出てくるベルという名前の変形です」

トレヴァーのベルとイーユン・リーのベラには、満たされずに愛を求め続ける女性という共通点がある。まるでマッチ売りの少女のように。しかもベラのほうは、養女にもらわれなければ本当に街角に立つ女の子になっていたかもしれない。その可能性を思うと、ベラはどうしてもマッチ売りの少女の物語に惹かれてしまう。

この短編にはもう一つ鍵となる文学作品が登場する。ベラが楚《チュー》先生のことを思い出す中で、英国の作家D・H・ロレンス作の「狐」という短編が引き合いに出されるのだ。そこで「狐」のあらすじをざっとご説明しておく。

牧場を経営する若い女性バンフォードとその親友マーチが二人で暮らしている。よく狐に襲撃されるので、マーチは銃を持って狐を追い、その姿を見て魅入られたようになる。この牧場へ、前の所有者の孫である若い兵隊が訪ねてきて、同居するようになる。やがて彼はマーチに惚れこみ、結婚の約束をとりつけてバンフォードを悲しませた後、いったん軍に戻るため牧場を出る。その後、マーチがバンフォードを大切に思う気持ちから婚約破棄の手紙を送ってきたので、彼は休みをとって急いで牧場を訪ねる。その日にある事件が起きてバンフォードが亡くなり、結局彼はマーチと結婚するのだが、幸せにはなれず——。

リーの作品には過去にもロレンスが登場したことがある。『黄金の少年、エメラルドの少女』所収の「優しさ」だ。リーはロレンスについてこう語っている。「ロレンスはだいたい十代の頃に読みました。自分が模倣する作家としても、書き始めた頃に創造的刺激を与えてくれるものとしても、彼を求めることはありませんでした。でもロレンスはずっと頭から離れようとせず、たまに物語の中にふらふら入ってくるのです」

「君住む街角」は、主人公の出自から中国が消えた初めての作品だ。ベッキーはアイオワ州出身の元看護師で、何かの発達障害を持つらしい息子を育てているカリフォルニア州の母親だ。

「数年間、この物語の下書きには一場面しかない状態でした。祝賀の催しで男が女に、鑑賞するものを他人と共有するのが嫌なので美術館は好きではない、とささやく場面。どんな物語になるのかわからないまま、何度もこの場面に立ち返ることになりました。その間、私の人生は決断が必要な状況だらけになったので、執筆で優柔不断になっていることが贅沢に思えてきました。ですから最近は勝手気ままに決めることにして、女性を母親にしたのです。するとおかしなことに、すぐさま彼女が心の中で、母親より乳母になったほうがうまくやれた、と考えたのです。この考えがとても異質に思えたので、彼女のあとをついて回ってこう訊かなければならないように感じました。どうして母親にならずに子どものお守りをしたいのかと。そのとき、ベッキーとジュードが物語に姿を見せ始めたのです」

作中で言及される「ハリスン・バージロン」は、カート・ヴォネガット・ジュニアが書いたSF短編。舞台は二〇八一年で、世界は完全に平等になっている。人並みより優れた能力を持つ者にはハンディキャップが課されるのだ。バージロン家の父親ジョージには思考ハンディキャップがつけられ、短時間しか物事に集中できず深く考えられない妻のヘイズルはノーマルなので、つけられていない。二人の十四歳の息子ハリスンは監獄に入れられていたが、逃亡して大暴れする――。

「ごくありふれた人生」は、高齢者を描くのが巧みなリーの作品として面目躍如たるものがある。長い人生を送ってきた二人の女性が、契約を交わして同じ屋根の下で暮らす。二人は出自や文化や人生がまったく異なるが通じ合うものがあり、お互いに学べることもある。いろいろな契機から、二人は人生を振り返る。

この作品に関するリーのコメントはほとんどないので、それをご紹介しておく。

「〝三部に分かれた中編〟と呼んでいます。私には人生のように感じられます。ある意味、これらの作品は初期のものと少し異なっていると思います。若手作家のうちは技を用いた作品を書こうとし、筋の変遷や速度などすべてを把握しようとします。何かを完成させるためというより、あれこれ考えるために書く感じです。この中編はある意味、まぐれでできたものです。私は話を一つの物語におさめることができずにいたのですが、その後、これは二人の老女で、人生の終わりにあるのだと気づきました。彼女たちには多くの過去がある。そうしたら、どういうわけか過去が現れてきました。だから同じまとまりというか、同じ大きな物語に属するこれらの物語を書きました」

まぐれでできたと言うと誤解されそうだが、手練れの作家が至った一つの到達点なのである。少し補足しておこう。彼女はこういう言い方もしている。

「若手の作家だった頃は、正しく書くという考え方をしていて、書けなかったとしょっちゅう思っていました。当時は正しく書くと考えるとき、それはいつも技巧的なことだったのです。視点は適切で、速度も申し分ない。だから完璧な作品だと。でもいま、物語を〝正しい〟ととらえるとき、私はこう考えるのです。この物語には命があると。さらに最近では、正しく書くと考えるとき、私はただ物語を捕まえることとしか考えません。技巧というのは考えることや決定を下すことですが、いま私がしているのは決定を下すことではなくなっている気がします。それは何かを捕まえることです。その捕まえ方がどうであろうと、よいのです」

この短編は、まさに命にあふれている。


「非の打ちどころのない沈黙」には二〇一六年のアメリカ大統領選挙が登場する。平凡な家庭内はおろか、小学生の人間関係にまでさざ波を立てるアメリカの選挙のあり方が興味深い。リーは作品の中に政治問題を入れたことについて、こう語っている。

「公的な場の話と私的な場の話を組み合わせるときの難しさは、前者が自分本位であるところです。それは徹底して取り組むことを要求してきて、作品の中心に置かれなければその作品を不適切とみなすのです。物語はそれを押し返さねばなりません。物語は脅されていてはいけません」

なごやかなふりをしながら続けてきたミンとリッチの夫婦関係は、そんな政治問題によって深い溝が浮き彫りになってしまう。この一家については、これから分断が広がるとリーはみている。そして（もともと薄氷の上にあったミンとリッチの）「関係は、いっそう薄い氷の上にあると思います。そしてミンも娘たちも、リッチに対する破壊工作の方法をもっと見つけ出すでしょう」

その一方で、ミンの未来については楽観視しているそうだ。

「物語の最後のほうで、ミンはちがう結婚や中国での生活について想像してしまいます。でもアメリカでリッチと結婚したことは、その別の選択と根本的には変わらないように見えます。だから年配の男に会ったことは、そのうちの一つの道に導いた偶然の出会いにすぎないのかもしれません。とはいえ、私はまだ彼女の将来に希望を持っています。物語の中に決定的な言葉があります。それは世間に向かって彼女が放ったもっとも強い言葉です。執筆であまりやらないことですが、この物語を書き始めたときには最後の台詞が頭の中にありました。でもその時点では、この台詞が誰に対して放たれるのかわかっていなかったのです」

「母親に疑わせて」という題名は、シェイクスピアの『リチャード三世』第二幕第四場の、ヨーク公爵夫人の台詞からの引用だ。邦訳された本の中では「母親としては心配なものです」（小田島雄志訳）などと訳されている。自分は母親としてまちがっているのではないか。だめな母親なのではないか。どんな母親も多かれ少なかれそんな疑いを持ち、悩むものだ。しかしその悩みは子どもがいるからこそであって、この世からいなくなれば疑うことすらできなくなる。

主人公のナラントゥヤーは、子どもの頃から何にも期待せず欲を持たずに生きる癖がついている。

恋人も〈いっときの代用品《プレースホルダー》〉にすぎない。このplaceholderという言葉が、物語のキーワードになっている。実はここ数年、著者はエッセイを含めあちこちでこの単語を使うようになった。最初に登場したのは『理由のない場所』の中で一度だけだったが、以来たびたび顔を出す。

この言葉について改めて質問してみたところ、著者はいつものように誠実に答えてくださった。彼女にとってのplaceholderとは、別のものの場をとっておくためのものを指すという。それは置き換えや代替物ではなくもっと一時的なもので、本物の一時的な代役とのこと。プレースホルダーは数学の用語でもある。もともと理科系で数学が得意なリーらしい言葉選びとも言えそうだ。

ところで、この物語は冒頭の一文から広がったそうである。だとすれば、パリという舞台が最初に設定されていたのだ。

「私のマッサージ師が、パリに旅行したときにとても動揺したので、ルーブル美術館で館内の動物を手当たり次第に撮影して午後を過ごしたと話してくれたことがあります。しばらく後に、ある文章が浮かんできました。〝彼女は午後の間ずっとルーブル美術館で動物の数をかぞえていた〟。その一行は何か月も忘れられなかったのですが、その女性が何者なのかわかりませんでした。最終的には、物語を書いてみてその答えを知ろうと思いました」

「ひとり」は、本書の中でもっとも古い作品だ。主人公は夫と別れてアメリカ西海岸をカナダへ向かって北上していた。そこから出るフェリーから水へ飛びこみ、若い頃に死に別れた仲間たちのもとへ行くつもりであることが読みとれる。ところが途中で東へ折れて、山のふもとにやってきた。

かねてからリーは、作品が外へ出かけてほかの作品と語り合うという考え方をするのが好きだと公言している。そしてこの「ひとり」という作品に関しては、ウィリアム・トレヴァーの「雨上がり」という短編を意識して書いたと、二〇〇九年の朗読会で語っている。

トレヴァーの「雨上がり」もまた、レストランの場面から始まる。恋人と別れて一人でイタリアのホテルでバカンスを過ごすことにしたイギリス人女性ハリエットが主人公だ。彼女もスーチェンのように年配の男性と短い交流をし、彼の孤独について考える。ハリエットはその町の教会で受胎告知の絵を見てから雨上がりの葡萄畑を散歩し、その後愛について天啓のような気づきを得る。

著者に登場人物の名前の漢字を尋ねたとき、スーチェンには「蘇晨」という字をあてていた。中国にいた頃の場面が出てくるが、すでにアメリカ人になっているスーチェンによる回想なので、最終的にはカタカナ表記にした。辞書を調べると「蘇」にはよみがえるという意味があり、「晨」には朝という意味があるそうで、意外な印象を受ける。


「幸せだった頃、私たちには別の名前があった」という題名は、シェイクスピアの『ジョン王』第五幕第四場のソールズベリーの台詞からの引用だ。邦訳された本の中では「幸運であったときは反逆者とはよばれなかったものだが」(北川悌二訳)などと訳されている。

この短編は、著者が長男を自死で失ってから約一年後に発表された。物語は、亡くなった息子のために両親が葬儀場を訪れる場面から始まる。リーのコメントをご紹介しよう。

「物語の冒頭部分は、〝悲しみ〟という言葉をしっかり把握しようとする私のもがきを反映していると思います。習慣というのは生活を自動操縦モードにして、時間を比較的スムーズに経過させることです。根本的な問いを投げかけるのは、自動操縦モードを捨てて時間を止めることです。もしかしたら、新たな習慣と根本的な問いという二つの側面が互いを邪魔し合うことでしか、悲しみの枠組みはもたらされないのかもしれません——少なくともこの物語の登場人物たちはそうです」

そんな衝撃的な悲劇に見舞われてまもない現在にいながら、なぜかジアユーは過去の悲しみへ向かっていく。そして祖父の物語が始まるのである。

「ジアユーの子ども時代が物語の中に入ってくるとは思いも寄りませんでした。物語は彼女の人生の現在についての話だと思っていました。途方もない喪失があり、それが過去になろうとしない。でも、それから物語がジレンマに陥りました。あらゆるものを包みこんでいる現在は、感情に支配されてしまい、考えが押しつぶされてしまうのです。物語において、考えは感情にまさるとも劣らぬほど重要だと私は強く信じています。ジアユーはある時点で、〝考えることは思い出すことと同じく、振り返る行為だ〟と気づきます。そして、その振り返る行為はもっとも深い悲しみへの解毒剤と言ってもいいほどなのです。だから物語は過去へ向かい、理解を深めようとするのです」

そして、真の悲しみは信じようとしないところから始まるけれども、主人公は癒しがたい悲しみから顔をそむけなくなる。

「彼女は最後に悲しみについての疑問への答えを見つけます。同時に、自分と悲しみは他人だと主張しなくなるところまで来ます。これを解放という感じにしたいかどうかは迷うところですが、最後には彼女に軽い畏怖の念を感じました。彼女は自分の考えを修正して、こう言っているかのように感じられます。〝わかった、悲しみよ。あなたから死ぬまで逃れられない。だから私はあなたを知らないふりはしない〟」

著者はジアユーの名前に「嘉玉」という漢字を与えている。「嘉」はよいという意味。美しく磨かれた宝石といったところだろうか。

「すべてはうまくいく」の主人公が通う美容院のリリーは、実際に著者が通っていた美容院の話好きな美容師がモデルだ。美容院を舞台にしようと考えた理由は、アイザック・B・シンガーの短編「カフェテリア」と関係がある。リーはこの作品をすばらしいと思い、このように短編を書けたらと思ったそうだ。

「舞台の一部はニューヨークのカフェテリアで、そこに戦後、イディッシュ語を話す難民が集まっています。私はずっとこの作品と会話できるような作品を書きたかったのです――物語がほかの物語と、本がほかの本と、会話するように書かれることを想像するのが好きなんです。カフェテリアや美容院――こういう場は公的な空間の一部ですが、より私的なことも起こさせます」

「カフェテリア」はだいたいこんな物語だ。舞台は一九五〇年代のニューヨーク。年配の男性作家が、よく通うカフェテリアで若い女性エステルと出会う。ユダヤ人である彼女はロシアとドイツの収容所にいたことがあり、いまはカフェテリアの近くで脚が不自由な父親と二人暮らしをしており、結婚しようとしない。しばらく会わずにいたら彼女は父親を亡くし、健康を害していた。そして非現実的な光景を見たと語り始めた。カフェテリアにヒトラーがいたというのである。それは幻影だと作家は考えるが、後に彼自身が別の非現実的な光景を目にする――。

こうして美容院で出会うリリーの物語はできたものの、そこに何かが足りなくて、約十年間仕上げることができなかったという。語り手の物語が浮かばなかったのだ。

その後、友人の作家A・M・ホームズに会ったときに、子どもたちの保育園の緊急支援袋を話題にした。この話は実際にあったことで、リーは子どもたちに短いお便りを書くことができなかった。それを聞いたホームズから、その件を小説に書くべきだと言われた。そこでこれをリリーの物語と組み合わせたら、作品ができたという。

そして主人公の亡くなったわが子と、悲恋を強《し》いられたリリーたちの年頃が同じぐらいであったことから、年若い者の運命に焦点があてられ、語り手に〈悲劇に生まれつく子どもたちもいるのだ〉と考えさせている。ところでこの作品の中には、悲劇に生まれついた若者がもう一人隠れている。語り手がリリーの悲恋の相手と比べてしまうマイケル・フュアリーという架空の人物だ。

「この作品を書くとき、もう一つ頭にあった物語は、ジェイムズ・ジョイスの短編「死者たち」でした。マイケル・フュアリーの死は、グレタ・コンロイが夫に話すときの彼女の回想の中でのみ起こります。彼女は自分が若かったときに病弱な若者が愛してくれて、冷たい雨の中で歌をうたってくれて、結局はそのせいで亡くなったと話すのです。長い間埋もれていたのに、グレタの記憶によって生き返ったフュアリーは、ただ死んだだけの若者よりも人を引きつけます。「すべてはうまくいく」の中で、リリーは人生でいちばん激しかった恋の物語を振り返っていて、語り手は子どもの一人を失った後で子どもたちが小さかった頃を振り返ります。地理と時間において――距離が離れている感覚がなければ、リリーも語り手も、マイケル・フュアリーが死んだ翌日のグレタ・コンロイに似た状態でしょう。彼女たちが物語を伝えることは期待できません」

リリーはまた、彼らの悲劇についてこう語っている。

「私はリリーと語りのことだけを書いているのではなく、子どもたちとその人生のあらゆる悲劇について書いているのだと気がつきました。これは実は、子どもたちがとてつもない悲劇をどう生き延びたか、またはどう生き延びられなかったかという話なのです」

それでも〈すべてはうまくいく〉という言葉が、最後でくりかえされている。この部分はエリオットが詩に引用したことで知られる、ノリッジのジュリアンという隠修女の本からとられたものと思われるが、物語の語り手はわが子のためにそのひと言すら書けない。彼女は作家であるにもかかわらず物語を語ることに失敗するのだ。だがリー自身は作家として何枚も皮が剝け、新たな次元を開いている。「いい物語は単に生きているのだと信じています。書くということは、何かを〝組み立てる〟というより、何かを追いかけ、そのまま捕まえることだといまでも思っています」と語り、この作品をその境地に至る契機となった物語として位置づけている。「傲慢なことを言いたくはないんですが、これを書いた後、書くことは私にとって以前ほど技巧的なことではなくなりました。この作品で、自分の勘を信じることを知ったのです」

ここで、初めてイーユン・リーのことを知る読者のために、彼女のプロフィールをご紹介したい。

一九七二年、研究者の父親と教師の母親のもとに北京で誕生。団地の一室で姉一人と元編集者の祖父とともに五人で暮らした。中学生になるまで図書館を利用できない環境にあった。

北京大学に入学したが、天安門事件の余波で新入生は強制的に軍事訓練を受けさせられた。大学で生物学を学んで卒業した後、一九九六年にアメリカに留学し、アイオワ大学で免疫学の修士号を取得し、その後博士課程に進んだ。二〇〇一年、中国出身の夫との間に長男が生まれ、母親になる。

やがて英語で詩や小説を書くようになり、博士課程の途中で進路を変更して同大学院の創作科に編入した。作家になりたいと思ったのはいつかと訊かれたら、答えは二〇〇二年の冬、ウィリアム・トレヴァーを発見したときだ、とエッセイには書かれている。

二〇〇五年に短編集『千年の祈り』を刊行し、フランク・オコナー国際短編賞やPEN／ヘミングウェイ賞やガーディアン新人賞など数々の文学賞に輝いた。表題作を含む二編の短編が映画化され、リーが脚本を担当した『千年の祈り』は、二〇〇七年のサン・セバスティアン国際映画祭でグランプリを受賞した。

二〇〇五年秋よりカリフォルニア州のミルズ・カレッジ文学部創作科准教授として創作を教えて

いたが、二〇〇八年秋よりカリフォルニア大学デイヴィス校文学部助教授となる。

二〇〇九年、初めての長編である『さすらう者たち』を発表し、二〇一〇年にカリフォルニア文学賞を受賞。また『ニューヨーカー』誌上で注目の若手作家二十人の一人に選ばれ、また秋には「天才賞」と呼ばれるマッカーサー・フェローシップの対象者にも選ばれた。

二〇一〇年、二冊目の短編集『黄金の少年、エメラルドの少女』を刊行。中でも大学時代に軍事訓練を受けたときの経験をいかして書いた「優しさ」と、代理出産と貧困の問題を扱った「獄」はO・ヘンリー賞を受賞。この頃から〈中国のチェーホフ〉と呼ばれるようになる。翌年、子供向けの絵本 *The Story of Gilgamesh*（未邦訳）のイタリア語翻訳版が出版された（後に原書の英語版を刊行）。

長年の苦労の末、ついに二〇一二年にアメリカ国籍を取得。一方で同年、鬱病で自殺未遂をし、入院する。

二〇一四年、二冊目の長編『独りでいるより優しくて』を刊行し、ベンジャミン・H・ダンクス賞を受賞した。

二〇一七年、初めてのエッセイ集 *Dear Friend, from My Life I Write to You in Your Life*（未邦訳）を刊行。同年、西海岸から東海岸へ拠点を移し、プリンストン大学の創作科で教えるようになった。この年の秋、十六歳の長男が自死。

二〇一九年、自死した息子と残された母親の会話を主体にした小説『理由のない場所』を発表し、PEN／ジーン・スタイン賞を受賞する。

二〇二〇年三月、ウィンダム＝キャンベル賞フィクション部門受賞。この頃に新型コロナウイルス感染防止のために大学が休みになり、彼女は『ア・パブリック・スペース』誌のツイッターを通じてバーチャル読書会を始めた。皆でトルストイの『戦争と平和』英語版を八十五日間で読み通そという企画だ。この内容は翌年、一冊の本になった（*Tolstoy Together* 未邦訳）。

二〇二〇年七月、毒舌の高齢女性が過去を語る長編『もう行かなくては』を刊行。長編で初めて欧米人を主人公にした。

二〇二二年、アメリカ芸術科学アカデミーのメンバーに選出された。

同年五月、これまでの優れた短編の作品群に対してPEN／マラマッド賞が贈られた。

同年九月、フランス人少女の友情を描いた長編『ガチョウの本』を発表し、翌年のPEN／フォークナー賞を受賞。

二〇二三年、三冊目の短編集『水曜生まれの子』を刊行し、二〇二四年のピューリッツァー賞フィクション部門の最終候補、二〇二三年のストーリー賞の最終候補、ロサンゼルス・タイムズ文学賞フィクション部門の最終候補になる。同年、英国の王立文学協会より国際的作家の一人に選ばれる。

現在、プリンストン大学創作科の学科長として創作を教えるほか、文芸誌『ア・パブリック・スペース』の寄稿編集者も務めながら、ニュージャージー州プリンストンで暮らす。


わが子を失ってから深い悲しみを抱えて生きる日々について、リーが語った内容を二つご紹介しよう。一つ目は二〇二二年頃の談話だ。

「自分の経験から見るかぎり、心の揺れは思考を大きく損ないます。時間をとても意識させられる状態になります——時間をとらえる知覚力が混乱すると、一分一分が圧倒されるほど長くなります。私は人生に二度あったつらい時期に、『戦争と平和』（トルストイ作）をところどころ手書きで書き写していました。一度は自死を考えるほど鬱病がひどかったときで、もう一度はその五年ほど後にわが子を自死で失ったときです。この営みは、害を及ぼす時間の果てしなさに対する反抗でした。そうしていれば時間は、一行から次の一行へ確実に過ぎていきます。最近は朝のコーヒーを飲む前に真っ先に『白鯨』(メルヴィル作)を書き写しています。自分の脳と手に場を作ってやるために。そして明確な時間の枠組みを得るために。ほかの人たちがヨガや瞑想をするようなものではないでしょうか」

もう一つは、二〇二三年末に公開されたインタビューから。

「私が学んだもっとも大事な教訓。それは、意志力を持たねばならないときがあるということです。食事を、いえ、ただの食事ではなく何かおいしくてそそるようなものを作らねばならない。たとえ〝見栄えのいい食事に何の意味があるのか〟と考えてしまうときですら。別の例を挙げると、人生がこれほどひどくなりえるというのに、何の意味があるのかと考えてしまうときですら、庭仕事をする意志の力というものがあります。パレスチナやイスラエルで人が亡くなっているのに——花を植えて何の意味があるのか。何の意味もないと感じるのは簡単です。そして、なんとしてもこういうことをやるのは、意志力です。いくらかの意志を必要とし、それを使わねばならない。(中略)私にはあまり欲しいものはないのですが、一つ望むのはこの意志力を持つことです。それに従って生きるのです。本当に多くのひどいことが起きますけれども、それでも生活を回し続けていかねばなりません。そして回すのは小さな物事です。本当に悲しいとき、ケーキを焼いたり庭仕事をしたりすることに、喜びを見出せるのです」

同年に発表された彼女のエッセイによれば、最近は〈ダーバヴィル家のテス〉や〈エミリー・ブロンテ〉といった文学にゆかりのある名前のバラを植えるなどして、ガーデニングに取り組んでいるそうだ。二〇二〇年発表の長編『もう行かなくては』の主人公リリアがアジサイを育てていたことから、アジサイも植えたという。自然は気まぐれででたらめで思いどおりにはならず、ずっと続くものもない。まるで人生のように。また、花は思考や文章や本と同様に、プレースホルダーなのだそうである。彼女は先ほどのインタビューでこうも語っている。

「時間は生活の中心にあるものですが、いま私は時間から少し距離を置いているように感じます。時間は大事だけれども、やることがたくさんあってやり遂げられない。それでいいのです。ですから、悲しみは広げる感じを作り出したのです。それは、悲しみによって世界が狭まるという普通の考え方とは逆です。（中略）苦悩は誰かを失うときに感じるものです。〈苦悩《アングウィッシュ》〉という単語を辞書で調べたら、それは狭くするという意味に由来していました。でも私の経験では、たとえ狭くなっている感じがしたとしても、逆です。悲しみは人を狭めるのではなく、広げるのです」

個人的な体験について、これほど惜しみなく語ってくれるのはとてもありがたい。悲しみを作品に昇華させてくれるだけでも私たちにとっては幸せなことだが、彼女の個人的な悲しみとのつき合い方からも、私たちは多くの恵みを受け取れるのではないだろうか。

登場人物の名前の漢字はすべて著者の指定によるものです。ほかにも中国のことわざなどの質問に快く答えてくださいました。貴重な時間を割いてくださった著者に本当に感謝しています。

そして今回も、河出書房新社の竹下純子さんの寛大なご配慮に支えていただきました。この場をお借りして、あつく御礼申し上げます。

二〇二四年十月六日

篠森ゆりこ

参考文献

Altmann, Jennifer. "Creative Writing: Life, by the Book." *Princeton Alumni Weekly*, 9 June 2018, https://paw.princeton.edu/article/creative-writing-life-book.

Bell, Stephen Patrick. "Yiyun Li on Comic Books, First Drafts, and Writing Children." *Interview Magazine*, 7 Sep. 2023, https://www.interviewmagazine.com/literature/yiyun-li-on-comic-books-first-drafts-and-writing-children.

Bowen, Eve. "Melville Before Coffee." *The New York Review*, 5 Mar. 2022, https://www.nybooks.com/online/2022/03/05/melville-before-coffee/.

"Catching Something : Yiyun Li on All Will Be Well." *Reverse Engineering II*. Scratch Books, 2022.

Homes, A.M., and Yiyun Li. "Space for Misunderstanding." *The Paris Review*, 2 Feb. 2023, https://www.theparisreview.org/blog/2023/02/02/space-for-misunderstanding-a-conversation-between-a-m-homes-and-yiyun-li/.

Laity, Paul. "Yiyun Li : 'I Used to Say That I Was Not an Autobiographical Writer – That Was a Lie.'" *The Guardian*, 24 Feb. 2017, https://www.theguardian.com/books/2017/feb/24/yiyun-li-interview-dear-friend-from-my-life-i-write-to-you-in-your-life?CMP=share_btn_tw.

Leyshon, Cressida. "This Week in Fiction: Yiyun Li." *The New Yorker*, 2 Mar. 2014, http://www.newyorker.com/books/page-turner/this-week-in-fiction-yiyun-li.

---. "This Week in Fiction: Yiyun Li on Fairy Tales." *The New Yorker*, 1 May 2017, http://www.newyorker.com/books/page-turner/fiction-this-week-yiyun-li-2017-05-08.

---. "Yiyun Li on the Distance Necessary for Stories." *The New Yorker*, 4 Mar. 2019, https://www.newyorker.com/books/this-week-in-fiction/yiyun-li-03-11-19?utm_brand=tny&mbid=social_twitter&utm_medium=social&utm_social-type=owned&utm_source=twitter.

---. "Yiyun Li on the Drive to Identify What's 'Normal'." *The New Yorker*, 2 Jan. 2017, http://www.newyorker.com/books/page-turner/fiction-this-week-yiyun-li-2017-01-09?mbid=social_twitter.

---. "Yiyun Li on Friendship and Tolstoy." *The New Yorker*, 8 Nov. 2021, https://www.newyorker.com/books/this-week-in-fiction/yiyun-li-11-15-21.

---. "Yiyun Li on Grief and Memory." *The New Yorker*, 24 Sep. 2018, https://www.newyorker.com/books/this-week-in-fiction/yiyun-li-10-01-18.

---. "Yiyun Li on How We Remember the Dead." *The New Yorker*, 16 Jan. 2023, https://www.newyorker.com/books/this-week-in-fiction/yiyun-li-01-23-23.

---. "Yiyun Li on Public and Private Narratives." *The New Yorker*, 16 Apr. 2018, https://www.newyorker.com/books/this-week-in-fiction/fiction-this-week-yiyun-li-2018-04-23?mbid=social_twitter.

---. "Yiyun Li on Writing from the Height or from the Depth of Experience." *The New Yorker*, 25 Aug. 2024, https://www.newyorker.com/books/this-week-in-fiction/yiyun-li-09-02-24.

Li, Yiyun. "Colgate's Living Writers: Yiyun Li." *Colgate University*, 6 Nov. 2009, https://www.youtube.com/watch?v=_sJByP1apkY.

---. "How to Raise a 'Warrior Queen'." *The New York Times*, 4 Oct. 2023, https://www.nytimes.com/2023/10/04/books/review/amy-bloom-silver-water-love-death.html.

---. "In the Beforetime." *The New Yorker*, 4 July 2022, https://www.newyorker.com/magazine/2022/07/11/in-the-beforetime.

---. "It Takes a Village to Tell a Story." *Tin House*, vol.9, no.2, Issue 34, 2007.

---. "'Let Mothers Doubt' By Yiyun Li, Read by Jessie Ware." *Esquire*, 20 July 2020, https://www.esquire.com/uk/culture/books/a33216000/fiction-let-mothers-doubt-by-yiyun-li-read-by-jessie-ware/.

---. "Pandemic Journal." *The New York Review of Books*, March 25 Mar. 2020, https://www.nybooks.com/daily/2020/03/25/pandemic-journal-march-23-30/.

---. "What Gardening Offered After a Son's Death." *The New Yorker*, 23 Oct. 2023, https://www.newyorker.com/

magazine/2023/10/30/onward-and-upward-in-the-department-of-not-moping.
Polk, Shelbi. "The 14-Year Making of 'Wednesday's Child.'" *Shondaland.com*, 8 Sep. 2023, https://www.shondaland.com/inspire/a44881173/the-14-year-making-of-wednesdays-child/.
Slater, Ann Tashi. "On Grief, Willpower, and Finding Happiness." *Tricycle*, 8 Dec. 2023, https://tricycle.org/article/yiyun-li/.
"Yiyun Li Wins the 2022 PEN/Malamud Award for Excellence in the Short Story." *PEN/Faulkner Foundation*, 16 May 2022, https://www.penfaulkner.org/2022/05/16/yiyun-li-wins-the-2022-pen-malamud-award-for-excellence-in-the-short-story/.

アイザック・B・シンガー「カフェテリア」村川武彦訳（『カフカの友と20の物語』所収、二〇〇六年、彩流社）
イーユン・リー「優しさ」篠森ゆりこ訳（『黄金の少年、エメラルドの少女』所収、二〇一六年、河出文庫）
飯吉光夫「ローベルト・ヴァルザーの病院生活」（『ヴァルザーの小さな世界』所収、一九八九年、筑摩書房）
ウィリアム・トレヴァー「雨上がり」栩木伸明訳（『聖母の贈り物』所収、二〇〇七年、国書刊行会）
ウィリアム・トレヴァー「ピアノ調律師の妻たち」畔柳和代訳（『むずかしい愛』所収、一九九九年、朝日新聞社）
カート・ヴォネガット「ハリスン・バージロン」伊藤典夫訳（『カート・ヴォネガット全短篇４』所収、早川書房、二〇一九年）
シェイクスピア「ジョン王」北川悌二訳（『世界古典文学全集第45巻　シェイクスピア５』所収、一九六六年、筑摩書房）
シェイクスピア『リチャード三世』小田島雄志訳（一九八三年、白水社）

ジェイムズ・ジョイス「死者たち」米本義孝訳(『ダブリンの人びと』所収、二〇〇八年、ちくま文庫)
D・H・ロレンス「狐」丹羽良治訳(『狐・大尉の人形・てんとう虫』所収、二〇〇〇年、彩流社)
リデル・ハート『第一次世界大戦(上・下)』上村達雄訳(二〇〇〇・二〇〇一年、中央公論新社)

Yiyun LI :
WEDNESDAY'S CHILD

篠森ゆりこ（しのもり・ゆりこ）
翻訳家。訳書に、イーユン・リー『千年の祈り』『さすらう者たち』『黄金の少年、エメラルドの少女』『独りでいるより優しくて』『理由のない場所』『もう行かなくては』『ガチョウの本』、クリス・アンダーソン『ロングテール』、マリリン・ロビンソン『ハウスキーピング』など。著書に『ハリエット・タブマン——彼女の言葉でたどる生涯』がある。

水曜生まれの子

2025年2月18日　初版印刷
2025年2月28日　初版発行

著者　イーユン・リー
訳者　篠森ゆりこ
装幀　名久井直子
発行者　小野寺優
発行所　株式会社河出書房新社
〒162-8544　東京都新宿区東五軒町2-13
電話　03-3404-1201（営業）／03-3404-8611（編集）
https://www.kawade.co.jp/
組版　KAWADE DTP WORKS
印刷　光栄印刷株式会社
製本　加藤製本株式会社

Printed in Japan　ISBN978-4-309-20918-0

千年の祈り

イーユン・リー／篠森ゆりこ訳

個人とその背後にある中国の歴史、文化、神話、政治が交差し、驚くほど豊かな十編の物語を紡ぎ出す。デビュー作にしてフランク・オコナー国際短篇賞ほか、名だたる賞を数々受賞した傑作短編集。

さすらう者たち

イーユン・リー／篠森ゆりこ訳

文化大革命後の中国。一人の若い女性が政治犯として処刑された。物語はこの事件に否応なく巻き込まれた市井の人々の迷いや苦しみを丹念に紡ぎ、庶民の心を歪めてしまった中国の歴史の闇を描き出す。

黄金の少年、エメラルドの少女

イーユン・リー／篠森ゆりこ訳

現代中国を舞台に、代理母問題を扱った衝撃の話題作「獄」、心を閉ざした四十代の独身女性の追憶「優しさ」、愛と孤独を深く静かに描く表題作など、珠玉の九編。O・ヘンリー賞受賞作二編収録。

理由のない場所

イーユン・リー／篠森ゆりこ訳

母親の「私」と自殺してまもない十六歳の息子との会話で進められる物語。著者の実体験をもとに書かれた本書からは、母親の深い悲しみが伝わり、強く心を打つ。他に類をみない秀逸な一冊。

もう行かなくては

イーユン・リー／篠森ゆりこ訳

リリアは三人の夫に先立たれ、五人の子を育て十七人の孫を持つ。昔の恋人の日記を手に入れ、それに自分の解釈を書き込んでいく過程で驚くべき秘密が明らかになっていく。喪失と再生の物語。

ガチョウの本

イーユン・リー／篠森ゆりこ訳

十三歳のアニエスは作家として華々しくデビューするが、本当の作者は親友のファビエンヌ。小説を書くという二人の「遊び」は、周囲を巻き込み思わぬ方向に。ＰＥＮ／フォークナー賞受賞作。